개는
어디에

INU WA DOKODA (THE CITADEL OF THE WEAK)
by YONEZAWA Honobu

Copyright © 2005 YONEZAWA Honobu
All rights reserved.
Originally published in Japan by TOKYO SOGENSHA Co., Ltd., Tokyo.
Korean translation rights arranged with
TOKYO SOGENSHA Co., Ltd., Japan
through THE SAKAI AGENCY and BC Agency.

이 도서의 국립중앙도서관 출판시도서목록(CIP)은
e-CIP 홈페이지(http://www.nl.go.kr/ecip)에서 이용하실 수 있습니다.
(CIP제어번호: CIP2011003315)

개는
어디에

요네자와 호노부
장편소설

권영주 옮김

문학동네

차례

Chapter.

1

2004년 8월 12일(목) — 8월 13일(금)

1

회색 로커와, 가벼운 진동에도 유리문이 덜컹거리는 책꽂이. 물건이라곤 그것밖에 없던 방에 책상과 소파와 테이블과 벽시계, 관엽식물을 들여놓았다.

포장을 풀어 새 전화기를 책상 위에 놓고 전화선을 꽂으니 벌써 사무소가 완성된 기분이 들었다. 빈 책꽂이가 조금 허전하지만 뭐, 일거리가 들어오면 머잖아 메워질 것이다. 들어오지 않으면…… 사전이라도 갖고 와 장식해볼까.

팔짱을 끼고 앞으로 내 직장이 될 곳을 둘러보았다. 개업 신고는 마쳤다. 면허나 자격증 등은 필요 없다니 이로써 일단 일을 시작할 수 있는 셈이다. 그러고 보니 실업급여 중단 수속을 아직 밟지 않았다. 그냥 개업하는 날에 재취직한 것으로 처리되려나. 경제학부를 나왔지만 그런 문제는 잘 모른다.

창유리에는 업자에게 부탁한 페인트 글씨가 소심한 사이즈로 쓰여 있다. '고야 S&R'. 원래는 '서치&레스큐'라고 쓰고 싶었는데, 창이 작아서 약자로 쓸 수밖에 없었다. 그러나 지금 이렇게 보니 잘못한 것도 같다. 'S&R'만으로는 무슨 사무소인지 알 수가 없다. '고야'만 봐서는 염색집이나 포목전이라 생각할지도 모른다.* 고야는 내 성姓이다.

개업했다고 해서 특별한 감개는 없었다. 어제까지 개업 준비를 하고 오늘 개업. 그냥 그뿐이다. 이 동네에 돌아온 뒤로 내 정신은 내내 고요하다. 내 사무소를 갖게 되면 조금은 달라질 줄 알았는데, 보아하니 빈방에 응접세트를 갖다놓는 것만으로는 효과가 없는 모양이다.

사무소 이름이 페인트로 적혀 있는 창유리에 내 모습이 흐릿하게 비쳤다. 무심코 시선을 돌리고 싶어질 만큼 공허한 모습이다. 그렇게 여윈 건 아닌데, 눈에 생기가 없는 탓에 영 궁상맞아 보인다. 키가 멀쑥하니 크고, 아마 얼굴빛도 좋지 못할 것이다. 반년씩이나 방에 틀어박혀 있었으니 그게 오히려 자연스럽다. 빛의 각도에 따라서는 40대로도 보일 것이다. 실제로는 스물다섯 살인데. 어쨌든 별로 조사 사무소 소장처럼 보이지는 않는다. 내가 생각해도 너무 망연한 모습이었다.

뭔가 자영업을 시작해보기로 했을 때 맨 먼저 생각난 것은 일본식 부침개 집이었다. 조사 사무소는 두번째나 세번째 후보, 좌우지간 맨처음 떠올린 직업은 아니다. 그러나 부침개 집은 여러모로 지장이 있어 불가능했다. ……하지만 내가 망연해 있는 것은 딱히 부침개 집에 미련이 있어서는 아니다.

---

* 고야(紺屋)는 일본어로 '염색집, 염색장이'를 뜻함.

회색 책상을 손바닥으로 쓸었다. 사무소를 열었다. 다음은 광고다. 어떻게 일감을 따올 것인가.

이 '고야 S&R'가 염두에 두는 업무 내용은 오로지 한 종류.

개다.

귀여운 애완견이 없어졌다며 슬퍼하는 의뢰인을 대신해 개를 찾는다. 의뢰만 들어온다면 고양이라도 거부할 마음은 없다. 하지만 새는 어떨까. 나는 날개가 없으려니와 새에 관해서는 아무런 정보도 기술도 없다. 기본적으로 능력 밖의 일은 거절하는 편이 좋을 것이다. 신변 조사와 행실 조사는 수락할 생각이 없다. 괜히 '서치&레스큐'가 아니다. 그 방면의 의뢰는 아는 사람이 일하는 흥신소에 넘기기로 이미 이야기가 되어 있다.

바로 전화번호부에 번호를 실을 수는 없다. 신문 광고가 먼저일 것이다. 통장 잔고를 생각하면 대대적으로 할 수야 없겠지만, 어떻게든 효과적인 광고 문구를 생각해내야겠다. 전 직장에서 광고문안 작성을 위한 브레인스토밍에 참가한 적이 있는데, 그때의 경험을 살릴 수 있을까. 몇 가지 문구를 궁리하기 시작했을 때, 연결한 지 얼마 안 된 전화기가 울렸다.

"……누구지?"

무심코 중얼거렸다. 이상하다. 이 전화는 사무소를 열면서 새로 개설한 것이라 번호를 아는 사람이 거의 없는데. 십중팔구 잘못 온 전화겠지. 아직 아무도 귀를 댄 적이 없는 새 전화기를 들었다.

"여보세요."

"여보세요. 탐정 선생이십니까?"

손님이다. 나는 놀랐다. 지난 반년 사이에 감정이 가장 거세게 움직인 순간이었을지도 모른다.

전화를 건 사람은 나이가 꽤 지긋한 듯했다. 그것만이 아니다. 어딘가 쉰 듯한 그 목소리에서 내가 떠올린 것은 외할아버지였다. 외할아버지는 농사가 생업이었다. 전화에 그리 익숙지 않은 상대방의 말투에서 흙내가 느껴졌다. 어쨌든 첫 손님임은 틀림없다. 얼굴은 변함없이 무표정한 채로, 목소리만 명랑하고 쾌활한 영업용으로 바꾸었다.

"네, '고야 S&R'입니다."

"아, 내가 그게, 탐정한테 뭘 부탁하는 게 처음이라 아무것도 모르는데……"

"아뇨, 괜찮습니다. 안심하십시오."

어차피 이쪽도 처음이니까요.

탐정이라는 말이 약간 마음에 걸렸으나, 애완동물을 찾아주는 업자를 가리키는 일반명사가 생각나지 않았기에 그 호칭을 달게 받아들였다.

수화기 저편에서 주저 어린 침묵이 이어졌다. 심각한 분위기다. 개가 없어졌나. 그나저나 이 전화번호는 어떻게 알았나. 게다가 조사 사무소의 전화번호라는 것까지. 상대방이 계속 입을 열지 않으면 대화를 풀어갈 실마리 삼아 물어봐야겠다고 생각했을 때, 드디어 결단을 내린 듯한 목소리가 들려왔다.

"손녀를 찾아줄 수 있습니까?"

"손녀라고요?"

개 이름은 아닌 것 같다.

"손녀 분 말씀입니까?"

"네. 그런, 사람을 찾는 일이 전문이라고 들었는데요."

찾는 일을 전문으로 할 생각인 것은 맞지만, 사람은 아니다. 오해가 있는 것 같다.

"실례지만 어느 분께 소개를 받으셨는지요?"

"소개요? 오미나미 씨 댁 아드님인데요."

그렇군. 저쪽에 들리지 않게 전화기를 떼고 혀를 찼다. 오미나미라면, 오미나미 히로시라면, 내가 새로 시작한 일도 전화번호도 알고 있을 것이다. 상처 받고 도회지에서 돌아온 불쌍한 친구를 위해 잽싸게 일거리를 알선해준 셈이다. 고마운 일이기는 하지만, '개'를 찾고 싶다고 한 말은 잊어버렸나.

"댁은 최선을 다해줄 거라고 들었습니다. 오미나미 씨네 아드님이, 분명히 친절하게 이야기를 들어줄 거라고 추천하더군요. 들어줄 수 있겠습니까?"

이것은 생각해볼 일이었다. 일거리를 거절할 마음은 없지만, 첫 일부터 예상 밖이어서는 약간 곤란하다. 물론 친절하게 이야기를 들어주는 것쯤은 할 수 있다. 할 수야 있지만, 이야기를 들어주기만 하는 일은 벽이라도 할 수 있다. 그렇게 생각하며 물었다.

"지금 어디 계십니까?"

"거기 사무소 앞 공중전화입니다."

전화기 줄을 한껏 늘려 창가로 다가가 밑을 내려다보았다.

계절은 여름. 따가운 햇살이 눈을 지진다. 순식간에 번진 눈물을 손등으로 훔쳤다.

한산한 상점가의 낡은 4층 건물. 1층에 편의점이 있는 덕에 겉보기는 그리 나쁘지 않은데, 벽에 가늘게 금이 가 있다. 나는 그곳 2층에 세를 들었다.

아닌 게 아니라 공중전화 박스 안에 목덜미가 검게 탄 남자가 있었다. 여기까지 온 이상 어쩔 수 없다. 그냥 가라고 할 수도 없는 노릇이다. 나는 입술을 가볍게 핥고는 막힘없이 술술 말했다.

"그렇습니까. 물론 저희 사무소에서 성심성의껏 도와드리겠습니다. 하지만 죄송한데 지금은 좀 어수선해서 말이죠. 한 십 분만 기다려주시겠습니까? 네, 부탁드립니다."

방 안을 둘러보았다. 십 분은 티셔츠를 와이셔츠로 갈아입을 시간이다. 그리고 오늘 개업한 티가 너무 나면 곤란하다.

우선 전화기가 들어 있던 상자만이라도 어디에 감춰야겠다.

2

의뢰인은 흰 와이셔츠에 진녹색 블레이저를 입고 넥타이도 단정하게 매고 있었다. 그러나 검게 탄 얼굴, 주름이 깊게 팬 이마, 뼈마디가 불거진 손을 보니 그가 평소 이런 복장에 익숙한 사람은 아님을 알 수 있었다. 그러고 보니 방충제 냄새가 좀 나는 것 같다. 나이는 예순은 넘은 듯했다.

"고부세에서 농사를 짓습니다. 사쿠라 가쓰지라고 합니다."

그렇게 이름을 밝히는 사이에도 남자의 눈은 사무소 구석구석을 살폈다. 이런 곳에 처음 와서 긴장한 탓만은 아니리라. 내가 중요한 일을 맡길 만한 인간인지 탐색하려는 것이다. 그것을 알아차리기는 했지만 텅 빈 실내에 관해 변명하지는 않기로 했다. 먼 길을 오시느라 고생하셨다고 노고를 위로하는 표정을 짓고 고개를 끄덕였다.

"아, 예, 고부세 정町에서요. 차로 오셨습니까?"

"아뇨, 난 운전은 안 해서. 버스로 왔습니다."

"그렇군요. 피곤하시겠습니다."

정중한 어조와 한결같은 미소. 내가 이 년간 도시에 살면서 얻은 몇 안 되는 것들 중 하나다. 이 자산은 초로의 남자의 경계심을 서서히 풀어주는 듯했다.

"버스도 잘 안 탑니다. 하지만 고부세엔 이런 상의를 할 수 있는 사람이 없으니 어쩔 수 없죠."

"그렇습니까. 멀리서 저희 '고야 서치&레스큐'를 찾아주셔서 감사합니다."

기왕이면 출발하기 전에 전화를 주었으면 준비도 할 수 있고 더 고마웠을 테지만.

테이블을 사이에 두고 사쿠라와 마주 앉았다. 테이블 위에는 아무것도 없다. 재떨이도, 차 한 잔도. 내놓고 싶어도 아직 갖추지를 못했다. 사쿠라에게 건네려다 비로소 깨달았는데, 아직 명함도 준비되지 않았다. 전 직장에서는 회사에서 준비해주었기 때문에 깜박했다. 신문 광고를 내기 전에 해야 할 일이 아직 많은 듯하다.

이곳 야호 시市와 고부세 정은 인접해 있어도 중간에 긴 고갯길이 있다. 사쿠라가 고부세의 어느 부근에서 왔는지에 따라 달라지지만, 차로 한 시간 반은 걸릴 것이다. 버스라면 그보다 삼사십 분 더 걸린다. 그런 먼 거리를 용케 사전에 약속도 없이 올 생각을 했다. 나는 그점에 감탄했다.

"그럼 무슨 일이신지 들어볼까요."

넌지시 말을 꺼냈다. 사쿠라의 검게 탄 얼굴이 삽시간에 긴장했다.

"전화로는 손녀 분을 찾아달라고 하셨는데요."

"......"

사쿠라는 얼굴을 숙이고 입을 다물었다. 여기까지 와서 머뭇거리는 이유는 무엇인가. 어쩐지 알 것 같았다. 눈앞에 있는 흐리멍덩한 이 남자를 과연 믿을 수 있을 것인가 하는 문제도 있다. 그러나 사쿠라의 입이 떨어지지 않는 것은, 그보다는 다른 사람과 뭔가를 상의하는 것 자체가 자신의 치부를 드러내는 일이라 생각하기 때문일 것이다.

나는 카운슬러가 아니니, 하고 싶지 않은 이야기를 하기 쉽게 도와주는 것은 내 일이 아니다. 개를 찾는 일이면 또 몰라도 사람을 찾는 일은 꼭 따내고 싶지도 않다.

"혹시 가출이면,"

가출이면 저희 사무소에서는 다루지 않습니다. 그런 식으로 말을 꺼내 돌려보내려 했는데, 사쿠라는 그 한마디에 과도하게 반응했다.

"가출이 아닙니다. 제 손녀는 바르게 자란 아이입니다."

노려보는 듯한 눈초리에 내심 넌더리가 났다. 방금 그 말로 사쿠라가 손녀를 몹시 예뻐한다는 것을 알 수 있었다. 뭐, 어쨌든 이야기의 실마리는 풀린 것 같다.

"그렇습니까. 가출은 아니란 말씀이시죠. 그렇다면 찾아달라고 하신 건?"

"......연락이 안 됩니다."

"저런, 전화 통화가 안 됩니까?"

"그것만이 아닙니다."

결심이 섰는지, 사쿠라는 무릎 위에 올려놓은 주먹을 더욱 꽉 쥐고 몸을 가볍게 앞으로 내밀었다.

"찾아달라고 부탁드리려는 아이는 제 손녀 도코입니다.

아들 부부는 야호에 오래 살았습니다. 도코도 줄곧 야호에서 컸죠. 그애는 우리 집사람을 많이 따라서 곧잘 혼자 놀러 오곤 했어요. 어렸을 땐 나무 타기를 좋아했고, 꽤나 말괄량이였습니다.

대학도 나왔어요. 뭐라더라, 컴퓨터 회사에 가고 싶다고 전부터 말하더니, 꽤 고생은 한 모양이지만 어찌어찌 원하는 직장에 들어가더군요. 난 배운 게 없어서 컴퓨터하고는 연이 없는 사람입니다만, 큰 회사라기에 좋은 데 취직했다고 안심했죠. 그게 벌써 이 년 전입니다.

그런데 최근 들어 이상한 일이 계속되지 뭡니까."

사쿠라는 가방에서 종이 다발을 꺼내더니 테이블 위에 한 장씩 늘어놓기 시작했다. 휴대전화 요금 영수증, 미용실 안내장, 안경점 우대권. 우편함에 들어오는 우편물로 보면 흔해빠진 것들뿐이다. 문제는 수취인의 이름이다. '사쿠라 도코.'

시선을 들자 사쿠라는 심각한 표정으로 고개를 끄덕였다.

"도코의 우편물이 우리집에 배달되기 시작한 겁니다. 이상한 일도 다 있다 싶더군요. 집사람은 꽤나 의아하게 여겼지만, 뭐 그래봤자 편지일 뿐이니까 신경 쓰지 말라고 했지요. 그런데 편지가 배달되기 시작한 지 한 달쯤 됐을 때인가, 이번엔 나고야에 있는 아들 부부한테서 전화가 온 겁니다. 도코하고 연락이 안 된다고요."

"흠."

불길한 예감이 들었다. 사쿠라는 가출이 아니라고 했지만. 상대를 안심시키기 위해 미소를 유지했지만, 이어지는 이야기에서 암운이 느껴지기 시작했다.

"도코의 외가에 제사가 있어 그애한테 연락을 하려고 했던 모양입

니다. 아까 전화 말씀을 하셨는데, 통화가 되지 않았습니다. 휴대전화
도 계속 안 받았다더군요. 처음엔 어디 갔나보다고 가볍게 생각했던
아들 부부도 삼사 일 지나니 점점 불안해졌죠. 제사에 관해 의논도 해
야 하고 해서, 결국 회사에 전화했습니다."

사쿠라는 거기서 일단 말을 끊더니, 한숨과 함께 뱉어내듯 말했다.

"도코는 회사를 그만뒀다고 합니다."

원통함이 묻어나는 말투에 나는 '그것 참 유감입니다' 하는 느낌을
담아 맞장구를 쳤다.

"그쯤 되니 아들 부부도 아무래도 이상하다 싶었는지, 전화로는 안
되겠다 싶어 직접 도쿄로 갔다고 합니다. 그게 이달 3일이었습니다.
그런데 도코가 살던 연립도……"

그뒤는 듣지 않아도 알 수 있었다.

"텅 비어 있고 어디로 갔는지 아무도 모른다는 말씀이시군요."

"사람들이 참 쌀쌀맞죠. 집주인은 도코와 안면이 있는데도, 방을 뺄
때 무슨 일이냐고 묻지도 않았다더군요."

"회사 사람들은 뭐라 하더랍니까?"

"지난달 말일에 사표를 냈다고 하더랍니다."

그렇군. 나는 표정에서 웃음을 지웠다.

"즉, 도코 씨는 실종됐다는 말씀이시군요."

가출이라는 말을 들었을 때처럼 격한 반응은 보이지 않았지만, 사
쿠라는 그 단어에 고개를 번쩍 치켜들었다. 도저히 인정할 수 없다는
듯 굳은 표정이었으나, 이윽고 천천히 고개를 끄덕였다.

"경찰에는……?"

"신고하지 않았습니다. 직장을 그만둔 것도, 이사를 간 것도 모두

도코가 서류를 갖춰 직접 처리한 일입니다. 과연 경찰이 나서줄지. 뭔가 까닭이 있어 한 일이면 도코한테 공연한 누를 끼치게 될 테고 말이죠."

"그렇죠."

실종자 찾기. 초장부터 참 대단한 의뢰가 들어왔다. 오미나미에게는 분명히 '개 찾기'라고 한 것 같은데……

상호에 수색과 구조라는 말을 넣은 이상, 사정을 들어보지도 않고 처음부터 퇴짜 놓을 생각은 없다. 그러나 사람이라면 새에 관해서보다도 정보와 기술이 없는 나다. 과연 의뢰인을 만족시킬 수 있을 것인가? 그런 불안이 굳은 표정으로 드러났는지, 사쿠라는 주뼛주뼛 물었다.

"어떻게, 찾아주실 수 있겠습니까? 난 밭일도 해야 하는데다가 차도 없고, 어떻게 찾아야 할지도 잘 모릅니다. 집사람은 무릎이 나빠서 나다니지를 못하고요. 게다가 그…… 도코는 아직 시집도 안 간 애라……"

"눈에 띄게 찾아다닐 수는 없다는 말씀이시군요."

고부세는 작은 동네다. 작은 동네에서 소문이 얼마나 무서운지는 나도 잘 안다. 자제하고 자중하는 것은 당연하다.

나는 잠시 생각했다.

"……심정은 이해합니다. 하지만 사쿠라 씨, 그 점에 관해서는 희망에 부응해드리기 어려울 것 같습니다. 사쿠라 씨께서는 손녀 분을 찾아달라고 하셨습니다만, 사람을 찾는데 눈에 띄지 않게 행동할 수는 없습니다. 사진을 들고 여기저기 수소문하고 다녀야 할 테니까요. 물론 신경은 쓰겠습니다. 하지만 아무도 모르게 찾는 건 저희 사무소에서는 불가능합니다."

"역시 그렇습니까."

"죄송합니다만 그렇습니다."

사쿠라는 떨떠름한 얼굴이 되었다. 철저하게 비밀리에 찾아내주기를 기대한 게 분명했다. 그러나 유감스럽게도 나는 그런 기술이 없다. 하도 떨떠름한 표정이기에 의뢰를 철회할 줄 알았다. 그래도 상관없었다. 느닷없이 사람을 찾는 일은 나로서도 어깨가 무겁다. 역시 처음에는 개를 찾는 일이 좋다. 처음도, 그다음도, 또 그다음도.

그러나 사쿠라는 이윽고 침통하게 중얼거렸다.

"어쩔 수 없지요."

뜻밖의 결론이라고 생각했다. 그러나 곧바로 딱히 뜻밖인 것도 아님을 깨달았다.

소개를 받았다고는 하나, 사쿠라는 정체를 모르는 나라는 인간에게 이야기를 꺼냈다. 분명히 상당한 용기와 비용을 들일 각오가 필요했을 것이다. 그만큼 손녀 도코를 걱정하는 마음이 진지한 것이리라. 당연히 체면이 다소 깎일 것도 각오했을 게 틀림없다.

사쿠라는 여전히 침통한 목소리로 다짐을 두었다.

"하지만 너무 안 좋은 소문이 나는 일은 없도록 부탁드립니다."

"네, 그야 물론이죠."

수락한다면 그 점은 당연히 고려해야 할 것이다.

그러나 바로 수락한다고 말할 수는 없는 노릇이었다. 예상 외의 일인 이상, 몇 가지 유보 사항을 두어야 한다. 그러지 않으면 의뢰인도 나도 불행해진다. 확인할 부분은 확인하고, 언질을 받아낼 부분은 받아내야 한다.

표정에 진지함을 실어 말했다.

"그렇지만 영 이해가 되지 않는 부분이 있군요. 손녀 분이 도쿄에서 실종됐다는 건 알았습니다. 걱정하시는 심정도, 경찰에게 맡기고 싶지 않으신 마음도 충분히 이해합니다.

하지만 손녀 분이 도쿄에서 실종됐다면 도쿄에서 탐정을 고용하셔야 하지 않을까요? 저희 사무소의 활동 범위는 기본적으로 이곳…… 야호 시 주변으로 한정되니까요."

그러나 사쿠라는 주름진 얼굴에 멍한 표정을 띠는가 싶더니, 고개를 살래살래 가로저었다.

"아뇨, 야호에 있는 탐정 선생한테 부탁해야 합니다. 도쿄한테 보내는 편지가 우리집에 배달되는 건, 도쿄가 우리집에 오려고 주소를 바꿨기 때문이 아니겠습니까."

나는 사쿠라의 말이 타당한지 생각해보려 했다. 그러나 결론이 나오기도 전에 사쿠라가 가방에서 엽서 한 장을 꺼냈다.

"그리고 이걸 보세요."

받는 사람은 고부세 정의 사쿠라 가쓰지. 문제는 보낸 사람, 그리고 소인이었다.

부친 곳은 야호 시. 부친 날짜는 8월 10일. 보낸 사람은 사쿠라 도쿄. 글씨는 수성 볼펜으로 썼다.

뒤집어보니 그림엽서였다. 도쿄 타워가 크게 찍혀 있다. 내용은 어디에도 없었다.

"이건……"

"도쿄는 이 주위에 있습니다. 그래서 댁한테 부탁하는 겁니다. 부탁합니다. 제발 도쿄를 찾아주세요."

사쿠라는 머리를 깊이 수그렸다.

매일 태양에 그을리는 것이리라. 새까맣게 탄 사쿠라의 목덜미를 내려다보며 나는 몰래 조그맣게 한숨을 쉬었다.

이렇게까지 사정을 들어놓고 '저희 사무소는 개나 고양이 전문입니다' 할 수도 없는 노릇이다. 찾아야 할 동물의 사이즈가 다소 커지기는 했을지언정 의뢰 내용 자체에 불만은 없었다.

그렇다면 의뢰의 수락 여부에서 조건으로 교섭 내용을 옮겨야 할 것이다.

3

"잘됐네. 그렇게 금세 일거리가 들어올 줄은 몰랐는걸. 난 조사 사무소 같은 데는 한 달에 한 명 올까 말까 할 줄 알았는데."

"잘되지 않았어. 그리고 나도 그럴 줄 알았지."

웃음기 어린 목소리에 나는 그렇게 대답했다. 영업용 목소리가 아니니 꽤나 무뚝뚝하게 들렸을 것이다.

사쿠라 가쓰지가 돌아간 지 한 시간. 나는 휴식을 취하러 나왔다. 사무소에서 걸어서 삼 분, 찻집 'D&G'. 정식 이름은 '드리퍼&그리퍼'인데, 간판에나 문에나 'D&G'라고만 쓰여 있다. 그 점에서는 우리 '고야 S&R'와 통하는 부분이 있다. 흰색과 크림색 위주에 예쁜 풀꽃과 잔가지 장식품으로 꾸민, 나름대로 세련된 축에 드는 가게다. 개점한 지 이 년, 아마도 날마다 꼼꼼히 청소를 하고 있을 가게 안에는 아직 낡은 느낌이 전혀 없다. 지금의 나에게는 어울리지 않는 곳이다.

그건 모르지 않으나, 이 근방에서는 이곳밖에 올 데가 없다. 근처에 한 곳이 더 있기는 하지만, 그 집 커피는 무가당 캔커피를 중탕한 게 틀림없다고 굳게 믿게 만드는 맛이다. 커피는 하루에 한 잔만 마시기로 정했다. 그 한 잔이 맛없어서야 되겠나.

그렇지만 'D&G'도 그리 편하지는 않다. 마스터는 매우 온화하고 따뜻한 분위기의, 어제보다 조금이라도 맛있는 커피를 끓일 수 있다면 그것으로 인생에 만족한다고 할 듯한 젊은이다. 유익할지언정 해는 없다. 문제는 웨이트리스다. 'D&G'의 상호와 고양이 마스코트가 들어간 검은 에이프런을 두르고 설거지를 하며 나와 이야기를 주고받는 웨이트리스. 가볍게 염색해서 다소 난잡하게 자른 머리에 이목구비가 뚜렷한 얼굴은 꽤 화려하게 생겼다. 체격은 작은 편인데 태도는 건방지다. 나와 닮은 구석이 전혀 없으나 실은 여동생이다.

가와무라 아즈사. 물론 결혼 전 성은 고야. 나이는 나보다 세 살 아래다. 아즈사와의 결혼을 선택한, 십중팔구 나와는 대단히 다른 가치관을 가졌을 남자가 마스터 가와무라 도모하루. 이 찻집의 예쁘장하고 세련된 인테리어는 아즈사의 센스다.

남매로서는 사이가 좋지도 않고 나쁘지도 않다. 아즈사는 내 건실한 인생 설계와 그 좌절에 시종 관심이 없었으려니와, 나도 아즈사의 자유분방한 찰나주의와 그뒤 손바닥 뒤집듯 안정적인 결혼생활을 선택한 것에 관해 특별히 할 말은 없다. 동생이 있는 찻집에 서먹해서 못 들어갈 정도는 아니지만, 이렇게 카운터에 멍하니 앉아 있다보면 어쩐지 영업을 방해하는 기분이 든다.

한편, 아즈사는 티 없이 웃는 얼굴로 싱크대에 늘어선 커피 잔을 씻으며 물었다.

"그래서 어떤 일인데? 개 퇴치?"

"어. 아, 개가 아냐."

"어머, 그래? 처음에 오빠가 개를 찾는다고 했겠다. 최근에 들개가 출몰한다는 것 같기에 그런 줄로만 알았지 뭐야."

"들개?"

귀에 선 말이다. 이야기 내용으로 보건대 집 없는 무뢰한을 비웃는 의미의 '들개'는 아닌 듯하다. 나는 되물었다.

"들개가 나오냐?"

"못 들었어? 그런가봐. 미나미 초등학교 주변에. 물린 애도 있어서 꽤 신경을 곤두세우고 있다던데."

처음 듣는 이야기였다. 미나미 초등학교 주변이라면 내가 지금 사는 연립에서도 가까운데. 좁은 방에서 하는 일 없이 하루하루를 소비하는 사이에 바깥 사정에 깜깜해진 모양이다.

아즈사는 씻은 잔의 수를 척척 늘려가며 즐거운 듯 말했다.

"개가 꽤 큰가봐. 두 명이 물렸는데, 한 애는 크게 다쳐서 구급차까지 출동했다던데. 뭐, 크다고 해봤자 어린애 눈에 그렇다는 거겠지만. 오빠, 개 찾기는 오빠가 바라던 거 아냐? 왜 하겠다고 안 한 건데?"

내 말이 그 말이다.

"……그러게 말이다. 의뢰만 들어왔으면 나도 그쪽이 더 좋았는데."

하기야 들개를 찾는 것은 굳이 따지자면 조사 사무소가 아니라 보건소에서 할 일 같지만.

"그래서, 어떤 일인데?"

"응, 사람이야. 사람을 찾는 거지."

아즈사는 싱크대에 있던 잔을 모두 씻고 스펀지를 행주로 바꿔 들었다. 그러더니 곁눈으로 나를 흘끗 보고는 엷은 웃음을 지었다.

"저런, 오빠가 사람을 찾을 수 있겠어?"

커피를 후루룩 마셨다. 원두 선택을 도모하루에게 맡겼더니 칼로시를 주었다. 뾰족한 데 없이 지극히 온건한 풍미다. 내 기분에 아주 잘 맞는다.

"가출? 아, 혹시 이런 거 물으면 안 되는 건가?"

"아냐, 괜찮아. 이야기를 들어주는 편이 나도 편하고."

잔을 내려놓았다.

"도쿄에서 고부세로 이사 올 예정이던 사람이 있거든. 도쿄에서 살던 집에서 나간 흔적은 있는데, 이쪽에 도착하질 않았어. 같이 살 예정이던 가족이 걱정해서 어디 있는지 알고 싶어하는 거야."

이 설명에 거짓은 없었다. 사쿠라에게 의뢰를 받은 뒤 다른 사람에게 이야기하고 다녀도 문제가 없도록 곁가지를 잘라내고 만든 설명문이다. 이런 설명으로 통할지 시험해볼 기회가 생겨 다행이다.

아즈사는 잔을 닦는 손을 멈추지 않았다. 설명에 의문을 품은 눈치는 없다. 아즈사가 농담조로 말했다.

"혹시 죽은 거 아냐?"

"그건 곤란한데. 죽은 사람은 못 찾는다고."

"아니면 미국에 갔다든지."

만약 그렇다면 사쿠라 가쓰지가 부담하는 경비로 미국 여행을 할 수 있겠으나, 아직은 도저히 그렇게 활동적으로 움직일 자신이 없다.

나에게는 조그만 비즈니스백이 하나 있다. 전 직장에서 쓰던 가방인데, 새 직업에도 쓸 수 있을 것 같아 다시 들고 나왔다. 짙은 갈색의 진짜 가죽가방으로, 자랑할 만한 명품까지는 아니지만 이래봬도 꽤 비싼 물건이다. 카운터 의자 밑에 놓아두었던 가방에 손을 뻗어 안에서 엽서를 꺼냈다.

"……둘 다 아니야. 바로 얼마 전에 가족 앞으로 그림엽서가 배달됐으니까."

아즈사는 엽서를 흘끗 보기만 하고 말했다.

"그거 본인이 쓴 게 틀림없다고 단언할 수 있어?"

오랜 경험으로 알 수 있다. 아즈사는 딱히 내 일에 관심이 있어 묻는 게 아니다. 화제가 날씨에 관한 것이었어도 아즈사는 마찬가지로 별생각 없이 이야기했을 것이다. 나는 그림엽서를 팔랑팔랑 흔들었다.

"틀림없는지 아닌지는 모르지. 필적은 본인 것 같다만."

"그렇구나…… 아, 어서 오세요."

손님이 새로 들어오면서 아즈사의 목소리가 영업용으로 바뀌었다. 우리 둘의 이야기를 잠자코 듣고 있던 도모하루도 손님에게 가볍게 고개를 숙여 인사했다. 나는 문득 도로 집어넣으려던 엽서를 바라보았다.

아까 사쿠라 가쓰지가 이것을 보여주었을 때는 소인에만 시선이 갔다. 그러나 이렇게 찬찬히 살펴보다보니 당연한 의문이 떠올랐다.

겉면에 쓰인 것은 우편번호, 받는 사람의 주소와 이름, 보낸 사람 이름. 전부 손으로 썼다. 일부만 다른 펜으로 쓰지도 않았다. 필적도 문외한의 눈에는 전부 똑같아 보인다. 각도를 달리해 빛에 비추어보았으나, 특별히 조작을 한 흔적은 보이지 않았다.

받는 사람 주소는 현縣 이름도, 군郡 이름도 없이 '고부세 정 야나카'라고만 되어 있다. 우편번호가 정확하니 문제없으리라고 생각한 걸까, 아니면 고부세 정과 인접한 야호 시에서 보냈기 때문에 생략한 걸까. 어느 쪽이든 지역 주민다운 발상이다.

도코는 한때 부모와 함께 야호 시에 살았다. 고부세 정에 있는 조부모의 집에도 자주 놀러 갔다고 한다. 즉 다소 공백은 있을지언정 사쿠라 도코는 이 지역 사람이므로 그녀가 쓴 주소에서 지역 주민다운 특징이 보이는 것은 별로 이상한 일이 아니다.

커피를 마셨다. 나는 학창 시절 커피 마니아를 자처했다. 커피밀도 갖고 있었다. 지금은 하루에 한 잔만. 대신 그 한 잔은 천천히 시간을 들여 마신다.

의문점은 물론 도코가 왜 그림엽서를 조부모에게 보냈느냐 하는 것이다. 아무런 메시지도 없는 도쿄 타워 그림엽서. 도쿄를 떠나 연락을 끊은 도코는 여기 야호에서 무슨 생각으로 이 엽서를 보냈을까.

그것은 지금 도코가 있는 곳과 조금이라도 관계가 있을까.

될 수 있으면 무관했으면 좋겠다. 실제로 실종된 이상 도코에게는 무슨 사정이 있었을 것이다. 그러나 너무 복잡한 사정이었다가는 내가 곤란하다.

앞면에도 뒷면에도 글은 없다. 즉 이 엽서는 무언가 말하기 위한 것이 아니라는 뜻이다. 아니면 도쿄 타워가 도코와 조부모에게는 타인이 알 도리가 없는 어떤 비밀스러운 상징을 지닌 존재인 걸까.

시간을 넉넉히 들여 음미한 오늘의 한 잔도 마침내 비었다. 자리에서 일어나니 주문을 받으러 간 아즈사 대신 도모하루가 계산대에 서서 "늘 고맙습니다"라며 수줍게 웃었다.

4

사무소로 돌아와 뒷정리도 하는 둥 마는 둥 하고 창가에 서서 저물어가는 거리를 바라보았다.

고지대에 위치한 이 지역은 산으로 둘러싸여 있다. 몇십 년 전 임업 정책으로 모든 나무가 삼나무로 바뀌는 바람에 밋밋하고 표정 없는 산들이다. 석양은 산들에 가로막혀 지평선보다 훨씬 높은 위치에서 모습을 감춘다. 나는 그 경치를 무심히 보고 있었다.

사쿠라 도코의 수색을 개시하기에는 기본 자료가 너무 빈약했다. 사쿠라 가쓰지는 용기를 쥐어짜 '고야 S&R'를 찾아왔을지 모르나, 준비는 그리 철저하지 못했다. 그림엽서는 갖고 왔지만 도코의 얼굴 사진 한 장 지참하지 않았다. 나는 사진을 요구하고, 그 김에 도코의 이력서도 부탁했다. 물론 도코 본인이 쓴 것을 입수할 수는 없을 테니 가쓰지에게 작성해달라고 했다. 구체적으로 알고 싶었던 것은 그녀가 야호시에 있었던 시기다. 그리고 출신 학교와 이력, 이사 경력 등. 그 밖에 쓰고 싶지 않은 것은 구태여 쓸 필요 없다고 미리 말해두었다. 그 자료가 갖춰진 시점에서 수색을 개시하겠노라고 가쓰지에게 말했다.

즉, 지금 이렇게 석양을 바라볼 수 있는 것은 아직 일을 시작하지 않았기 때문이다.

그렇기는 해도 할 마음만 있으면 할 수 있는 일은 얼마든지 있었다. 도코의 부모와도 연락을 취해야 할 것이다. 아즈사가 한 말을 곧이곧대로 받아들이는 것은 아니지만, 최근 이 주변에서 신원 불명의 사체가 발견되지 않았는지 신문을 훑어보는 일 정도는 당장이라도 할 수 있다.

그러나 나는 아무것도 하려 들지 않았다. 아직 본격적으로 시작하기 전인데 움직일 필요는 없다는 생각이 아예 없었던 것은 아니지만, 그보다 그저 움직이고 싶지 않다는 권태감이 가장 컸다.

　소파 테이블, 소파, 새 전화기, 낡은 유리문, 관엽식물, 수색 의뢰. 이 모든 것이 어딘가 나와는 무관하게 느껴진다. 나는 왜 이런 데서 이런 일을 하고 있는 걸까?

　실종자 수색이라는 예상 외의 의뢰에 기가 죽었나. ……그렇지는 않다. 일거리를 가릴 마음은 없다. 하고 싶으냐 아니냐가 아니라, 할 수 있느냐 없느냐가 유일한 문제다. 사쿠라 도코의 수색은 가정하지 않았던 일인 만큼 조건에 신경을 썼다. 일당을 낮추고 성공 보수를 높였다. 의뢰인과 나, 쌍방의 위험 부담을 줄이기 위해서다. 그런 조정을 한 이상 개 찾기와 사람 찾기에 본질적인 차이가 있다고 생각하지는 않는다.

　그저 어쩐지 지쳤을 뿐이다.

　전에는 이렇지 않았다.

　야호 시에서는 이제 석양이 보이지 않는다.

　내가 전에 있던 곳에서는 석양이 지평선에 닿을 듯 말 듯 하는 것을 볼 수 있었다. 평야에 펼쳐진 거리. 다름 아닌 도쿄다. 겨우 반년 전인데도 믿기지 않을 만큼 오래전 일 같다.

　건방진 소리 같지만, 나는 대체로 순조롭다 할 수 있는 인생을 살아왔다. 성적은 그런대로 우수했고, 사교성에도 특별히 문제는 없었으려니와, 적당한 출세욕을 갖추고 있었다. 지망했던 대학에 합격해서는 일찌감치 구직 활동을 시작해 높은 경쟁률을 뚫고 은행원 자리를 꿰차는 데 성공했다. 이로써 기반은 다져졌다, 이제는 맡겨지는 일을 소화하기만 하면 된다, 나는 그런 생각을 가슴에 품고 상경했다.

몸에 이변이 생긴 것은 그 직후였다.

발적發赤, 발진. 심하지는 않지만 지속적인 가려움증. 밤마다 온몸이 근질근질해 잠을 이루지 못했다. 몸에 생채기가 늘어갔다. 눈 안쪽에 둔한 통증이 느껴지기 시작했다. 조사 결과, 자는 동안 가려움증에 몸이 반응해 무의식중에 눈을 때린다는 것을 알았다. 망막박리의 위험도 있다고 하기에 손을 묶어놓고 자기 시작했다. 덕분에 묘하게 밧줄 묶기에 도가 텄다. 이윽고 눈의 아픔은 가셨지만 잠은 점점 더 얕아져 몸이 한층 상했다.

의사는 냉담하게 말했다. 아토피성 피부염입니다. 요새는 성인이 되어 발병하는 사람도 많거든요.

은행원은 사람을 만나지 않고 할 수 있는 직업이 아니었다. 입사한 지 얼마 안 되는 나는 얼굴을 많이 팔고 다녀야 할 입장이었다. 그러나 얼굴은 밤마다 쥐어뜯겨 살갗이 벗겨지고, 붉어진 피부에서는 진물이 났다. 변변히 일을 할 수 없었다.

그래도 나는 버텼다. 잘 버틴 편이라고 생각한다.

이 년을 버텼다.

처음에는 병이라면 언젠가 나으리라는 데 희망을 걸었다. 이 병에는 완치라는 개념이 적합지 않다는 사실을 안 뒤로는, 대처법을 알면 증상이 가벼워지리라는 희망에 매달렸다. 알레르기가 원인이라는 말에 문제가 됨직한 음식은 일절 입에 대지 않았고, 피부 건조가 원인이라는 말에 연고를 더덕더덕 처발랐다. 병원을 뻔질나게 드나들며 근육에 스테로이드 주사를 맞았다.

그러나 증상은 경감되기는커녕 악화되기만 했다. 분명 더 자주 청소를 하는데도 왜 그런지 먼지가 예전보다 더 눈에 띄었다. 청소를 하고 또 해도 먼지가 매일 바닥을 메웠다. 그것의 정체를 알아차렸을 때 나는 실소했다. 내 몸에서 떨어진 피부였던 것이다. 바닥은 날이면 날마다 가루를 뿌려놓은 것처럼 하얬다.

의사도 고개를 갸웃거리며 온갖 약을 시험해보았지만 효과는 없었다. 무엇이 원인인지 아무도 알지 못했다. 아는 것이라고는 단지 취직하기 전에는 이렇지 않았다는 사실뿐이었다.

너무 긁어댄 나머지 피가 맺힌 피부로 설에 귀성한 나를 보고 할머니는 울었다.

"얘, 조이치로야, 그러지 말고 돌아오려무나. 너 도쿄에 가기 전에는 이렇지 않았다."

바로 고개를 끄덕일 수는 없는 제안이었다. 나는 고등학생 때부터 은행원이나 국가 공무원을 지망했으니까. 아니, 정말 그런 것이 되고 싶었는지 지금은 잘 모르겠다. 다만 나는 그런 직업을 갖고 풍파가 없는 인생을 살기 위해 노력했고, 경쟁했고, 기력과 시간을 소비해왔다. 그것을 모조리 내버린다는 것은 절망적인 일이었다.

할머니는 당신 손이 피로 더러워지는 것도 아랑곳 않고 내 팔을 몇 번이고 쓸었다. 그 자극조차 당시의 나에게는 견디기 힘든 가려움을 불러일으켰다.

"그야 억울하겠지. 억울할 게야. 하지만 조이치로야, 거울을 보려무나. 이렇게 돼서까지 넌 뭘 하고 싶은 게냐? 뭘 하고 싶어서 이렇게 피를 흘리고, 눈까지 나빠져서……"

뒷말은 울음에 묻혀 잘 들리지 않았다.

할머니의 말을 찬찬히 검토한 나는, 무엇을 하고 싶으냐는 질문에 딱히 이거다 하고 생각나는 것이 없다는 사실을 깨닫고는 퇴직했다.

야호 시로 돌아와 겨우 한 달. 어처구니없게도 몸은 거의 깨끗이 나았다.

그러나 나는 몇 가지를 잃었다. 안정된 수입과 사회적 지위는 물론, 입사한 뒤로 쌓아올린 인간관계도 거의 전부 잃었다. 잃은 것 중에는 보아하니 체력도 있는 듯했다. 병과의 싸움은 나를 쉬이 지치게 했다.

또 커피를 즐기는 취미도 잃었다. 자극적인 음식을 피해야 한다는 의사의 지시에 따라 카페인 섭취를 되도록 줄였기 때문이다. 야호 시로 돌아와 증상이 사라진 뒤로도 커피는 하루에 한 잔만 마시기로 했다. 재발이 무서워서다. 커피밀은 버렸다.

그리고 결정적으로 기력을 상실했다. 해야 할 일을 잃고, 빈껍데기만 남은 생활을 반년간 계속했다.

병환으로 불가피하게 일을 그만둔 사람이 모두 나처럼 빈껍데기가 되지는 않는다. 그 사실에 비추어보건대 이렇게 생각할 수 있다. 나는 피부병 때문에 이렇게 된 게 아니다. 나는 원래부터 계기만 있으면 빈껍데기가 될 수 있는, 그런 나약함을 내포한 인간이었다. 이것이 올바른 인식일지 모르지만, 설령 그렇다 해도 아무런 구원도 되어주지 못했다.

잃어버린 기력은 아직 돌아올 낌새가 없으려니와, 이 상태로 머문다고 언젠가 되찾을 수 있을 것 같지도 않다. 어느새 흐리멍덩해진 내 머리에도 위기감은 슬금슬금 밀려왔고 통장 잔고도 차츰 줄어갔다. 고민 끝에 친구와 상의하고 간단한 장사를 시작하기로 했다. 원래는 일본식 부침개 집을 하고 싶었는데, 요식업은 물일로 피부가 혹사당하는 탓에 단념했다.

그래서 정한 것이 조사 사무소다. ……원래는 개를 찾을 작정이었지만.

석양은 이미 산 너머. '고야 S&R'는 어둠에 잠긴다.

5

일찍 잠이 깼다. 체력을 쓰지 않기 때문에 일찍 눈이 떠진다.

도쿄에서 돌아온 뒤로 나는 좁은 연립에 세들어 살고 있다. 건강을 위해서는 마룻바닥이 좋으나, 조건에 맞는 방이 없었으므로 다다미로 타협했다.

사쿠라 가쓰지의 의뢰를 수락한 다음 날 아침, 쌀밥과 밀기울 범벅된 장국, 명란젓으로 간단히 아침식사를 하며 신문을 읽었다. 가장 기력이 쇠했던 시기에는 TV 프로그램 편성표조차 보지 않았지만, 지금은 찾아야 할 정보가 있다. 우선 사회면. 만약 도코가 이미 죽었고 그 시체가 발견되었다면 '죽은 지 얼마 안 되는 젊은 여성의 시체가 발견된' 상황이다. 작게 다루어지지는 않을 것이다. 일단 구석구석까지 빠짐없이 훑어보았지만, 신원 불명의 사체가 발견되었다는 기사는 없었다.

지방면으로 옮겨갔다.

머리기사는 얼마 남지 않은 여름 축제의 준비 모습을 전하고 있었다. 고부세 정과 그 옆 로쿠쿠와 촌村이 백중 춤을 맞교환하는 '오카게 춤' 행사를 앞두고, 양 지구에서 초등학생들이 춤을 연습하는 중이라고 한다. 고령자 교통안전 교실이 열렸다는 기사도 있었다. 예년에 비해 올해는 교통사고 사망자가 많은 모양이다. 뒤숭숭한 뉴스도 몇 개 실렸다. 4천 엔을 훔친 편의점 강도. 이 범인은 범행 직후에 체포되었다. 범인은 51세. 요새 50대는 무섭다. 신원 불명의 사체에 관한 기사는 없었다.

식사를 마치고 프라이팬 하나도 채 못 들어가는 작은 싱크대에서 밥공기를 씻었다. 세제가 피부에 묻지 않게 고무장갑을 꼈다. 커피 대신 볶은 녹차를 마셨다. 그냥 녹차는 안 된다. 카페인이 들어 있다.

몸단장을 마치고 집을 나섰다. 사무소에서 가쓰지가 보낸 자료를 기다려야 한다. 그저 기다리는 것 뿐이지만, 아무 일도 하지 않는 데는 지난 육 개월간 꽤 익숙해졌다. 방에서 아무것도 하지 않느냐, 사무소에서 아무것도 하지 않느냐, 그 차이일 뿐이다. 일단 가방에 신문을 챙겼다. 지난 일주일분의 사회면과 지방면만 빼왔다. 하지만 읽어봤자 소용없으리라. 의심스러운 시체가 발견됐다면 가쓰지가 확인하지 않았을 리 없다.

사무소까지는 차로 간다. 주행 거리가 다섯 자리 후반인 폐차 직전의 중고 경차다. 이곳으로 돌아와서 8만 엔을 주고 샀는데, 어쨌든 굴러가기는 한다. 연립 옆 주차장으로 가니 중년 여자 둘이 보초처럼 주변을 경계하고 있었다. 낯익은 사람들이다. 이웃이겠지. 저쪽도 나를 아는지, 나를 보자마자 딱딱한 웃음을 지었다.

"안녕하세요."

나는 쾌활한 미소로 그에 답하고 가볍게 고개를 숙였다. 그나저나 이 두 사람은 이른 아침부터 뭘 하는 걸까. 별로 이야기꽃을 피우는 것 같지도 않은데.

그러나 바로 알아차렸다. 아마 어제 아즈사가 이야기했던 들개를 경계하는 것이리라. 여름방학인 이 시기에 호송 선단처럼 아이들을 집단 등하교 시킬 수도 없는 노릇이다. 세번째 피해자가 발생하는 일은 피하고 싶을 것이다.

건투를 빌며 차에 올라탔다. 이 차, 굴러가기는 하는데 여기저기 작동하지 않는 부분이 있다. 구체적으로는 파워윈도와 에어컨이 고장났다. 창문을 열 때도 닫을 때도, 문을 열고 창유리를 손으로 잡아 억지로 움직여야 한다. 해가 높아지면 차내 온도는 한없이 상승한다. 고행에는 좋지만 그 밖의 용도로는 여러모로 적합지 않다.

시동을 걸었다. 이것도 출근인 걸까. 그런 생각을 했다.

사무소가 있는 건물에서 몇백 미터 떨어진 월정 주차장에 차를 세우고, 슬슬 따가워지기 시작한 태양 밑을 걸었다. 주차장에서는 건물 뒷문으로 들어가는 편이 빠르다. 오늘도 뒷문으로 들어갔다가 편의점에 가서 다른 신문도 사려고 그길로 정문을 통해 빠져나왔다.

출입구 옆에 젊은 남자가 서 있었다. 여름 재킷을 걸치고 아래는 얼룩덜룩하게 물이 빠진 낡은 청바지에, 꽤 밝은 갈색 머리를 바짝 세우고 보는 사람도 없는데 포즈를 취한 듯한 모습으로 금이 간 벽에 기대서 있다.

아침 일찍부터 별 묘한 녀석이 다 있군. 뭐 편의점 앞이겠다 별로 이상할 것도 없는데, 나와는 상관없는 일이니 편의점으로 향하려 했다. 그런데 그 남자가 느닷없이 몸을 홱 돌리더니 내 앞을 가로막았다.

무슨 일인가 생각하기도 전에 남자는 깍듯이 고개를 숙여 인사했다.

"오랜만입니다, 고야 부장!"

아는 사람인가?

내 두뇌 능력 중에서 평균 이상임을 자인할 수 있는 것은 기억력이다. 문장과 멜로디, 냄새, 사람의 얼굴과 이름은 물론 뭐든 한번 기억하면 꽤 오랫동안 잊지 않는다. 그러나 이런 풍채의 남자는 본 적이 없다. 나를 부장이라고 불렀다. 이 년간의 직장생활로 은행의 부장이 될 수 있을 리 없다. 학창 시절의 동아리 부원일 것이다. 아닌 게 아니라 나는 검도부 부장이었다.

남자가 얼굴을 들었다. 가늘게 뽑아 정리한 눈썹에 턱이 뾰족하고 기름한 얼굴, 눈초리가 약간 치켜올라간 작은 눈. 뭐야.

"한페냐."

"맞습니다!"

한페는 싱긋 웃었다.

남자의 성은 한다. 부모가 이름을 헤이키치라고 지은 시점에서 이미 한페라고 불릴 운명이 된 것이나 다름없었다.* 듣자 하니 초중고 시절 내내 한페로 불렸다고 한다. 검도부원이었는데, 약했다. 하기야 나도 약했다. 내가 다녔던 고등학교 검도부 자체가 약했다.

나는 다시 한번 한페의 모습을 머리끝부터 발끝까지 훑어보았다.

"분위기가 바뀌었군."

"그렇습니까?"

쑥스럽게 웃는다. 쑥스러워하면 곤란하다. 칭찬한 게 아닌데. 내가 아는 한페는 까불대기는 했어도 경박하지는 않았다. 그러나 지금 눈앞의 한페의 인상은 그렇지 않다. 도대체가 평일 아침부터 이런 곳에 출몰했다는 것만으로도 대략적인 상황이 짐작이 간다.

---

* 일본어에서 '한다'의 '한'과 '헤이키치'의 '헤'가 합쳐지면 '한페'라고 읽힌다.

하지만 뭐, 한페가 어떻든 아무래도 상관없는 일이다. 나는 오랜만의 재회에서 느껴질 법한 반가움과 따스함이 다소 결여된 목소리로 물었다.

"그래서, 왜 여기 있는 거냐?"

"아뇨, 그게……"

머리를 긁적이며 말꼬리를 흐린다. 그러더니 한페는 검지로 위를 가리켰다.

"위에서 이야기해도 될까요?"

2층의 '고야 S&R' 말이다. 나는 눈살을 찌푸렸다.

"내가 지금 무슨 일을 하는지 아는 거냐?"

"네. 오미나미 선배한테 들었습니다."

또 오미나미인가. 가볍게 한숨이 나왔다.

"설마 의뢰는 아니겠지. 만약 그런 거라면 거절한다."

"아뇨, 그런 게 아닙니다."

한페는 부랴부랴 손을 내저었다. 어딘지 모르게 수상쩍다.

"그럼 뭔데? 어디 말해봐."

"네, 그럼……"

한페는 우물쭈물하더니 마침내 결심한 듯 차려 자세를 취하고 또다시 깍듯이 머리를 숙였다.

"절 써주십시오!"

뭣이.

6

내가 빌린 이 사무소에는 원래부터 에어컨이 달려 있었다. 한참 끙 끙거리자 슬그머니 찬바람이 불어나온다. 사쿠라 가쓰지가 보낸 자료 는 아직 우편함에 들어 있지 않았다. 나는 한페와 응접 테이블을 사이 에 두고 마주 앉았다.

"저, 탐정을 엄청 동경하거든요."

한페는 지금이 중요한 고비라는 양 필사적이었다. 이 더위에 영 보 기 텁텁하고 괴롭다.

"예전부터 그랬다고요. 트렌치코트, 드라이 마티니, 리볼버! 아, 무 슨 말씀을 하시고 싶은지는 잘 압니다. 현실은 그런 게 아니란 거죠. 코트하고 칵테일은 그렇다 치고, 총기는 범죄니까요. 하지만 동경이 란 게 원래 시작은 그런 거 아닙니까. 실제로 전 어떤 일이든 가리지 않고 다 할 생각이 있습니다. 불륜 조사든, 결혼 상대의 신변 조사든, 뭐든……"

"개는 어떠냐?"

"네? 개요?"

"개 찾기는 어때?"

"집 나간 애완동물 찾기 말씀입니까? 아이고, 저야 하라고만 하시 면 기꺼이 하죠! 어떤 개인데요?"

나는 손을 팔랑팔랑 내저어 한페의 말을 가로막았다.

"동경만 가지고 일이니 뭐니 하지 마라. 너, 지금은 뭘 하냐?"

"에, 그게……"

한페는 머리를 긁적거렸다.

"택배 집하소에서 일합니다."

"그쪽은 괜찮고?"

"밤에만 근무하니까요."

아마 아르바이트라는 뜻이리라. 소위 프리터다.

한페가 프리터라고 해도 딱히 별 생각은 없다. 세상에는 다양한 인간이 있을 것이다. 애당초 나라고 별로 다른 것도 아니다.

문제는, 프리터건 아니건 '고야 S&R'에는 필요 없다는 사실이다.

"신규 채용은 안 해. 미안하다."

"하지만 부장!"

한페는 물고 늘어졌다. 채용 이야기는 그렇다 치고 당장 바로잡아야 할 것이 하나 있다.

"부장 소리는 마라. 대체 몇 년 전 이야기냐?"

"칠 년 전이군요."

칠 년……

한페는 그 숫자를 입에 담더니 약간 먼 데를 바라보는 듯한 눈이 되었다. 아마 나도 그랬을 것이다.

그러나 둘 다 금세 정신이 들었다.

"전 이런 기회를 기다렸단 말입니다. 여러 직장을 전전하면서 스물을 갓 넘길까 말까 했을 때 허리를 다치고, 그래도 언젠가 탐정이 되고 싶다고 줄곧 생각했단 말입니다. 부장…… 고야 선배가 탐정 사무소를 시작하신 건 하늘의 도움이란 생각이 들었습니다. 아, 무슨 말씀을 하시고 싶은지는 잘 압니다. 그러면 직접 탐정 일을 시작하면 되지 않느냐는 말씀이시죠?"

그런 말을 할 생각은 없었지만 듣고 보니 그렇다. 나는 고개를 끄덕였다.

"하지만 말이죠, 제 생각엔 그렇거든요. 역시 사람은 부리는 쪽과 부려지는 쪽으로 나뉜다고요. 전 직접 탐정 사무소를 차릴 배짱이 없다고 할지, 어떻게 시작하면 되는지 지식이 없다고 할지, 결심이 서지 않았다고 해야 할지…… 한심스러운 놈이라고 비웃으셔도 됩니다. 그래도 저, 진짜 뭐든 말씀만 하시면 다 하겠습니다!"

뭐든 다 하느냐 아니냐는 지금 문제가 아니다. 한페의 심정 따위는 더더욱 문제가 못 된다. 나는 가볍게 고쳐 앉았다.

"야, 한페."

"네."

"여기는 탐정 사무소가 아니라 애완동물 찾아주는 곳이야. ……뭐, 의뢰가 들어오고 조건만 맞으면 애완동물이 아니어도 거절은 하지 않겠다만."

"그럼 실질적으로는 탐정 사무소나 마찬가지잖습니까."

……지당하신 말씀이기는 하다. 그러나……

"이 일, 오래 못 간다."

"어? 개업한 지 얼마 안 됐다고 들었는데 벌써 경영이 힘듭니까?"

나는 고개를 흔들었다. 사회적 재활훈련을 위해 시작한 일인 이상, 한평생 계속할 마음은 없다는 의미다. 그러나 그것을 한페에게 설명할 필요는 없으리라.

"폭넓게 영업을 할 마음은 전혀 없거든. 그러니까 일할 사람도 필요 없어.

게다가 뭣보다도 돈이 없단 말이지. 지금 있는 돈으로 언제까지 버틸지 예측을 할 수 없다. 나 하나 먹고살 수 있을지도 확실치 않은데,

다른 사람을 고용할 순 없어."

한폐의 표정이 처음으로 어두워졌다.

"고야 선배…… 그 말씀은 그러니까, 의욕이 없으신 겁니까?"

아닌 게 아니라 기력은 별로 없다.

"의욕 같은 건 몰라. 수락한 일은 할 거다. 개 찾기가 아니어도 할
거야."

"그나저나 왜 개 찾기인 겁니까?"

그걸 묻다니.

이유는 여러 가지가 있다. 그러나 가장 근원적인 이유는 이것이리
라.

"학생 때 개 찾는 아르바이트를 했거든. 그래서."

"……그게 다입니까? 탐정 같은 건……"

"그렇게 부른다고 부정하진 않겠다만, 내가 먼저 탐정을 자처할 생
각은 없다."

한폐가 힘없이 고개를 떨어뜨렸다.

그러나 얌전한 것도 잠깐뿐, 한폐는 곧바로 기운을 되찾았다.

"그럼 마침 잘됐잖습니까. 전 할 마음이 정말 있다고요. 제가 손발
이 되겠습니다. 부장이 의욕이 없으면 제가 할게요. 부장은 앉아서 지
시만 내려주면 됩니다."

"그러니까 의욕의 문제가 아니래도."

그리고 부장도 아니다.

한폐의 열의는 버들가지에 바람 불듯 넘긴다 치고, 제안은 결코 가
치 없는 것은 아니다. 구태여 오기를 부려 절대 고용하지 않겠다고 퇴
짜 놓을 필요도 없는 일. 나는 잠시 생각해보았다.

아까는 '일할 사람이 필요 없다'고 했지만, 사실은 내가 혼자서 모든 일을 해낼 수 있을지 의심스럽다. 병을 앓던 몸인데 언제 어떻게 될지 모를 일이다. 한 사람 더 있으면 도움을 받을 일도 많을 것이다. 문제는 한 사람을 고용했을 때 얻을 수 있는 이득과 금전적 부담에서 오는 손실의 밸런스다. 그것을 맞출 수만 있으면 수락하는 데 이의는 없다.

그러나 밸런스를 맞출 수 있으리라는 생각은 들지 않았다. 수입이 들어올 전망도 없는데 손익 분기점을 계산할 수 있을 리가 없다.

"돈은 어떻게 할 거냐? 아마 최저 임금도 못 줄 텐데."

그러나 한페는 단호하게 말했다.

"아, 그건 전부 성과급으로 받아도 됩니다."

나도 모르게 그의 얼굴을 똑바로 쳐다보고 말았다.

"……제정신이냐?"

돈을 벌 마음이 없는 조사 사무소에서 급료를 전액 성과급으로 받으면 심각한 박봉일 게 틀림없다. 아무리 그래도 그 정도는 상상이 될 것이다. 한페는 웃었다. 어쩐지 힘없이.

"야간 아르바이트로 입에 풀칠은 할 수 있으니까요. 동경만으로 일이니 뭐니 하지 말라고 하셨죠. 하지만 진짜 죄송합니다, 무슨 말씀을 하시고 싶은지는 알지만…… 탐정은 정말 동경하는 직업이거든요."

동경하는 직업이니 돈은 필요 없다는 말인가.

한페는 역시 나와는 다른 타입의 인간인 것 같다. 건실하고 안정된 생활을 지향했던 나와는…… 하기야 이제는 나도 건실하고 안정된 생활과는 멀찍이 떨어진 위치로 전락한 셈이지만.

어쨌든 성과급이어도 된다면 밸런스를 맞추기 쉬워진다. 금전적 부담은 한페에게 가해지겠지만, 그것은 한페 자신이 생각할 문제다. 그런 조건으로 도와준다면 분명 달가운 제안일 것이다.

그러나 그것도 물론 한페가 자기가 내뱉은 말대로 일해주었을 때의 이야기다. 본인의 말처럼 탐정에 대한 동경으로 분골쇄신할지도 모른다. 그러나 뭐든 다 하겠다고 해놓고, 막상 일을 맡기면 사흘 만에 달아날지도 모르는 일이다. 써먹을 수 없는 사람을 썼다가 되레 성가셨던 경험은 내 짧은 은행원 생활 중에도 몇 번인가 있었다.

한다 헤이키치는 써먹을 수 있는 인간인가, 아닌가? 고등학교 때 몇 개월 동아리 활동을 같이 한 것만 가지고 판단할 수 있을 정도로 내 안목에 자신이 있는 것은 아니다.

달아나면 그때 가서 생각하자고 편히 넘어가도 되겠지만, 위험 부담을 짊어진다는 데는 변함이 없다.

자, 어떻게 할 것인가.

의기를 드높이다 못해 나를 거의 노려보는 듯한 한페의 시선을 외면하고 팔짱을 끼었다.

"부장……"

한페가 뭐라 말하려 했다. 부장 소리는 말라니까.

그때 노크 소리가 들렸다.

7

사쿠라 가쓰지의 자료가 도착했나 했는데, 대답도 기다리지 않고 문을 벌컥 열고 들어온 사람은 어깨가 떡 벌어진 초로의 남자였다. 후줄근한 재킷을 다소 꽉 껴입었고 얼굴은 거무스름하게 탔다. 남자는 한페는 거들떠보지도 않고 날카로운 시선으로 나를 보더니 유난스레 큰 목소리로 말했다.

"이거 실례했군요. 손님이 있었습니까."

별로 실례했다고 생각하는 것 같지 않다.

아무튼 여기는 사무소고, 그렇다면 그는 어쨌든 손님일 것이다. 겨우 어제 사무소를 열었는데 벌써 천객만래다. 나는 일어나서 웃는 얼굴로 응했다.

"아뇨, 곧 끝납니다. 무슨 일로 오셨죠?"

그러면서 밑으로 내린 손의 검지를 딱 세웠다. 한페에게 보내는 일어나라는 신호다. 한페는 사인을 정확히 읽어내고 그에 따랐다. 이번에는 손가락을 가로로 저어 비키라는 신호를 보냈다. 한페가 비키자 소파가 비었다. 별반 은밀히 한 행동은 아니었으나, 남자는 그것을 알아차린 기색도 없었다.

"여기가 '고야 S&R'입니까?"

"그렇습니다."

"문은 열었고요?"

"네."

"댁이 고야 군이고요?"

"네."

"무슨 일이든 조사해준다던데요."

그건 그렇지 않다. 대외용 미소가 약간 굳었다.

"어느 분께 들으셨는지 모르지만 '무슨 일이든'은 어렵습니다. 저희 사무소가 전문으로 하는 일은……"

'개 찾기입니다'라고 말하려 했는데, 남자가 말을 끝맺게 놔두지 않았다.

"여길 가르쳐준 사람은 오미나미 군입니다. 알죠? 그 친구가 댁을 높이 평가하더군요."

남자를 본 순간부터 그렇지 않을까 의심이 들었는데, 역시 오미나미다. 또 오미나미인가. 나는 웃음 띤 얼굴 뒤로, 오미나미의 입을 단속할 것을 최우선 사항으로 머리에 새겼다. 기본적으로 들어오는 일거리는 거절할 생각이 없지만, 일에는 한도라는 게 존재한다.

아무튼 들어온 이상 어쩔 수 없다. 나는 어제와 똑같은 전개라고 생각하며 소파를 권했다. 한페는 조금 떨어진 곳에서 기특하게도 열중쉬어 자세를 취하고 있었다.

남자가 자리에 털썩 앉더니, 맞은편에 내가 앉기가 무섭게 맹렬한 기세로 떠들어댔다.

"모모치 게이조라고 합니다. 고부세 정의 야나카란 마을에서 자치회장을 맡고 있죠. 실은 이번에 야나카 주민회관을 다시 짓게 됐거든요. 주민들이 희망하는 게 있으면 들어주겠다고 하더군요. 몇십 년 만에 짓는 건데 잘 지어야 한다고, 야나카 주민 모두 의욕이 대단합니다.

그래서 주민회관 정면 현관에 꼭 장식하고 싶은 게 있어요. 뭐, 직접 보시죠."

남자가 꺼낸 것은 사진 한 장이었다. 낡은 종이에 먹으로 글씨를 썼는데, 흘림체에 소양이 없으면 읽지 못할 듯했다. 게다가 사진이 너무 작아 소양이 있어도 상세한 판독은 불가능할 것 같았다. 그리고 나는 흘림체에 소양이 없다. 겉으로 보이는 것 외에는 말할 수 없었다.

"고문서군요."

모모치는 엄숙하게 고개를 끄덕였다.

"그렇습니다. 하지만 그냥 고문서가 아니에요. 이건……"

무슨 보물지도라도 된다는 말인가?

모모치는 말하려다 말고 입을 다물었다. 대각선 뒤쪽에 꼿꼿한 자세로 선 한페를 돌아보더니 헛기침을 하고 물었다.

"저 사람은?"

내가 뭐라 하기도 전에 한페가 이름을 밝혔다.

"조사원 한다라고 합니다."

"아, 그렇소?"

순간적인 일이었다. 나는 하려던 말을 삼키고 얼빠진 표정으로 입만 뻐끔거렸다. 아직 채용한다는 말은 안 했는데. 한페에게 시선을 돌렸으나, 그는 시침 뗀 얼굴이었다. 배짱은 있는 듯하다. 아니, 아니다. 배짱 한번 두둑하다.

모모치는 경계를 풀었으나, 그래도 아까보다 목소리를 낮추었다.

"이 고문서는 오래전부터 야나카의 하치만 신사에 있었던 겁니다. 그것도 광에 그냥 던져두었던 게 아니란 말이죠. 특별한 궤를 만들어 그 안에 소중하게 보관해왔거든요. 야나카 사람이면 누구나 그 궤를 소중히 하란 말을 들으며 자랍니다. 나도 옛날에 장난을 쳤다가 혼쭐난 적이 있어요.

하지만 시대도 변했거든요. 만약 이게 귀중한 물건이라면, 신사에 바친 채 그냥 두는 것도 문제가 있지 않나, 이겁니다. 소중히 보관한답시고 궤에 넣어두기만 해선 보존에도 나쁠 것 아니겠습니까. 그러느니 차라리 액자에 넣어 새 주민회관 정면 현관에 떡하니 걸어놓고 야나카의 자랑거리로 삼으면 어떻겠느냐고 다같이 이야기하고 있단 말이죠."

"예에."

맥 빠진 대꾸를 했다. 무슨 이야기를 하려는지 모르겠다. 최소한 개를 찾아달라는 이야기는 아닌 것 같다. 그러나 모모치는 이제부터가 본론이라는 듯 몸을 불쑥 내밀었다.

"물론 제대로 하자면 관공서하고 먼저 의논을 해야겠죠. 고문서를 발견하면 지역 교육위원회에 신고해야 한다는군요. 하지만 마을에 그걸 반대하는 사람들이 있어서요. 솔직히 말해서 나도 반대입니다.

야나카 사람들은 이 고문서를 내내 소중히 간직해왔습니다. 하지만 이게 어떤 문서인지 아는 사람은 아무도 없지 뭡니까.

관공서에 보였다가 이건 휴지 조각이다, 야나카 인간들은 휴지 조각을 대대로 받들어온 거다, 그렇게 됐다간 야나카의 수치다, 그런 사태가 벌어져선 안 된다, 그런 이야기입니다."

"예에."

역시 맥 빠진 대꾸. 무슨 이야기인지는 이제 알겠다. 아니, 설마.

"그러니까 말이죠."

모모치가 말했다.

"이 고문서의 유래를 조사해달라고 부탁하려는 겁니다."

어제 의뢰를 받은 사쿠라 도코의 행방 조사. 그것은 '고야 S&R'의 업무로 가정하지 않았던 예상 외의 일이었다. 나는 개를 찾고 싶었지 사람을 찾고 싶지는 않았다.

그러나 오늘 모모치의 의뢰는 가정은커녕 꿈도 꿔보지 않은 일이었다. 나는 저기 있는 한페와 달리 '탐정'이라는 말에 딱히 이렇다 할 낭만을 느끼지 않는다. 그러나 굳이 따지자면 맨 먼저 떠오르는 이미지는 돋보기에 사냥 모자도, 망명한 벨기에인도 아니고, 한폐처럼 드라이 마티니와 리볼버일 것이다. 마을 고문서와는 존재의 위상이 일치하지 않는다.

할 수 있는 일은 수락한다. 할 수 없는 일은 수락하지 않는다. 그 중간인 경우 조건을 맞춘다. 당연하다. 그러나 이렇게까지 예상과 동떨어지면 좀 곤란하다.

"죄송합니다만……"

나는 입을 열었다. 그러나 모모치는 또다시 내 말을 가로막았다.

"조사를 하려 해도 야나카도 고령화가 심해서 말이죠. 학식이 있는 사람들은 모두 외부로 나갔어요. 이 일을 어쩌면 좋을까 쩔쩔매는데, 오미나미 군이 여기를 소개해준 겁니다. 오미나미 군의 소개라면 틀림없을 거다, 이거 마침 잘됐다고 야나카 주민 모두 열광했지 뭡니까.

쉽지 않은 일인 줄은 압니다만, 어떻게 꼭 좀 해주실 수 없겠습니까?"

오미나미의 직업은 공무원이다. 고부세 정 사무소에서 일한다. 부서는 복지과라고 들었다. 산지밖에 없는 넓은 땅덩어리에 마을이 점점이 흩어져 있는 고부세 정을 돌아다니며 노인들의 이야기를 들어주는 것이 업무라고, 오미나미는 웃으며 이야기했다. 젊은 사람을 좀처럼 신뢰하지 않기 때문에, 때로는 자비로 기름값을 들여가며 자주 드나드는 것이 비결이라고, 술을 마시며 말했다.

즉, 여기서 거절했다가는 오미나미의 체면이 땅에 떨어진다는 이야기다.

회사를 퇴직한 이래로 무위한 생활을 계속하면서 내 감수성은 어느 정도 둔해졌다. 예컨대 사쿠라 도코의 안부가 진심으로 염려되지는 않으려니와, 가쓰지의 걱정이 가슴에 사무치지도 않는다. 그저 해달라는 일을 할 뿐이다.

그러나 그런 나도 기껏 신경을 써준 오미나미의 얼굴에 먹칠을 하는 것은 망설여졌다.

오미나미, 너 이놈. 선의의 악마 같으니. 도대체 어째서 우리 사무소가 '무슨 일이든 조사하는' 곳이 됐나. 말 전하기 게임이라도 할 셈인가. 나 홀로 말 전하기 게임인가?

……만약, 만약에 수락한다 해도 사쿠라의 의뢰가 우선인 것은 말할 필요도 없다. 수락 여부는 둘째 치고 사정부터 설명해야 할 것이다. 경우에 따라서는 저쪽에서 거절할지도 모른다. 그렇게 되면 만사가 원만히 수습된다.

"기간은 여유가 있습니까?"

"빠를수록 좋겠습니다만."

"실은 지금 저희 사무소가 다른 의뢰를 처리하는 중입니다. 그쪽의 안건도 시급함을 요구하는, 의뢰인에게는 중대하기 그지없는 안건입니다. 말씀하시는 바는 잘 알겠습니다만, 그쪽 의뢰를 뒤로 미루는 건 저희도 도의상……"

"그런 거라면,"

모모치가 보일 듯 말 듯 웃었다.

"다른 건을 먼저 처리해도 상관없습니다. 주민회관은 빨라봤자 내년 4월 착공이라고 하니까요."

지금은 8월 중순. ……거절할 이유가 못 된다.

난감하게 됐다. 영업용 미소를 허물어뜨리지는 않았지만, 나는 천천히 팔짱을 꼈다.

부동자세를 유지하는 한페와 눈이 마주쳤다.

한페라.

맡겨도 될까. 능력 문제가 아니다. 이 의뢰는 한페가 바라는 '탐정'의 업무와 동떨어진 일이다. 그래도 한페는 하겠다고 할까.

나는 한페와 시선을 맞춘 채 검지로 살짝 고문서 사진을 가리켰다. 하겠느냐는 무언의 질문이다.

한페는 주저하지 않았다. 힘차게 고개를 끄덕였다.

그렇다면 나머지는 조건을 맞추는 것뿐이다.

이렇게 해서 '고야 S&R'는 개업 이틀째에 두번째 의뢰를 받았다. 의뢰인은 고부세 정 야나카 마을, 대표자는 모모치 게이조. 그리고 동시에 조사원을 한 사람 늘렸다.

모모치가 나간 뒤 소포가 도착했다. 사쿠라 가쓰지가 보낸 소포다. 주소를 보고 알았다. 고부세 정 야나카. 뭐, 오미나미가 담당하는 지구에서만 의뢰가 들어오니 두 의뢰인의 주소가 같아도 이상할 것 없다.

스스로 수락하겠다는 의사를 표명해놓고도 한페의 표정은 역시 복잡했다. 그러나 소포에 호기심이 동했는지 들여다보았다.

"이게 뭡니까?"

"다른 사건의 자료."

"네? 다른 사건이 정말 있습니까? 전 그 의뢰를 거절하는 구실인 줄 알았는데요."

그런 의도도 없지는 않았다. 그러나 굳이 말할 필요는 없다.

"어떤 의뢰인데요?"

"음."

나는 소포에 시선을 떨어뜨리고 중얼거리듯 대답했다.

"도시에서 실종된 미녀를 찾는 일이지."

한페의 말은 단순한 푸념은 아니었을 것이다. 그것이 거짓 없는 진심이라는 것은 눈치가 둔해진 나도 분명히 알 수 있었다.

한페는 이렇게 중얼거렸다.

"저…… 그쪽이 더 좋았을 것 같아요."

Chapter.
2

2004년 8월 13일 (금)

1

꾸러미를 풀다가 가장 먼저 처리해야 할 사항이 생각났다. 한페에게 소포를 뜯으라 하고, 나는 새로 산 전화기로 손을 뻗으려다가 생각을 고쳐 주머니에서 휴대전화를 꺼냈다. 상대는 바로 전화를 받았다.

"여, 무슨 일이냐?"

좌절이나 번민 같은 것은 터럭만큼도 느껴지지 않는 명랑한 목소리. 오미나미다.

"일하는 중에 미안하다. 잠깐 통화해도 괜찮겠냐?"

"잠깐이면 괜찮아. 무슨 일 있었냐?"

여러 가지 일이 있었지.

"네 덕분에 일거리가 들어왔다."

수화기 저편의 명랑한 목소리가 한층 더 밝아졌다.

"오! 그러냐. 모모치 영감님이냐, 아니면 다지마 씨냐?"

"……다지마? 그게 누군데?"

"아니냐? 그럼 사쿠라 씨인가? 별로 내켜 하는 것 같지 않았는데. 아, 아니면."

"'아니면'이라니 너 대체……"

물론 화낼 까닭이 있는 건 아니지만, 언성이 약간 높아졌다.

"몇 사람한테 이야기를 한 거냐? 아니, 됐다. 그건 고맙게 생각해. 고맙다."

"아니, 뭐 그쯤이야."

헛기침을 했다.

"……미안하지만 이제 그만해줄래? 개업 이틀째에 벌써 의뢰가 두 건이나 들어왔어. 내가 개 찾는 일을 전문으로 하고 싶다는 말 안 했냐? 이 이상 계속됐다간 조사 사무소인지, 고부세 정 영감님들의 상담소인지 알 수 없게 될 거다."

수화기 저편에서 어리둥절한 목소리가 들려왔다.

"곤란하냐?"

"곤란하진 않지만 일손이 달려."

원래 병을 앓던 몸이다. 갑자기 이렇게 정신없이 움직였다간 몸도 마음도 어디까지 버텨줄지 알 수 없다.

"아아, 그렇군. 뭐, 전부 너 혼자서 해야 하니 말이지. 알았다. 그나저나 한페가……"

"미안하다. 나쁘게 생각하지 말아줘. 부탁한다."

전화를 끊었다. 이것으로 제3파를 막을 수 있으면 좋으련만.

사쿠라 가쓰지의 소포에서 나온 것은 사쿠라 도코의 사진, 가쓰지가 작성한 도코의 이력서, 도코가 도쿄에서 다녔던 직장과 살던 집의 연락처, 도코 부모의 연락처, 그리고 부탁하지 않은 것이 들어 있었다. 고무줄로 묶은 종이 다발.

끊음과 삐침이 뚜렷한 달필로 쓴 편지가 첨부되어 있었다.

'도코 앞으로 배달된 우편물입니다. 참고가 될까 해서 보냅니다.'

사진을 뜯어보던 한페가 통화가 끝나기 무섭게 물었다.

"이게 그 미녀입니까?"

사진 속에서 사쿠라 도코는 어깨까지 내려오는 머리를 가볍게 안으로 말고 미소 짓고 있었다. 그러나 티 없는 미소라기보다는 카메라를 들이대니 예의상 웃은 듯한 느낌의 딱딱한 표정이었다. 좀더 나은 사진은 없었나.

하얀 블라우스를 단정하게 입었다. 무슨 사진인지 바로 알았다. 뒤쪽에 회사명이 들어간 명패가 찍혀 있다. 즉 취직 기념으로 찍은 사진이리라. 회사명은 'Corn Gooth'인데, 처음 듣는 회사다. 하기야 사쿠라 가쓰지는 도코가 컴퓨터 관련 회사에 취직했다고 했는데, 그런 회사 중에 내가 이름을 아는 곳은 마이크로소프트와 애플 정도다.

눈이 약간 작고 입술이 얇다. 블라우스의 흰색이 팽창색일 텐데도 그녀는 말라 보였다. 인상을 말하자면 '육감적'을 180도 역전시킨 것 같다고 하면 될까. 그러나 나약하다는 느낌은 들지 않았다. 오히려 나는 그녀의 모습에서 날카롭다는 인상을 받았다. 아까 나는 한페에게 '미녀를 찾는다'고 했다. 그냥 아무렇게나 한 말이었다. 그때는 사쿠라 도코의 외모를 몰랐으니까. 결과적으로는 뭐, 최소한 거짓말은 아니게 된 것 같다. 나는 말했다.

"그래."

한페는 사진을 들여다보며 고개를 살짝 갸웃했다.

"뭐랄까, '절세의'라는 말은 붙일 수 없겠네요. 지적인 타입은 별로 제 취향이 아니거든요."

"실례되는 말 마라. 그리고 네 취향은 물어본 적 없어."

검지와 중지로 한페의 손에서 사진을 빼냈다.

취직 기념으로 찍었다면 이 사진은 이 년 전 것이다. 스물두 살에서 스물네 살까지의 이 년 사이에 외모가 그리 극적으로 변했을 것 같지는 않다. 다른 사람에게 보여주고 도코를 찾는 용도로는 충분할 것이다.

물론 도코 자신이 극적으로 외모를 바꾸려고 무슨 수를 썼다면, 이야기는 달라지지만.

사진은 한 장밖에 없다. 만일을 생각해 컬러 복사를 해두어야겠다.

"그리고 이쪽이 신상 명세서란 말이죠."

한페는 육필로 적힌 B5 용지를 힐끔 보았다. 의도적으로 시선을 다른 데로 돌리는 느낌이다.

"안 보나?"

"그건 부장 일이니까요. 개인 정보는 같은 조사원들끼리도 신중하게 다뤄야죠."

한페는 웃으며 말했다. 벌써부터 푹 빠져 있다. ……부장이라고 부르는 것은 이미 받아들였다. 딱히 생리적으로 혐오감을 느끼는 것도 아니다.

뭐, 구태여 한페에게 보여줄 필요도 없다. 나는 종이를 집었다.

사쿠라 도코

약력
- 1979년 11월 9일, 야호 시에서 출생.
- 1986년 4월, 야호 시립 야호히가시 초등학교 입학.
- 1992년 3월, 야호 시립 야호히가시 초등학교 졸업.
- 1992년 4월, 야호 시립 다네쿠라 중학교 입학.
- 1995년 3월, 야호 시립 다네쿠라 중학교 졸업.
- 1995년 4월, 사립 야마키타 고등학교 특별 진학 코스 입학.
- 1998년 3월, 사립 야마키타 고등학교 특별 진학 코스 졸업.
- 1998년 4월, 주오 대학교 문학부 입학. 도쿄 도 하치오지 시로 이사(주소는 별지 참조).
- 2002년 3월, 주오 대학교 문학부 졸업.
- 2002년 4월, 주식회사 콘 구스 입사(연락처는 별지 참조). 도쿄 도 나카노 구로 이사(주소는 별지 참조).
- 2004년 7월 31일, 주식회사 콘 구스 퇴사.
  이후 현재에 이름.

병력
- 기흉으로 1999년 7월 수술 받음.

클립으로 첨부된 것이 있었다. 도코의 명함이었다. '주식회사 콘 구스 시스템 개발과 사쿠라 도코'.
초등학교부터 대학교까지 순조롭게 올라가 희망했던 진로로 취직도 했건만, 몇 년 만에 퇴직하고 실종. 어디서 들어본 이야기다. 어쩌면 이곳 어딘가에 넋을 잃고 틀어박혀 있을지도 모른다.

연락처 목록. 이쪽은 아무래도 보이는 이상의 것은 없을 듯하다.

"나머지는······"

"이런 거 부장이 뜯어봐도 법적으로 문제없는 겁니까?"

한페가 여전히 눈을 다른 데로 돌리듯 하며 보고 있는 것은 휴대전화 요금 청구서다. 봉투는 아직 개봉 전이다.

고무줄로 묶은 종이 다발은 도코 앞으로 배달된 우편물이다. 어제 본 것과 큰 차이 없는 광고 우편물이 두 통. 봉투에는 고부세의 주소가 적힌 스티커가 붙어 있다. 우체국에서 붙인 스티커다.

즉, 우체국에 주소 변경 신고를 했다는 뜻이다.

"······"

한페가 신경 쓰는 휴대전화 요금 청구서도 생각해보면 이상하다. 주소가 고부세 정 야나카로 되어 있고 우체국에서 바뀐 주소로 다시 보내준 것이 아니니, 휴대전화 회사에서 주소 변경 수속을 밟았음을 의미한다. 어째서 도코는 그렇게 하면서까지 이것들을 야나카로 보냈을까. 또는 옛 주소로 배달되는 것을 막으려 했을까.

내가 물끄러미 바라보았기 때문일까. 마음을 써주는 건지, 한페가 청구서를 집어들었다.

"뜯어볼까요? 아마 안 들킬 겁니다."

됐다고 하려다가 나는 말을 삼켰다. 물론 본인의 동의 없이 청구서 봉투를 뜯는 일은 법적으로 위험한 다리다. 건널 필요가 없다면 건너고 싶지 않다.

그러나 만약 도코가 통화 내역 명세 서비스에 가입했다면, 이 청구서는 꽤 결정적인 정보원이 될 수 있다. 빈번히 연락을 취했던 상대를 알아낸다면 단번에 의뢰를 완수할 수 있을지도 모른다.

나는 고민 끝에 손을 뻗어 청구서를 받아들었다.

"열어보자."

결과는 꽝이었다. 도코는 통화 내역 명세 서비스에 가입하지 않았으려니와, 휴대전화로 통화를 거의 하지 않았다. 법적 그레이존에 발을 들여놓기까지 하면서 내가 본 것은, 기본요금과 정액 통신료가 계좌에서 인출되었다는 통지뿐이었다.

청구서를 나머지 우편물과 같이 다시 고무줄로 묶으려다가 그때까지 보지 못했던 엽서 한 통을 발견했다. 받는 사람은 다른 것들과 마찬가지로 고부세 정 야나카, 사쿠라 도코 귀하다. 그러나 그 엽서는 보낸 사람이 특이했다. 고부세 정 사무소가 보낸 것이었다. 소인은 7월 10일.

집어들고 살펴보았다.

"입장 할인권……?"

한페도 들여다보았다.

"향토 예술가 작품전. 저 같으면 무료 초대권이어도 안 가겠는데요."

고부세 정 중앙주민회관에서 열리는 전시회 할인권이었다. 고부세 정 사무소 주최다. 아닌 게 아니라 한페 말대로 전시회 내용 자체에는 나도 관심이 전혀 당기지 않았다. 문제는 보낸 사람이다.

나는 중얼거렸다.

"고부세 정 사무소에서 사쿠라 도코한테 지역 주최 이벤트 할인권을 보내다니, 어떻게 된 일이지?"

"네?"

자기에게 묻는다고 생각했는지, 한페가 괴상한 소리를 질렀다.

"어떻게 된 일이고 뭐고, 보내는 기준을 알 수 없으니 뭐라 못 하겠는데요."

"뭐, 그렇겠지."

그러나 그것만이 아니다. 나는 그 엽서를 테이블 위에 던졌다.

"하지만 주민도 아닌 사람한테 이런 걸 보내진 않을 거야. 아니, 그보다 보낼 수가 없지. 고부세 정 사무소에선 사쿠라 도코가 야나카에 사는 걸로 인식하고 있는 거야…… 즉 고부세 정 야나카로 주민등록지를 옮겼다는 뜻 아니겠냐. 바로 얼마 전까지 도쿄에 살았는데."

한페는 내가 무슨 말을 하고 싶은지 모르는 듯했다.

"그냥 내내 고부세로 되어 있었던 게 아닐까요? 저도 꽤 여러 곳을 돌아다녔지만 주민등록지는 내내 로쿠쿠와 촌이었거든요."

나는 가볍게 한숨을 쉬었다. 그렇지 않다. 도코가 살았던 곳은 야호 시지 고부세 정이 아니다. 만약 귀찮아서 주민등록지를 옮기지 않았다면 야호 시에 있어야 한다.

게다가 부평초 생활을 해온 것으로 보이는 한페는 그래도 괜찮았을지 모르지만, 도코는 그럴 수 없었을 것이다. 주민등록지가 다르면 행정 관련 서비스를 거의 받지 못한다. 자치체에 따라서는 쓰레기 하나 버리기도 여의치 않을 것이다. 취직하고 살 집을 마련했던 도코의 주민등록지는 도쿄 도都 나카노 구區로 되어 있었을 터다.

전입신고를 한 것이다. 그리고 그것은 7월 10일 이전.

혼잣말로 중얼거렸다.

"모습을 감추기 거의 한 달 전에 전입신고를 했다는 뜻이군."

영 이해가 되지 않는다. 한동안 변변히 일하지 않던 뇌가 갑작스러운 가동에 당황해 현기증을 일으켰다. 도코의 의도를 전혀 모르겠다. 그녀의 퇴직과 실종에는 물론 사정이 있겠지만, 살던 집에서 이사를 나가기 한 달도 더 전에 주민등록지를 옮겨야 했던 이유는 짐작도 되지 않았다.

전입신고를 하기 위해 도코는 한 번은 고부세 정 사무소를 찾아가야 했을 것이다. 어째서 그렇게 하면서까지.

그리고 이 전입신고가 그녀의 실종과 어떤 관계가 있다면, 그녀를 사라지게 만든 사정이 적어도 이미 한 달 전에 존재했다는 뜻이다.

역시 이 의뢰는 쉬운 일이 아닐 것 같다. 얼마 전까지 환자였던 사람의 몸풀기치고는 꽤나 성가신 일거리가 들어왔다.

……주민등록 이전을 설명해주는 가설을 궁리해보려 했으나 머리가 잘 돌아가지 않았다. 조사를 하다보면 뭔가 알 수도 있을 것이다. 이 문제는 일단 제쳐놓기로 했다.

게다가 도코에게 무슨 사정이 있다면 본인에게 직접 묻는 게 가장 빠르다. 본인에게 직접 물을 수 있는 상황이 되면 의뢰는 이미 완수된 셈이고, 그렇게 되면 어차피 도코의 의도를 물어볼 필요가 없어진다. 사진도 입수했고, 약력도 머리에 넣어두었다. 연락처도 갖춰졌다. 그럼 여름의 거리로 비척비척 나서볼까.

그런데. 나는 한페에게 시선을 돌렸다.

"그래서, 넌 어쩔 거냐?"

"어쩌다니요, 뭘요?"

"탐정 한다 헤이키치. 너, 사건 의뢰를 수락했잖냐. 내 일은 신경 쓰지 말고 네 생각을 해야지."

"어, 하지만 어디서부터 손을 대면 좋을지……"

고함을 칠 마음도 나지 않았다. 대신 가볍게 한숨을 쉬었다.

"할 마음이 있는 네놈이 할 마음이 없는 나한테 뭘 시키려는 거냐? 네놈 일이라고. 얼른 해."

"……맘대로 해도 되는 겁니까?"

"맘대로 해라."

조금 전까지 불태우던 의욕은 어디로 갔는지, 한페는 매우 미덥지 못하게 고개를 끄덕였다.

한페의 오토바이 엔진 소리가 멀어졌다.

책상 위의 산 지 얼마 안 되는 전화기에 손을 뻗었다. 거리로 나가는 것은 잠깐 뒤로 미루자. 가볍게 헛기침을 해 목청을 가다듬었다. 그리고 도쿄 지역번호로 시작되는 전화번호를 눌렀다.

2

애차 두카티 M400의 스로틀을 돌렸다. 국도를 내달리며 나는 깊은 후회에 빠져 있었다. 실언도 그런 실언이 없다. 어디서부터 손을 대면 좋을지 모르겠다니! 맘대로 해도 되는 겁니까라니! 탐정은 어디서부터 손을 대면 좋을지 모르는 사건도 어디서부터인가 손을 대는 법이고, 맘대로 하는 법이다. 조금이라도 맘대로 하려 치면 '그건 자네 일이 아니야'라느니 '쓸데없는 짓 하지 마'느니 하는 아르바이트와는 경우가 다르다. 물론 이미 알고는 있었다. 그저 잠깐 당황해서 실수했을 뿐이다.

야호 시 일대는 요새 혹독한 더위에 시달리고 있다. 한 일주일째 소나기조차 내리지 않았다. 절수 운운하는 이야기도 슬슬 나오기 시작했다. 오토바이로 질주하면서도 나는 땀에 흥건히 젖어 있었다. 아무리 탐정 패션의 스탠더드라 해도 이 더위에 트렌치코트는 무리다. 그러다 잘못하면 쓰러진다. 그렇게 생각하면 탐정에게 여름은 본질적으로 맞지 않는지도 모른다. 최소한 드라이 마티니라도 어떻게 하고 싶은데, 내가 아는 술집 중에 진을 파는 곳은 없다. 게다가 꼬치를 굽는 연기 속에서 마셔서야, 설사 드라이 마티니가 있다 해도 탐정이라기보다 중년 형사에 가까운 기분이겠다.

그나저나 고야 부장의 말에는 조금 당황했다. 오미나미 선배의 소개로는 고야 부장이 탐정 사무소를 열었다고 했는데, 막상 가보니 이야기가 전혀 다르지 않나. 부장 본인도 내가 알던 유능한 부장과는 분위기가 꽤나 달랐다. 어쩐지 패기가 없어졌다고 해야 할까…… 부장에게도 무슨 사정이 있을지 모르고, 그 이야기는 언젠가 들을 날이 올것이다. 지금은 그보다는 첫 일이 문제다. 부장이 무기력한 것은 어떤 의미에서 나에게 잘된 일이라 할 수 있다. 마음껏 탐정 노릇을 할 수 있으니까.

부장 앞에서는 한심한 소리를 지껄이고 말았지만, 나도 생각이 전혀 없는 것은 아니었다. 나는 첫 일을 성공시키겠다는 의욕에 불타고 있으려니와, 건방진 생각일지 모르지만 의욕만으로 성공할 수 있다고 믿을 정도로 바보도 아니다. 나는 나름대로 모모치의 의뢰를 정리하고 있었다. 의뢰 내용은 물론 마음에 들지 않지만 탐정은 모름지기 수락한 일을 반드시 완수하는 법이다. 그 점에 관해서는 나도 부장의 말에 찬성이다.

게다가 일은 원래 생각하기 나름이다. 마을의 종잇조각이라고 생각하니 문제인 것이다. 비경에 감추어진 보물의 비밀을 푼다고 생각하면, 이것 봐라, 참 신기하게도 퇴색된 깡촌의 의뢰가 눈 깜짝할 새에 훌륭한 일거리로 보이지 않는가. ……탐정이라기보다 모험가의 영역이기는 하지만.

고문서의 유래를 알아내라는 의뢰는 어느 정도까지 해결해야 완수한 셈이 될까. 우선은 그게 문제다.

요컨대 그걸 언제, 어디서, 누가, 무슨 이유로 썼는지를 밝혀내면 될 것이다. 방법은?

가장 좋은 건 내가 일본사, 그중에서도 향토사에 밝은 것이다. 한 번 딱 보고 '흠, 이건 ○○가의 가보로군. 어이구, 이거 꽤나 가치가 있는 물건입니다그려' 라고 할 수 있으면 탐정 같지는 않아도 멋지다. 그러나 이 방향은 안 된다. 왜냐하면 전제 자체에 무리가 있기 때문이다.

그럼 지금부터 공부를 해야 하나?

나라고 역사의 기초도 모르는 것은 아니다. 가키쓰의 난亂이나 백강 전투에 관해서라면 슬쩍 빠삭하다는 자부심도 있다. 이 일대에 관한 지식도 조금은 있다.

……그러나 내 생각에 탐정이 모든 분야의 지식에 정통해야 할 필요는 없다. 특수한 지식이 필요할 때는 그것을 가진 사람에게 물으면 그만이다. 그런 지식이 필요한 사건 따위는 들어오지 않는 게 가장 이상적이지만, 그 부분은 뭐, 현실과의 타협점이겠다.

즉 고부세 정의 향토사에 밝은 사람을 찾는 게 내 당면 목표다. 사건의 열쇠를 쥔 중요 인물을 찾는다고 바꿔 말하면 어쩐지 탐정의 일처럼 들리기도 하지만, 내 뇌리에 떠오른 역사가의 이미지는 두루마기에 손을 찔러넣고 오만상을 찌푸린 대머리 영감이었다. 비록 내 취향은 아닐지언정 '도시에서 실종된 미녀'를 찾는 부장과는 도저히 간과할 수 없는 차이가 있다.

빨간불.

오토바이가 멈추니 더위가 한층 심하다. 나는 오토바이 애호가의 한 사람으로서 안전 장비를 확실하게 챙긴다. 풀페이스 헬멧은 당연하고, 가죽 장갑에 가죽 재킷을 착용한다. 프리터인 나에게는 만만치 않은 금액이지만 이 녀석들이 있고 없고는 넘어졌을 때 입는 타격에서 확실히 차이가 난다. 한번 화끈하게 넘어졌을 때, 손으로 땅을 짚어 충격을 완화시키고 등으로 쓸려갔더니 찰과상 하나 입지 않아서 감동했다. 그 이후로 나는 아무리 더워도 오토바이를 탈 때 재킷과 장갑을 빠뜨리지 않는다. 그렇다고 덥지 않은 것은 아니다. 재킷은 참을 수 있지만, 장갑이 비참하리만큼 덥다. 손바닥이 땀으로 흥건하다.

신호가 파란불로 바뀌었다. 스로틀을 열자 상대 속도 때문에 바람이 불었지만, 기온 자체가 워낙 높다보니 바람을 받아도 체감 온도는 거의 달라지지 않는다.

목적지인 고부세 정까지는 오토바이로 가면 보통 여기서 한 시간쯤 걸린다. 면적이 무턱대고 넓은 곳이니 야나카 지구의 위치에 따라서 좀더 일찍 도착할 수도, 늦게 도착할 수도 있을 것이다. 중간에 고개를 하나 넘는다. 산길에 들어서면 이 더위도 조금은 나아질 것이다.

우선은 고문서의 실물을 한번 이 눈으로 직접 볼까.

고개 정상에 '여기부터 고부세 정'이라는 입간판이 있다. 그 바로 곁에 있는 편의점에 오토바이를 세웠다. 이 편의점에 들르는 게 처음은 아니지만 올 때마다 용케 이런 곳에 편의점을 세웠다는 생각이 든다. 휴게소 같은 건가?

지도는 늘 오토바이에 싣고 다닌다.

지도로 방금 달려온 길을 확인했다. 야호 시 북쪽으로 뻗어 있는 고개를 넘어가는 국도다. 자세히 보니 이 고개를 내려간 곳이 목적지인 야나카 지구인 듯하다. 좌우로 산이 솟은 야나카 지구의 한복판을 국도가 남북으로 가로지르는 모양새다. '야나카'라는 이름이 붙은 교차로도 있는 모양이니 길을 잃지는 않겠다. 목적지인 하치만 신사의 위치도 확인했다. 국도 오른쪽, 즉 야나카 지구의 동쪽. 등고선으로 판단하건대 산기슭에 거의 붙은 곳에 하치만 신사로 추정되는 표시가 있다.

휴식을 취할 겸 편의점에 들어가 캔커피와 플래시가 달린 일회용 카메라를 샀다. 일회용 카메라는 포장을 벗겨 바로 쓸 수 있게 했다. 캔커피는 그 자리에서 단숨에 마셨다. 다시 M400에 올라타고 긴 스팬으로 헤어핀 커브가 계속되는 다운힐을 나아갔다. 오토바이를 좋아하지만 스피드를 사랑하는 것은 아니기 때문에 코너링은 매우 무난하게 한다.

이윽고 비탈길이 끝나고 산속을 달리던 국도 양옆으로 마을이 펼쳐지기 시작했다. 이 주변이 이미 야나카 지구일 것이다. 지도에서 찾아둔 '야나카 교차로'가 나왔다. 평일 낮이다보니 교통량이 워낙 적어서 신호가 바뀌기를 기다릴 필요 없이 우회전할 수 있었다.

국도에서 촌락으로 들어서자마자 울컥했다.

눈앞에 펼쳐진 논밭, 바람에 펄럭이는 비닐하우스, 인공으로 심은 삼나무로 온통 밋밋하게 메워진 산. 물론 그러리라고 각오는 했지만, 야나카는 농촌이었다. 풀페이스 헬멧을 썼으니 냄새를 맡을 수 있을 리 없는데도 콧속에서 후끈한 흙냄새와 농약 냄새가 되살아났다. 들판은 아직 푸르다. 결실의 계절은 좀더 기다려야 한다.

M400의 우레 같은 배기음이 이곳에 몹시 어울리지 않는 것처럼 느껴졌다. 실제로 스쳐 지나친 할머니는 침입자를 보듯 나를 보았다.

야나카의 풍경은 내가 태어난 로쿠쿠와 촌을 떠올리게 했다. 8월 백중에는 이곳과 마찬가지로 푸른 들판이 펼쳐지고, 건물이 많지 않아 멀리까지 보이기 때문에 토지가 실제 이상으로 넓어 보인다. 바람은 깨끗하고, 산은 푸르고, 물은 맑고, 그리고 오락거리가 치명적으로 부족한데다 지연地緣이 모든 것을 속박한다. 집은 띄엄띄엄 있고 가로등도 얼마 없다. 밤이면 어둠에 싸일 것이다. 그 어둠이 얼마나 깊을지 짐작이 갔다. 이거야 원, 농담이 아니다.

언젠가 흙이 그리워질 나이가 될 때까지 내가 다시 로쿠쿠와에서 사는 일은 없을 것이다. 야나카도 마찬가지다.

야나카谷中는 마을의 실체를 잘 나타내는 이름이었다. 지도의 등고선을 보고 상상했던 대로 마을 양쪽으로 산이 솟아 있다. 높은 산은 아니다. 어느 산에나 죄 삼나무뿐이다.

나는 시선을 들어 산들을 바라보았다. 방위상으로는 저쪽이 동쪽, 산지 저편이 로쿠쿠와 촌일 것이다. 고향은 멀리 있어 그리워하는 것이라고 노래한 시인이 있었던 것 같은데, 내 경우는 가까이 있어 그리워하지 않는 것이다.

자, 하치만 신사는 어디 있나. 헬멧 안에서 눈을 굴려 훑어보았다.

바로 알았다. 산기슭에 하얀 깃발을 끼운 장대가 보였다. 백중 축제를 준비하는 것이리라.

야나카 지구는 길이 좁다. 스로틀을 풀고 천천히 나아갔다.

그나저나 참 구석구석까지 농촌이다. 죄 어디서 본 듯한 풍경뿐……

"……응?"

기묘한 감각이 나를 덮쳤다. 헬멧 속에서 중얼거렸다.

"전에 와본 적이 있던가?"

이른바 기시감이다. 목적지인 하치만 신사를 시야에 넣고 중앙선이 없는 좁은 길을 달렸다. 농기구를 넣어두는 헛간, 지붕에 기와를 이는 대신 콜타르를 바른 집, 비닐하우스, 차고에 든 수확기. 하나하나를 신물이 나도록 보기는 했지만 그것들 때문에 기시감을 느낀다는 것은 왠지 납득하기 어렵다. 그도 그럴 것이 이상하게 길이 기억나는 게 아닌가. 이건 정말 전에 한두 번 와본 적이 있는 게 틀림없다. 도중에 길가에 세워진 검은색 폴크스바겐 비틀을 지나쳤다. 그것만은 주위와 겉돌아 보였다. 해바라기, 길가의 지장보살, 오토바이로도 지날 수 없을 듯한 좁은 곁길. 하치만 신사로 가까이 가면 갈수록 기시감이 강해지더니, 계단 옆에 M400을 세울 무렵 드디어 기억이 났다.

"아아, 오카게 춤 때문이군."

내뱉듯 말했다. 뭐, 이제 와서 무턱대고 혐오하거나 하지는 않지만, 그리 좋은 추억도 아니다.

오카게 춤은 로쿠쿠와 촌의 축제다. 매년 성인 남자와 아이들이 각각 약 열 명씩 버스를 타고 어딘가의 신사에 가서 춤을 추고 돌아온다. 그 '어딘가'에서도 역시 각각 열 명쯤 되는 성인 남자와 아이들이 신사에 와서 춤을 추고 돌아간다. 지금 생각하니 묘한 축제다.

그 '어딘가'가 여기 고부세 정 야나카였다는 게 비로소 생각났다. 기억하지 못했을 만도 하다. 그도 그럴 것이, 나는 어렸을 때부터 마을의 풍습을 의도적으로 외면했기 때문이다. 실제로도 고된 이벤트였다. 내내 몸을 굽히고 있어야 해서 허리에 나쁜 춤을 몇 주 동안 실컷 연습하고는 당일이 되면 버스에 실려가 어기영차. 다소 순진한 어린이였던 나는 열 명 중 하나로 선발될 때마다 차멀미를 해서 매번 토했으니, 오카게 춤이라고 하면 거의 공포의 대상이었다. 하나 더 덧붙이자면, 대개 밤에 갔다. 낮의 풍경은 본 적이 없는 탓에 첫눈에 알아보지 못한 것이다.

나는 헬멧을 벗고 납작하게 눌린 머리를 손으로 적당히 세우며 중얼거렸다.

"신통치 않아……"

탐정이 마주치는 과거라면 모름지기 헤어진 여자나 억울한 누명을 쓰고 쫓기는 옛 친구여야 한다. 마을 축제라니 너무하다.

그러나 내 불굴의 탐정 정신은 잇따라 끼얹어지는 찬물에도 사나이답게 버텼다. 재킷과 장갑을 놓아두고 주머니에 손을 넣은 채 경내로 이어지는 계단을 올라갔다. 매미가 울었다. 계단은 군데군데 모서리가 깨졌을뿐더러 단의 높이도 제각각이었다. 안쪽에는 이끼가 끼어 있고 개미가 발치를 기어갔다.

석조 기둥문 밑을 지나 경내로 들어섰다. 황폐한 느낌은 들지 않았다. 계단을 보고 막연히 상상했던 것만큼 오래된 느낌도 없었다. 내력은 모르겠지만 건물 자체는 그리 오래되지 않았나보다. 삼나무 거목에 금줄이 묶여 있다. 손 씻는 곳에는 물이 없었다. 본당은 격자문이 닫혀 있고, 지저분한 방울에 새 홍백 밧줄이 늘어져 있었다. 사람이 있을 만한 곳을 찾았다. 기둥문에서는 잘 보이지 않는, 본전 뒤에 숨은 듯한 위치에 사무소가 있었다. 천천히, 여유를 갖고 다가갔다.

그러나 문을 노크해도 초인종을 울려도 아무도 나오지 않았다. 나는 조바심이 나서 소리 내어 불렀다.

"안녕하세요. 탐정인데요."

……좀 다르게 말할 수는 없었을까.

어쨌든 안에서 반응은 없었다. 아무도 없나. 나는 발밑의 땅을 있는 힘껏 걷어찼다. 그때.

"아무도 없어요."

누가 말했다.

돌아보니, 머리가 완벽히 허옇게 센 노인이 서 있었다. 팔다리가 유난히 가늘어 보이고 키도 나보다 20센티미터는 작은데 노쇠한 느낌은 들지 않았다. 자세도 그렇고, 힘 있는 목소리도 그렇고, 정정한 노인이다.

"여기엔 신관이 없어요. 젊은 사람이 무슨 볼일인가요? 로쿠쿠와에서 왔습니까?"

어떻게 알았지? 이 영감님, 혹시 탐정인가? 움찔했지만 바로 알아챘다. 오카게 춤의 사전 답사를 하러 왔다고 생각했을 것이다. 나는 헛기침을 했다.

"아닙니다. 전 야호에서 왔습니다. 어떤 사람한테 탐정 의뢰를 받았거든요."

"음? 뭘 어쨌다고?"

가는귀를 먹은 것은 아닌 것 같다. '탐정 의뢰를 받았다'는 말이 익숙지 않을 것이다. 내키지는 않지만 고쳐 말했다.

"이 신사에 남겨진 고문서를 조사해달라고 부탁받았습니다. 실물을 보러 왔는데요."

노인의 눈이 둥그레졌다.

"아아, 댁이 오미나미 씨가 말했던 사람인가?"

노인은 나를 찬찬히 뜯어보았다. 빈티지 가공된 청바지, 여름 재킷, 다 낡은 구식 스니커즈, 납작하게 눌린 밝은 갈색 머리. 노인은 눈살을 찌푸렸다.

"……듣던 것과는 꽤 다르군요. 반듯한 사람이라고 들었는데."

불신감 어린 목소리였다. 겉모습은 둘째 치고 속 알맹이가 '반듯한 사람'이 아님을 자인하는 나로서는 약간 뜨끔한 말이다. 당황해서 얼버무리듯 말했다.

"아뇨, 그 사람은 아닙니다. 전 그 사람 사무소에서 일합니다."

"그래요?"

"정말입니다."

노인은 또 말없이 노골적으로 나를 뜯어보았다. 탐정 경험의 교훈 첫번째, 복장에 신경 쓸 것. 지금 입은 옷은 농촌에서 노인을 상대로 이야기를 듣기에는 전혀 적합지 않다.

나중에 다시 오겠다는 말이 목구멍까지 치밀었다. 그런데 노인은 그렇게 실컷 살펴봐놓고는 갑자기 관심을 잃은 듯한 표정으로 말했다.

"뭐, 괜찮겠죠. 상하지 않게 조심해서 다뤄주세요."

"네? 보여주시는 겁니까?"

"감춰놓은 것도 아니니까요."

관리 책임자 같은 사람에게 허가를 받아야 하리라고 생각했기에 다소 맥이 빠졌다. 노인은 신을 벗고 배례전으로 올라가 익숙한 손놀림으로 격자문을 열었다. 그러더니 서슴없이 안으로 들어갔다. 나는 서둘러 뒤를 따랐다.

붙박이 격자창으로 햇빛이 들어 본전 안은 어슴푸레 밝았다. 경험적으로 산기슭의 건물은 대개 습하게 마련인데, 이 본전은 그렇지도 않았다. 바람이 잘 통하는 이유가 있는지, 아니면 요새 건조한 날씨가 이어진 탓인지는 알 수 없다.

마루 구석에 낡은 황갈색 궤가 놓여 있었다. 노인은 그 옆에 서더니 손으로 그것을 가리켰다.

"자, 보시죠."

남의 일이지만 걱정된다.

"……이렇게 막 놔둬도 되는 겁니까?"

"웬걸요, 어차피 정말로 훔치려고 맘먹으면 창고에 있어도 마찬가지입니다. 주민회관 일 때문에 몇 번 꺼내다보니까 번번이 넣어두기도 귀찮아져서 말이죠."

그러면서 웃었다. ……묘하게 즐거워 보인다.

뭐, 봐도 된다니까 괜찮겠지. 나는 궤에 손을 가져갔다. 뚜껑이 생각보다 무거워서, 집하장 아르바이트 덕에 그런대로 팔힘을 쓰는 나도 중간에 한 번 자세를 고쳐 잡고 발에 힘을 주어 버텨야 했다. 그래도 이럭저럭 혼자 들어올리자 노인이 호오, 하고 감탄했다. 혼자서는 들어올리지 못하리라고 생각했던 모양이다. 엉큼한 영감탱이다.

궤 안에는 낡은 종이가 몇 장 들어 있었다. 밀실 안에 있었을 텐데, 어째선지 여기저기 벌레 먹은 자국이 보였다. 집어들려 하자 손이 닿기 직전에 노인이 주의를 주었다.

"요새 내내 건조했으니까 잘못 건드리면 부서집니다."

움찔해서 손을 뒤로 뺐다. 노인은 생글생글 웃으며 말했다.

"저번 모임에서 좀 부서졌거든."

역시 엉큼한 영감탱이다. 이렇게 유머를 아는 영감이 한둘만 더 있었다면 로쿠쿠와 촌에 좀더 괜찮은 추억을 가질 수 있었을지 모르는데.

적어도 조사를 의뢰받은 탐정인 내가 조사 대상인 고문서를 훼손해서는 말이 안 된다. 그렇다고 올바른 취급법을 알고 있을 턱도 없다. 작동 원리를 모르는 폭탄을 볼 때도 이런 기분이 들까. 궤 옆에 쭈그리고 앉아 고문서를 내려다보았다.

"조심스럽게 만지면 괜찮을까요?"

"글쎄올시다."

"잠깐이면 괜찮을까요?"

"글쎄올시다."

해결이 나지 않는다. 탐정은 결단력이 필요하다. 나는 과감하게 고문서를 한 장 집어들었다. 괜찮다, 부서지지 않았다. 한 장 더 꺼냈다. 또 한 장. 이따금 손끝에 심상치 않은 느낌이 전해졌다. 세월에 의해 갈색으로 변색되고 최근의 무더위로 바싹 마른 종이의 감촉이 너무나도 불안정하다.

마지막 한 장. 조심스럽게……

"……후우."

총 넉 장을 모두 꺼냈다. 낡은 종이의 강도가 어느 정도 되는지 알수 없어서 공연히 더 신경을 곤두세우고 말았다. 큰일을 해낸 양 깊은 숨을 내뱉고는 마음을 다잡고 가까이서 고문서를 살펴보았다.

옆에 노인이 있는 것도 잊고 중얼거렸다.

"이거 엄청난데."

전혀 못 읽겠다.

크기로 말하자면 A4 용지보다 조금 더 큰 정도일까. 황금비율과 비교하면 세로로 약간 더 긴 듯하다. 공간을 마구 소비하며 먹으로 큼직큼직하게 썼다. 그러니 그리 긴 글은 아닐 듯하다. 궤에서 꺼내기 전에도 보았듯이 벌레 먹은 자국이 있다. 그리고 제일 중요한 내용은 여전히 못 읽겠다. 일본어이기는 한 듯 '一'이라든지 '宀' '木' 등은 이럭저럭 알아보겠는데, 그 외의 부분은 아라비아 문자라고 해도 믿을 것 같다.

뭐, 됐다. 처음부터 내가 읽을 수 있으리라고 생각하지는 않았다. 일회용 카메라를 꺼내 플래시를 작동시킨다. 파인더를 들여다보다가 약간 마음에 걸려 물었다.

"저, 찍어도 되겠습니까?"

노인은 웃으며 말했다.

"뭐, 그런다고 닳지는 않겠죠."

그렇다면 사양 말고 찍자. 고문서 넉 장을 각각 한 장씩 찍었다. 아무래도 바로 현상을 맡겨야 할 테지. 그렇다면 남는 필름이 아깝다. 한 장씩 더 찍었다.

됐다, 하고 중얼거리는데 노인이 말했다.

"다 끝났습니까?"

"아, 네. 감사합니다."

"그럼 그만 닫을 테니 돌려놓으실까요?"

이럭저럭 궤 뚜껑을 닫고 배례전에서 나왔다. 따가운 햇살이 돌아왔지만, 트인 공간인 덕에 배례전 안보다 시원하다는 생각마저 들었다. 나란히 신발을 신은 다음 노인은 나에게 가볍게 고개를 숙이고 말했다.

"그럼 전 이만."

불현듯 생각난 것이 있어 떠나려는 노인을 불러 세웠다. 기껏 지역 주민과 이야기를 하게 됐는데 그냥 헤어지기는 아깝다.

"저, 죄송합니다만."

"……뭐가 더 있습니까?"

"아뇨, 별건 아닌데요."

머리를 긁적였다.

"저 말고 전에 저걸 조사한 사람이 또 있습니까?"

"전에……?"

노인은 생각에 잠겼다.

별로 큰 기대를 걸었던 것은 아닌데, 노인은 이윽고 천천히 말했다.

"그렇군요. 꽤 오래전이지만, 마을 밖에서 조사하러 온 사람이 있었어요. 그게…… 한 이십 년 됐나요."

별것을 다 조사하는 인간이 있다고, 지금 나의 처지는 생각도 안 하고 그저 감탄했다.

"이름이 어떻게 됩니까?"

"글쎄요…… 잘 모르겠군요. 아, 그리고 몇 년 전에 이 동네 아이가 여름방학에 조사 온 적이 있었습니다. 똑똑한 아이였죠."

어린애인가. 어린애의 여름방학 자유연구 과제라면 슬쩍 불안하다. '마을 밖에서 온 사람' 쪽이 가망이 있으려나. 그렇게 생각했지만 일단 물어는 보았다.

"그애 이름은요?"

노인은 간단히 대답했다.

"아아, 사쿠라 씨 댁 손녀인데, 도코라고 했습니다."

자, 이십 년 전 일을 어떻게 하면 조사할 수 있을까?

3

깊은 한숨과 함께 전화기를 내려놓았다. 메모지를 가까이에 준비해두었는데 전혀 필요가 없었다.

사쿠라 가쓰지는 도코가 도쿄에서 사라졌을 때의 상황에 관해 집주인과 회사 모두 아무 말 없었다고 했다. 그러나 나는 그 말을 믿지 않았다. 직접 확인할 필요가 있다. 보고, 연락, 상담과 그에 대한 확인은 기본 중의 기본이다.

그러나 일람에 적혀 있던 연락처로 연락해보니 집주인은 씨도 먹히지 않았다. 댁은 누구냐. 조사 사무소? 가족의 의뢰를 받았다는 증거가 어디 있느냐. 어쨌든 가족에게 한 이야기가 전부다. 한 번 더 말해달라고? 무슨 권리로? 아무튼 사쿠라 도코는 우리 연립에서 나갔다. 그다음 일은 아무것도 모른다. 남은 짐도 없다. 이미 끝난 이야기다. 두 번 다시 전화하지 마라. 뚝. 직접 정보를 구하러 간 도코의 부모에게도 이런 식으로 대했을까. 아니면 이것이 말로만 듣던 영세 자영업자의 신용 부족인가. 거부한다고 집요하게 물고 늘어지지 않은 나에게도 어느 정도 잘못이 있겠지만.

수확이 전혀 없지는 않았다. 짐이 남아 있지 않다는 이야기는 도코가 서두르지 않고 매우 계획적으로 집을 정리했다는 뜻이다. 그나저나 이렇게까지 대화가 안 되어서야 앞날이 걱정된다. 그렇다고 확인하지 않고 넘어갈 수는 없는 노릇이다. 한 번 더 한숨을 쉰 뒤, 다시 전화기를 들고 연락처 목록에서 '주식회사 콘 구스' 번호를 찾아 눌렀다.

신호음이 한 번 울리기도 전에 전화가 연결되었다. 전화 응대에 익숙한 여자 목소리가 들려왔다.

"전화 주셔서 감사합니다. '콘 구스'입니다."

나는 곁눈으로 도코의 명함을 보았다.

"바쁘신 중에 죄송합니다. 고야라고 합니다만, 시스템 개발과 부탁드립니다."

"네, 잠깐 기다려주십시오."

안내를 간단히 통과했다. 대기 멜로디가 흘러나왔다. 〈그린 슬리브스〉다. 십 초도 되지 않아 멜로디가 끊겼다. 안내 때와는 정반대로 어딘지 모르게 지치고 피곤한 듯한 목소리가 들려왔다.

"네, 시스템 개발과 간자키입니다."

"아, 여보세요. 고야라고 합니다. 사쿠라 도코라는 분이 그쪽에 계셨던 걸로 아는데요."

전화기 저편에서 상대방이 침묵했다. 의심하는 걸까. 그렇다면 너무 뜸을 들이면 좋지 않을 것이다.

"얼마 전에 사쿠라 씨 부모님께서 그쪽에 가셨다죠. 잠깐 확인하고 싶은 점이 있어서요. 어떻게 말씀을 여쭐 수 없을까 싶어 전화 드렸습니다."

"……댁은 누굽니까?"

낮게 억누른 목소리였다. 직장 동료가 들을까봐 걱정하는 듯한. 그리고 경계심 어린 힐문조이기도 했다. 상대방이 말했다.

"설마 친척이라고 하진 않겠죠?"

여기서 괜히 말을 아꼈다가 상대방의 경계심을 자극해 전화가 끊어졌다가는 큰일이다. 나는 바로 대답했다.

"아닙니다. 그걸 말씀드리기 전에 한 가지 여쭤보고 싶습니다만, 사쿠라 씨의 현재 상황을 아십니까?"

"……먼저 질문한 건 이쪽인데."

"죄송합니다. 그럼 말씀드리겠습니다만, 현재 사쿠라 씨는 연락이 두절된 상태입니다. 전 사쿠라 씨 가족 분의 의뢰로 사쿠라 씨를 찾는 사람입니다."

"이름이 뭐라고?"

"고야입니다."

또 침묵이 흘렀다. 전화상으로 의심하는 사람의 신뢰를 얻기는 쉽지 않다. 그러나 의심을 받는 듯하다는 사실에서 나는 어떤 예감이 들었다. 도코가 원만하게 퇴직했다면, 간자키라는 이 남자는 왜 이렇게까지 경계하는가.

긴 침묵 끝에 간자키는 한층 억누른 목소리로 말했다.

"사쿠라 씨 본가에 확인 전화를 걸겠어. 의뢰한 게 사실이면 이쪽에서 다시 걸 테니까 전화번호를 가르쳐줘."

나는 그 말대로 했다. 내가 서슴없이 연락처를 가르쳐준 덕에 간자키는 경계심을 약간 늦춘 듯했다.

전화를 끊고 기다렸다.

답신 전화가 걸려오기를 기다리는 것은 은행원 시절에도 가장 시간 낭비라고 여겼던 일 중 하나다. 그런데도 생략이나 단축이 절대 불가능하니 또 짜증이 난다. 자리를 비울 수도 없고, 다른 용건이 있어도 전화를 쓸 수 없다. 하기야 지금의 나는 시간 낭비라고 생각하면서 멍하니 있는 게 괴롭지 않다. 별 생각 없이 자료를 정리하는 사이에 한 시간도 더 지나고 말았다. 시계를 보고 그것을 깨닫고는, 꽤나 오래 기다리게 하는군, 혹시 가쓰지가 도쿄의 본가에는 알리지 않은 건가, 하는 생각이 들기 시작했다. 뭐, 안 되면 할 수 없고. 아무튼 자료 정리가 끝날 때까지는 기다려보자.

삼십 분이 더 지났다. 드디어 정리가 끝나 그만 포기하고 'D&G'에 갈까 하는데 전화벨이 울렸다. 느긋하게 받으니 간자키였다.

"고야 씨?"

"그렇습니다."

"오래 기다리셨죠. 확인했습니다. 의심해서 죄송합니다."

"아뇨, 전화로만 이야기를 들으셨으니 의심하시는 것도 당연합니다."

간자키의 목소리는 조금 전과는 달리 억눌린 느낌이 없었다. 약간 울리기도 했다. 직장에서 나와 휴대전화로 통화하는 것이리라. 나는 운을 떼보았다.

"이렇게 전화를 주신 건, 사쿠라 씨가 원만하게 퇴직한 게 아니었다는 뜻입니까?"

그러나 돌아온 대답은 예상과 어긋났다.

"아뇨, 원만했습니다."

"사쿠라 씨가 직접 사표를 제출했다고요?"

"그렇습니다."

잠시 주저하듯 침묵이 흘렀다. 간자키는 망설임이 남은 말투로 말했다.

"하지만 이유가 영 분명치 않아요."

……이야기가 점점 더 심상치 않아진다. 나는 전화기를 들지 않은 오른손으로 미간을 마사지했다.

물론 도코의 사정은 그녀를 찾는 데 필요 없는 정보는 아니다. 그녀가 있는 곳을 직접 알아낼 수 있으면 그보다 더 좋은 일은 없겠으나, 일이 그렇게 잘 풀리지는 않으리라. 그렇기에 나는 그의 말을 가로막지는 않았다. 그저 이 실종이 복잡한 사건이 되어가는 것을 우울하게 생각할 뿐이다.

의무감으로 묻기는 했지만, 그만 목소리가 어두워지고 말았다.

"분명치 않다니요?"

"글쎄, 자세한 건 모릅니다만…… 다만 사쿠라 씨가, 정말로 그만두고 싶은 건 아니라는 뜻의 말을 했거든요."

미간을 마사지하던 오른손을 멈추고 펜을 들었다. 메모지에 펜을 갖다대고 물었다.

"구체적으로 어떤 말이었는지 기억나십니까?"

"음……"

간자키는 자신 없는 목소리로 말했다.

"그만두고…… 전부 끝나면…… 언젠가 돌아오고 싶다. 아, 그래요. 도코는 그걸 제일 마음에 걸려 했습니다. 다시 돌아올 수 있을지 없을지를."

방금 '도코'라고 불렀지, 하고 생각하면서 펜을 놀렸다.

"도쿄로 돌아온다는 뉘앙스였습니까? 아니면 뭔가 다른……"

"아뇨, 그건 분명합니다. '콘 구스'로 돌아올 수 있을지를 고민한 겁니다. 사쿠라 씨는 이 일을 천직으로 생각했던 것 같으니까요."

"네에……"

메모지에 '사쿠라는 도쿄로 돌아와 직장에 복귀하기를 바랐다?'라고 썼다. 그 밑에 '그러기 위해 퇴직?'이라고 썼다가 바로 두 줄을 그어 지웠다. 복직하기 위한 퇴직이라니 이상하다. 쓰려면 이렇게 써야 한다. '전부 끝나면＝해결해야 할 트러블의 존재를 암시?'

간자키는 애원하듯 말했다.

"제가 아는 건 이것뿐입니다. 당신도 가르쳐주세요. 그 사람에 대해 어디까지 압니까? 위험이 닥친 것 같습니까?"

아무리 그래도 '글쎄요, 아직 통 모르겠군요'라고 말할 수는 없다. 난처한 질문을 받았을 때는 세게 나가는 것도 한 방법이다. 나는 단호하게 말했다.

"협조해주셔서 감사드립니다만, 사쿠라 씨 가족의 의뢰를 받고 하는 조사이니 간자키 씨께는 대답해드릴 수 없습니다."

"……단 한 마디도요?"

"죄송합니다."

간자키는 입을 다물었다. 나는 더이상 물을 것이 없었다.

"협조에 감사드립니다. 근무중에 실례 많았습니다."

"잠깐만요!"

뭐가 또 있나?

"……그 사람을 찾아주십시오."

"물론입니다."

하나 마나 한 이야기다.

나는 지금 할 일이 그것뿐이니까.

4

고문서의 실물을 필름에 담은 나는 다음에 할 일을 궁리했다.

그러고 보니 이름도 묻지 않은 노인이 가르쳐준 '마을 밖에서 온 사람', 그 사람을 찾는 게 선결 과제겠는데, 자, 어떻게 하면 찾을 수 있을까.

"문제는 정보가 모이는 장소지."

오토바이에 팔을 얹고 몸을 기대며 혼잣말을 했다.

역사 애호가들이 모여드는 펍이라도 있으면 좋겠는데.

아니면 역사를 조사하려는 사람이 반드시 찾아갈 곳. 도서관인가. 고부세에도 공립 도서관이 있을 것이다. 그곳일까.

아니다. 뇌리에 번뜩 떠오른 것이 있었다. 아까 '고야 S&R'에서 모모치가 이런 말을 하지 않았나.

'제대로 하자면 관공서하고 먼저 의논을 해야겠죠.'

그리고 이렇게도 말했다.

'고문서를 발견하면 지역 교육위원회에 신고해야 한다는군요.'

뒤집어 말하면, 고문서를 조사하려는 사람은 거의 모두가 교육위원회를 찾는다는 뜻이다.

엄청난데. 나 재능 있는 거 아냐?

나는 씩 웃으며 가죽 재킷을 걸쳤다. M400에 올라타고 배기음을 요란하게 울리며 어딘지 모르게 마음이 편치 않은 야나카 지구에서 뛰쳐나갔다.

야나카 지구에서 고부세 정 중심부까지는 오토바이로 이십 분이 채 걸리지 않는다. 동서로 산이 압박하는 야나카에 비하면 고부세 중심부는 꽤 탁 트여 보인다. 나에게 고부세는 낯선 동네가 아니다. 별로 헤매지 않고 고부세 정 사무소에 도착했다.

정 사무소는 현대적인 분위기의 5층 콘크리트 건물이었다. 그러나 아무래도 삭막한 느낌을 부정할 수 없다. 비바람에 노출되어 옥상에서 지저분한 갈색 물이 뚝뚝 떨어진다. 외벽 청소를 꼬박꼬박 하면 저렇게까지는 안 될 텐데. 아니면 그것도 여의치 않을 만큼 재정 상태가 좋지 않은가.

다만 주차장만은 드넓다. 이유는 알겠다. 고부세 정은 인구에 비해 면적이 넓기 때문에 차가 없으면 일상적인 장보기조차 불편하다. 즉 자동차 보유율이 높으니 주차장이 넓은 것은 당연하다.

아니면 그냥 땅값이 싼 건지도 모른다. 어느 쪽이든 상관없다.

주차장은 넓은데 이륜차를 세우는 곳은 불합리하리만큼 좁았다. 이미 자전거만으로 꽉 찼기에 하는 수 없이 애차는 이륜차 보관소 밖에 두었다.

여름철 관공서의 좋지 못한 점은 냉방이 별로 세지 않다는 것이다. 주민에게 에너지 절약을 호소해야 하다보니 공공기관에서 냉방을 세게 틀 수는 없는 노릇이다. 자동문을 통해 안으로 들어서자, 아닌 게 아니라 바깥만큼 덥지는 않지만 어쩐지 공기가 미묘하게 미적지근해서 얼굴을 찡그렸다.

안내판을 보건대, 고부세 정 교육위원회는 3층에 있는 모양이다. 엘리베이터로 3층까지 올라갔다가 바로 후회했다. 아까 야나카에서 노인을 만났을 때 느꼈던 거북함을 더욱 강하게 느꼈기 때문이다. 나도 시민인 이상 관공서에 온 적은 여러 번 있지만, 볼일이 있었던 곳은 기껏해야 주민과. 그 외의 부서에는 들어가본 적이 없다. 복장이 단정한 사람들이 엄숙하게 업무를 보는 가운데 빈티지 가공된 내 청바지는 너무나도 이질적으로 보였다. 탐정을 동경하는 나는 어느 정도의 위험은 두려워하지 않지만, 매너라든지 예의 같은 문제만 나오면 천성적인 소심함이 겉으로 드러났다.

주눅이 든 채로 '안내' 팻말이 걸린 곳까지 갔다. 신청용지로 보이는 종이가 여러 종류 놓여 있는 카운터였다. 딱히 안내를 담당하는 사람이 있는 것은 아니었지만, 젊은 남자가 나를 발견하고 나왔다.

"무슨 일로 오셨습니까?"

남자는 내 옷차림을 별로 눈여겨보지 않았다. 매우 온건한 태도다. 나는 적잖이 안도했다.

"아, 좀 여쭤보고 싶은 게 있는데요."

"네."

"이 지역에 향토사를 조사하는 사람이 있습니까? 고문서 같은 걸 조사하는 사람 말입니다. 혹시 있으면 소개해주실 수 있을까요?"

"향토사요?"

남자는 딱히 내 부탁을 의아하게 여기는 눈치도 아니다. 바로 등뒤 사무소 쪽을 향해 큰 소리로 말했다.

"다부치 씨, 죄송하지만 이 지역 역사에 밝은 사람을 소개해달라는 학생이 왔는데요."

그렇군. 대학생이라고 생각했나. 오해를 풀지 않는 편이 이야기가 빠를 것 같아 딱히 바로잡지는 않았다. 탐정이라고 당당히 밝힐 수 없는 것은 슬쩍 유감이지만.

카운터로 나온 다부치라는 사람은 마흔 안팎의 뚱뚱한 남자였다.

생글생글 붙임성 있게 웃는다.

"예, 예. 무슨 일이라고요?"

조금 전의 설명을 되풀이했다. 그러자 다부치의 표정이 흐려졌다. 난감하기 그지없다는 듯 미간에 주름을 잡고 미안해하는 투로 말했다.

"그래요, 그래요. 고문서란 말이죠. 언제 것인지 알면 대답하기 쉽겠는데요."

"이십 년쯤 전에 이것저것 조사했던 사람이 있었다고 들었는데요."

"아, 아시는군요? 아마 에마 쓰네미쓰 씨 말씀일 겁니다. 꽤나 열성적인 분이셨죠."

과거형.

"다만 재작년에 세상을 떠나셔서."

혀를 찰 뻔했다. 이 년만 더 근성으로 버틸 것이지. 하지만 실이 끊어진 것은 아니다. 이름이 알려진 사람이라면 어쩌면.

"그렇습니까…… 그 사람, 혹시 책 같은 건 남기지 않았나요?"

"으음."

다부치가 신음했다. 그러더니 목소리를 약간 낮추고 말했다.

"……돌아가신 분에 관해 너무 나쁘게 말하고 싶진 않은데요. 에마 씨는 아마도 저희 교육위원회에 불신감을 품고 계셨던 모양이라, 저희는 책을 받지 못했어요. 뭔가 발견되면 알려달라고 누차 부탁드렸지만 특별한 말씀도 좀처럼 없었고 말이죠."

에마라는 향토사가가 이미 이십 년 전에 조사했는데도 모모치가 고문서의 존재를 비밀로 해달라고 한 것은 생각해보면 이상한 일이었다. 그러나 에마가 일부러 보고하지 않았다면 그것도 수긍이 간다.

다부치는 이어서 말했다.

"하지만 도서관엔 몇 권 기증하셨을 겁니다. 그쪽에 가보시면 아마 있을 걸요."

"그렇습니까. 감사합니다."

머리를 숙여 인사했다.

그래도 역시 살아 있는 사람의 도움을 받고 싶다는 마음에 한 번 더 물었다.

"……그럼 그분 말고 역사에 밝은 사람은 또 없습니까? 좀 봐줬으면 하는 게 있는데요."

"봐줬으면 하는 거요? 지금 갖고 계십니까?"

네, 하고 내놓으려다가 생각을 고쳤다. 아차차, 큰일 날 뻔했다. 의뢰인 모모치는 야나카 하치만 신사에 있는 고문서의 존재가 교육위원회에게 알려지지 않기를 강력히 희망했다. 하기야 보여주려 해도 아직 사진을 현상하기 전이지만.

"아뇨, 지금은."

"그렇습니까."

다부치는 수상하게 생각하지는 않은 것 같다. 고개를 갸웃거리며 말했다.

"글쎄요, 이와시게 씨 같으면 꽤 많이 아시는데요. 다만 그분의 전문 분야는 기본적으로 다이쇼 메이지 시대라 말이죠. 에마 씨가 조사하신 건 아마 중세 시대일 테니, 어떨지 모르겠군요."

"아, 하지만 그래도 도움이 될 것 같은데요. 연락처를 알 수 있을까요?"

"글쎄요, 지금은 야마키타 고등학교에 교사로 계실 테니 그쪽에 물어보시면 알 수 있을 겁니다. 이와시게 다카노리 선생님이십니다."

야호에 있다면 마침 잘됐다. 나는 그 이름을 기억에 새기고 머리를 숙였다.

"알겠습니다. 감사합니다."

"아이고, 아닙니다."

다부치의 표정에 붙임성 있는 웃음이 돌아왔다.

"학생이 고부세의 역사에 관심을 가져주는 건 마음 든든한 일이니까요. 졸업논문 쓰시나요? 열심히 하세요."

"아, 네."

"얼마 전에도 학생 한 분이 오셨는데, 같은 대학 분입니까?"

나는 스물네 살이니 실은 표준적인 대학생보다 연상이다. 그런데도 이렇게 철석같이 학생이라고 믿다니, 기뻐해야 할지 슬퍼해야 할지 판단이 서지 않는다. 조금은 탐정일지도 모른다고 생각해주면 안 되나. 아, 아뇨, 네, 하고 말을 얼버무렸다.

M400에 올라타려다가 시야 한구석에서 신경 쓰이는 것을 발견했다.

고부세 정 사무소의 드넓은 주차장 구석에 서 있는 차. 정 사무소에 들어가기 전부터 그곳에 있었는지는 기억나지 않지만, 있었다면 아마 알아차렸을 것이다.

검은색 폴크스바겐 비틀. 아까 야나카 지구에서 봤던 차 아닌가? 왁스칠을 한, 검은 광택이 나는 차체. 자랑거리인 내 뛰어난 시력으로 차의 번호판을 슬쩍 읽었다. 야나카 지구에서 겉돌아 보였던 것도 이해가 된다. 비틀의 번호판에는 '네리마*'라고 쓰여 있었다.

고향에 왔나. 그렇게 생각하며 비틀을 바라보던 나는 한 가지를 더 알아차렸다. 시선. 비틀의 운전석에 선글라스를 쓴 남자가 앉아 있었다. 운전대에 상반신을 기댄 남자가 어디를 보는지는 물론 선글라스 때문에 알 수 없다. 그러나 나는 그 남자가 나를 응시하고 있음을 직감했다.

'난해한 사건에 도전하는 탐정 앞을 가로막는 수수께끼의 남자'라는 시추에이션이 뇌리에 떠올랐다. 분명 지하철 통풍구에서 바람이 불어올라오는 벽돌 건물 뒷골목을 배경으로 뚜벅뚜벅 발소리를 내며 다가와서는 '이 사건에서 손을 떼시지' 할 것이다.

……아니, 안 되나.

그도 그럴 것이, 이 부근에는 지하철이 없다.

5

확인해야 할 게 하나 더 있다.

이번에도 시외전화다. '고야 S&R'가 맡은 의뢰를 완수하는 데 불가결한 전화이니, 물론 전화요금은 사쿠라 가쓰지에게 필요 경비로 청구할 수 있을 것이다. 그러나 금액은 어떻게 산출하면 되는 걸까. 전화번호를 누르며 고민했다. 경제학과를 나왔지만 실제 사무 처리 경험은 거의 없다. 자영업의 주체라 할 경리에 관해서는 완전히 문외한이다. 대체 무엇 때문에 경제학을 전공했나 싶기도 하지만, 그런 걸 깊이 생각하기 시작하면 동작이 정지되므로 나는 사고를 중단했다.

---

* 도쿄 도 23구 중 하나.

신호음이 오래 이어졌다. 그러나 사람이 없는 것은 아니다. 방금 전 간자키도 이 번호로 전화를 걸었을 것이다. 이윽고 졌다는 듯 차분한 목소리의 여자가 전화를 받았다.

"네."

"사쿠라 씨 댁입니까?"

"네, 그렇습니다."

"사쿠라 도코 씨의 어머님이신 아사코 씨이신가요?"

"네."

"전 사쿠라 가쓰지 씨께 의뢰를 받은 고야라고 합니다. 사정은 아십니까?"

"탐정이시라고 들었습니다. ……좀 전에 도코의 전 직장에서도 연락을 받았습니다."

여자의 목소리에는 동요하는 기미가 거의 없었다. 차가울 것까지는 없지만. 그러고 보니 가쓰지에게 듣기로 며느리는 탐정과 상의하는 것을 반대한다고 했다. 나는 이미 완전히 탐정으로 통하고 있었지만, 무슨 직함을 갖다붙이든 이제 상관없다는 기분이었다.

이야기를 듣는 데는 상대방이 흥분했을 때 도움이 되는 경우와 냉정할 때 도움이 되는 경우가 있다. 나는 후자 쪽이 더 편했다. 이쪽이 사무적인 어조여도 문제가 적기 때문이다. 담담히 물었다.

"그렇습니까. 실은 두세 가지 여쭤보고 싶은 게 있어서요."

"……그러시죠."

"따님이 야호에서 자주 가던 곳을 가르쳐주셨으면 합니다. 그리고 야호 주변에 사는 따님 친구 분의 성함과 연락처를 알고 싶습니다."

수화기 저편에서 희미하게 한숨 소리 같은 것이 들린 듯했다. 귀를 기울이고 있으려니 상대방은 변함없이 담담한 목소리로 말했다.

"도쿄가 성장한 뒤로 자주 갔던 장소는 물으신들 잘 모르겠군요."

"……그렇습니까."

당연한 일이기는 하다. 내가 고등학교 때 다니던 곳을 내 어머니가 알고 있을까 생각하면, 심히 의문이다.

"그럼 친구 분은요?"

"그전에."

아사코는 온화하게 말을 가로막았다.

"전 이번 일은 아버님이 너무 앞서가셨다고 생각합니다. 도쿄가 정식으로 절차를 밟아 도쿄를 떠났다면, 그건 분명 그애 나름대로 무슨 생각이 있어서 한 일일 겁니다. 연락이 되지 않는 것도 일시적인 일이겠죠. 섣불리 파고들었다간 나중에 그애한테 이롭지 않을 거예요."

말투는 정중하지만 공손함에서 어딘지 모르게 무례함이 느껴진다. 뭐, 시아버지가 멋대로 한 의뢰를 수락한, 정체 모를 탐정에게 호감을 가지는 것도 무리일 것이다. 별반 반발심은 느끼지 않는다. 조금 전의 집주인처럼 씨도 먹히지 않는 것은 아니니 훨씬 낫다 해야 할 것이다.

축 늘어진 자세로, 그러나 목소리만은 어디까지나 뚜렷하게 유지한다.

"그럴지도 모르죠. 하지만 전 이미 가쓰지 씨의 의뢰를 수락했습니다. 꼭 협조해주셨으면 합니다만."

"그만두실 수는 없나요?"

"네?"

"아버님의 의뢰를 취소할 수 없습니까?"

그렇게 나온다 이거지.

아사코와 가쓰지는 어쩌면 단순히 도코의 행동에 대해 견해가 다른 것 말고도 어떤 감정적인 대립이 있는지도 모른다. 소위 며느리와 시아버지 사이의 남모르는 갈등 말이다. 그러나 물론 그것은 내가 맡은 일의 범위 밖이고, 개인적으로도 흥미가 없다.

"그건 가쓰지 씨께서 말씀하셔야 할 문제입니다."

"아버님은 도코를 모르세요."

아사코의 말에 어렴풋이 힘이 들어갔다.

"그애가 나름대로 생각해서 하는 일을 옆에서 참견해서 좋을 리가 없어요. 당신이 하는 일을 부정하는 건 아닙니다만, 이상한 짓을 해서 괜한 문제를 일으켰다가는 되레 그애한테 누를 끼치게 됩니다."

말씨름을 벌여봤자 소용없지만, 방금 전 간자키와의 통화에서 트러블의 존재가 암시됐던 만큼 아사코의 말이 영 마음에 걸렸다.

"따님이 완전히 본인의 의사로 실종됐고, 앞으로도 무사하다고 믿으시는 이유가 있습니까?"

"도코는 실종된 게 아닙니다. 아버님이 너무 수선을 피우시는 거예요."

만약 정말로 그렇다면 나로서도 고마운 일이다. 하지만 그렇다면 도코가 그냥 훌쩍 여행을 떠나고 싶어진 거라고 할 셈인가?

"따님이 어떤 트러블에 말려들었을지도 모른다는 의견도 있습니다. 그럴 가능성을 부정하는 사실을 알고 계시다면 가르쳐주실 수 없을까요? 실종이 아니라는 게 분명하다면, 저도 가쓰지 씨께 그렇게 말씀드리겠습니다."

그러나 아사코는 잠시 침묵한 끝에 대답했다.

"전 그애를 잘 알아요. 그애는 이미 어른이고, 무슨 일이든 자기 힘으로 어떻게든 해결할 수 있는 아이입니다. 도코가 결정한 일이라면 잠자코 지켜봐주는 게 부모의 역할이라고 생각합니다. 그게 제 나름대로 그애를 걱정하는 방법입니다."

요컨대 감정론이고, 안부에 관한 구체적 정보는 없다는 뜻이다. 아사코의 말투는 도코를 신뢰한다기보다 어딘지 모르게 수수방관하는 것처럼 들렸다. 아닌 게 아니라 이미 성인인 도코를 어머니가 보살필 필요는 없겠지만. 사쿠라 도코는 어머니와 커뮤니케이션이 잘 안 됐는지도 모른다. 소위 부모와 자식 사이의 남모르는 갈등 말이다. 물론 이것도 내 일의 범위 밖이고, 개인적으로도 흥미는 없다. 나는 상대방이 눈치채지 못하게 주의하며 하품을 했다.

"……그렇군요. 알겠습니다. 하지만 그 건은 역시 가쓰지 씨와 의논하셔야지, 저 혼자만의 판단으로 조사를 중단할 수는 없습니다. 야호 주변에 사는 따님 친구 분을 모르십니까?"

한동안 대답이 돌아오지 않았다. 무슨 복잡한 갈등이 있는지도 모른다. 그건 상관없지만, 이것은 시외전화고, 요금은 이쪽에서 부담하며 '고야 S&R'는 예산이 풍족하지 않다. 만약 이대로 전화를 끊을 생각이라면 얼른 끊어주면 안 될까. 그렇게 생각하기 시작할 무렵, 드디어 아사코가 대답했다.

"……마쓰나카 게이코란 사람이, 도코가 자주 이야기했던 친구입니다. 야호 시에 살았던 걸로 기억하는데 지금은 결혼해서 아마 성이 와타나베로 바뀌었을 거예요. 연락처는 모릅니다. 이제 됐습니까?"

"한자로는 어떻게 쓰는지요?"

"'게이코'의 한자 말씀인가요? 전 모릅니다."

메모장에 '도코의 친구 와타나베 게이코'라고 적었다.

와타나베는 흔한 성이고, 게이코도 세상에 널려 있다. 도코에게 온 옛날 연하장이라도 찾아봐주면 연락처를 알아낼 수 있겠지만, 아사코에게는 더이상 부탁해봤자 성과가 없으리라는 생각이 들었다. 나는 목소리를 명랑하게 꾸몄다. 고마워하는 듯한 태도는 내 장기 중의 하나다.

"감사합니다! 많은 참고가 됐습니다."

"이제 됐죠?"

"네, 정말 감사합니다. 이만 실례하겠습니다."

전화기를 내려놓았다. 한숨.

와타나베 게이코 찾기는 매우 귀찮을지언정 별반 어려운 일은 아닐 것이다. 전화번호부를 찾아보면 그만이다. 전화번호부에 이름이 없으면 일일이 걸어 확인하면 된다. 혹시 게이코가 이미 야호를 떠났어도 작은 마을이니 머잖아 친척과 맞닥뜨릴 것이다. 앞길이 길기는 해도 불투명하지는 않다.

불투명한 점이 있다면 그것은 도코의 실종 이유다. 시스템 개발과에서 근무했던 도코는 특별히 고소득은 아니었겠지만, 평범하게 생활하기에는 별반 부족하지 않았을 것이다. 하기야 뜻하지 않은 장애는 어디에나 뒹굴고 있다. 폭력배에게 트집을 잡혔을 수도 있고, 사기 상술에 걸려들어 빚쟁이에게 쫓기는지도 모른다. 예기치 못한 병에 걸려 부득이하게 전지 요양을 하고 있을지도 모른다. 결국 누구나 불합리한 일을 당할 수 있으려니와, 그렇게 됐을 경우에는 그것을 견뎌내야 한다. 그리고 도코가 무슨 일을 당했고 무엇을 견뎌내고 있는지는, 잘 생각해보면 나와는 아무래도 상관없는 일이다.

전화를 세 통 연속으로 했더니 목이 칼칼했다. 잠깐 'D&G'에나 가서 휴식을 취하자. 전화번호부를 조사하는 일은 오늘의 커피를 마신 다음에도 할 수 있는 작업이다.

6

날이 저물기 시작했지만 아직 에어컨을 끌 마음이 나지 않았다. 오토바이 엔진 소리가 다가와 멈추었다. 나는 전화기를 내려놓고 1층 편의점에서 산 생수를 입에 머금었다. 한페가 요란한 소리를 내며 계단을 뛰어올라와 사무소 문을 열었다.

"다녀왔습니다!"

"그래, 수고했다."

내 목소리를 듣고 한페가 흠칫했다.

"목소리가 왜 그렇습니까?"

"음."

천천히 말하면 부담도 적다. 내 말투는 몹시 느릿해졌다.

"전화를, 하도, 걸어댔더니, 목이, 쉬었다."

"정말입니까? 전 목이 쉰 적이 없거든요. 진짜 목이 쉬는 사람도 있군요."

"한 반년, 말을 거의, 안 했으니까."

"예에."

"목이, 약해졌겠지."

한페는 딱하다는 듯 말했다.

"애써 말씀 안 하셔도 됩니다."

나는 고개를 끄덕이고 생수를 한 모금 더 마셨다. 그리고 손짓으로 한페를 불렀다. 메모지에 펜으로 끼적여 한페에게 보였다.

'경과 보고.'

"아, 네."

한페는 하루의 성과를 이야기했다. 고문서 원본의 사진을 찍었다는 것, 그 고문서를 조사했다는 아마추어 역사가 에마 쓰네미쓰의 존재를 알게 된 것, 그는 이미 사망했지만 저서가 남아 있다는 것, 에마 쓰네미쓰와는 전문 분야가 다르나 이와시게 다카노리라는 인물도 고부세 정의 역사에 밝다는 것, 그가 야마키타 고등학교에 교사로 재직중이라는 것.

한페는 야나카 지구를 이렇게 평했다.

"완전 깡촌이던데요. 전 로쿠쿠와 출신인데 거기랑 우열을 가리기가 어렵겠더군요. 아마 밤이 되면 돌아다니는 사람이 아무도 없고 캄캄할 겁니다."

나도 물론 그러리라고 생각한다.

이야기를 들으며 나는 두 번 눈살을 찌푸렸다. 한 번은 고문서를 필름에 담을 때 플래시를 터뜨렸다는 부분. 오래된 물건, 특히 종이는 빛에 약하다. 박물관 같은 데서 플래시 촬영이 엄금이라는 것은 상식이다. 하지만 뭐, 한두 번 정도면 별일 없을지도 모른다. 일일이 나무랄 마음은 들지 않았다. 한페도 성인이려니와 뭐니뭐니해도 말을 하는 것 자체가 괴롭다.

나머지 한 번은 고부세 교육위원회를 나온 한페가 그대로 야호로 돌아왔다는 부분이다. 나는 펜을 들었다.

'왜 도서관에 안 갔냐?'

"아뇨, 갔는데, 도서 정리일이더라고요."

'금요일인데?'

도서관과 이발소는 전국 공통으로 월요일에 쉬는 걸로 아는데.

그러나 그것을 한페에게 물어봤자 소용없는 일이다.

"그런 건 모릅니다. 도서관도 한 달에 한 번은 정리일이 있겠죠. 그게 두번째 금요일이었던 게 아닐까요. 문을 안 연 건 확실합니다."

그렇군. 그러나 나는 한페가 어떤 인간인지 아는 것이 거의 없기 때문에 이렇게 확인하지 않을 수 없었다.

"너, 도서관 이용할 줄 아냐?"

한페는 질문의 의도를 이해하지 못한 듯했다.

"이용하다니, 무슨 뜻입니까? 무슨 용법이나 용량이 정해져 있는 겁니까?"

"필요한 책을 찾아내서 읽고 이해할 수 있느냐는 뜻이다."

나는 한페가 최근 일 년간 읽은 책이라곤 휴대전화 설명서뿐인 타입이 아닐까 의심한 것이다. 사람을 겉모습만으로 판단해서는 안 되지만, 한페는 적어도 겉모습으로는 그렇게 보인다. 얼마 동안 내 얼굴을 빤히 쳐다보던 한페는 그런 내 의심을 짐작했는지 뻔뻔한 웃음을 지었다.

"아, 괜찮습니다. 책 읽을 줄 알아요. 최근엔 그게 재미있던데요. 음, 그거. 뭐시기 밭의 파수꾼."

"샐린저냐."

"어? 블랭키요?"

어리둥절한 표정으로 마주 보았다. 이윽고 한페가 말했다.

"아, 생각났어요. 오로로 콩밭*입니다."

나는 한층 괴로워진 목을 마지막으로 채찍질해서 말했다.

"그거 말이었냐."

뭐, 어쨌든 맡긴 이상 뜻대로 하게 두는 수밖에 없다. 내 목을 생각해서도 그 이상 묻지 않았다. 다만 한 가지는 충고했다. 물론 필담으로.

'내일 그 선생님을 만나러 갈 거면 오늘 중에 미리 약속을 잡아봐라.'

"약속?"

한페가 괴성을 질렀다.

"약속이라니, 그것 말씀입니까? 몇시에 갈 테니 시간을 비워놔주십시오, 하는 거요? 안 하면 안 되는 겁니까?"

'안 된다기보다, 상식이다.'

"예에…… 알겠습니다."

어쩐지 묘하게 불만인 듯하다.

이번에는 반대로 한페가 물었다.

"부장은 뭔가 진전이 있었습니까?"

나는 그 물음에 고개를 가로저을 수밖에 없었다.

'콘 구스'의 간자키 및 사쿠라 아사코와 한 통화는 이미 알고 있던 사실을 직접 재확인한 것 이상의 의미는 거의 없다. 생략할 수 있는 것도 아니지만 건설적이지도 않다. 간자키의 말에 걸리는 부분이 있

---

* 샐린저의 『호밀밭의 파수꾼』은 일본에서 『호밀밭에서 붙잡아서』라는 제목으로 출간됐다. '오로로 콩밭'은 오기와라 히로시의 소설 『오로로 콩밭에서 붙잡아서』를 가리킨다. 한편 '샐린저'는 '블랭키 제트 시티(BLANKEY JET CITY)'라는 일본의 록밴드가 발표한 곡의 제목이기도 하다.

기는 했으나 그것은 소재지에 관한 정보와 연결되지 않는다. 내가 할 일은 도코를 찾는 것이지, 도와주는 게 아니다.

도코가 자주 가는 곳을 알고 있을 와타나베 게이코는 좀처럼 찾아지지 않았다. 와타나베 게이코 찾기는 단순하면서도 고된 작업이었다. 전화번호부에서 와타나베 성을 가진 사람들을 찾아 전화를 걸고, 전화를 받은 상대방에게 와타나베 게이코 씨 댁이냐고 묻는다. 아니라는 답이 돌아온다. 그러면 게이코 씨를 아시느냐고 묻는 게 원래 계획이었건만, 대부분의 상대방은 잘못 걸린 전화라는 것을 안 순간 얼굴을 보고 대화할 때는 생각도 할 수 없을 만큼 매몰차진다. 설명과 애원을 반복하는 사이 목이 쉬는 바람에 더이상 작업이 불가능해졌다.

한참 인간 취급을 받지 못하는 시간을 보내고 나니, 텔레마케터라는 직업에 존경심을 느끼지 않을 수 없었다. 그 정신력을 생각하기만 해도 머리가 절로 수그려진다. 튼튼한 목도. 하기야 나에게 세일즈 전화가 걸려와도 역시 상대방을 인간 취급 하지 않을 테지만.

한페가 웃었다.

"그럼 안 되죠. 전 원래부터 성과 제로인 날은 돈을 받지 않는 걸로 했지만, 부장은 일당 아닙니까?"

한페에게 그런 말을 들을 것도 없이, 나는 첫날의 성과에 대해 약간 떳떳지 못한 기분이었다.

사쿠라 도코를 찾는 일은 일당으로 계산한 보수에 성공 보수와 필요 경비를 더해 받기로 합의했다. 일당은 꽤 적게 잡았지만 성과를 올리지 못하면 역시 창피하다. 보고는 사흘에 한 번. 일요일에는 조사한 결과를 보고하러 가야 한다.

한편, 고문서 조사는 전액 성공 보수에 필요 경비를 더하는 것으로 계약했다. 경과 보고도 저쪽에서 문의하지 않는 한 해야 할 의무는 없는 것으로 정했다. 조사가 얼마나 오래 걸릴지, 성공할 가능성은 있는지 전혀 예측이 되지 않았기 때문이다. 통상적인 경우라면 인건비가 드는 만큼 조사 기간이 길어질수록 사무소가 불리해지는 계약이지만, 한페의 급료는 성과급이기 때문에 일 년이 걸리건 하루 만에 해결되건 '고야 S&R'가 벌어들이는 돈에는 차이가 없다. 조사가 실패했을 경우에도 금전적으로 손해를 보는 사람은 한페뿐이다.

나는 성의 없는 글씨로 메모지에 적었다.

'열심히 노력하마.'

그러고는 불현듯 생각이 나 이어서 썼다.

'근무 시간은 9시부터 18시까지로 할 생각인데, 너 아르바이트는 괜찮냐?'

"알겠습니다, 괜찮습니다. 아르바이트는 10시부터니까요."

다시 펜을 놀렸다.

'쓰러지지 마라.'

"뭐, 제 몸은……"

'의뢰를 완수하기 전까지는. 그리고 산재는 적용 안 되니까 그렇게 알고.'

한페는 그것을 보더니 쓴웃음을 지었다.

"고야 부장은 기본적으로 사람이 차갑군요."

그럴지도 모른다. 아니, 단지 타인의 감정을 생각하는 방법을 잊어버렸을 뿐인가. 나는 그렇게 생각했지만 입 밖에 내어 말하지는 않았다. 글씨로도 쓰지 않았다.

시계가 방금 정해진 퇴근 시간을 가리켰다.

흰 하카마* 안녕하세요.

GEN 안녕하세요.

GEN 새 일은 어떻습니까.

흰 하카마 개를 찾을 생각이었는데 이상한 일을 하게 됐습니다.

GEN 이상한 일이라고요?

흰 하카마 실종자 찾기와 고문서 조사입니다.

GEN 저런. 그거, 두 개가 같은 일입니까?

흰 하카마 아뇨, 별도의 일입니다. 어쩌다보니 직원이 한 명 생겨서.

GEN 오오, 고용주(웃음).

GEN 역시 다른 일입니까. 같은 일이면 대체 어떤 걸까 싶었는데요.

흰 하카마 전액 성공 보수에 성과급으로 받아도 된다고 하니

흰 하카마 직원이라기보다 외부 위탁 같은 느낌입니다.

GEN 흰 하카마 씨는 둘 중 어느 일을 하십니까?

흰 하카마 사람을 찾는 쪽입니다.

흰 하카마 약간 불길한 느낌도 듭니다. 뭐, 지나친 생각이겠지만요.

GEN 어떤 사람을 찾는 겁니까?

흰 하카마 전직 시스템 엔지니어입니다. 아마. 프로그래머일지도요.

GEN 제 동업자군요(웃음).

GEN 분명히 납기일을 맞출 가망이 없었던 겁니다. 동정합니다.

흰 하카마 그런가. 그런 가능성도 있었군요.

---

* 기모노의 겉에 입는 아래옷. '흰 하카마'라는 이름은 '염색장이의 흰 하카마'라는 일본 속담에서 나온 것으로, 남의 일을 하느라 바빠 미처 자기 일을 못 하는 것을 뜻한다.

흰 하카마 검토할 가치는 없겠습니다만

흰 하카마 사실 어떤 사정으로 실종됐는지는 솔직히 제가 알 바 아닙니다.

GEN 우와, 심하다. 아니, 프로의식? 개업 이틀 만에 프로의식?

GEN 뭐, 어쨌든 제가 할 수 있는 일이 있으면 도와드릴 테니 말씀하세요.

GEN 아, 물론 여력이 허하는 범위 내에서(웃음).

흰 하카마 도움을 받고 싶은 일이 있으면 별로 사양 않고 부탁드릴 생각입니다.

흰 하카마 여력이 없을 때는 별로 사양 말고 거절해주세요.

흰 하카마 아, 잠깐만요. 손님이 왔습니다. 누구지.

밤이 되어 가로등에 불이 들어오고 저녁식사를 마쳐도 낮 동안 축적된 열기는 좀처럼 사라지지 않는다. 나는 세 평짜리 방의 창문을 활짝 열고, 겨울에는 고타쓰도 되는 조그만 밥상에 노트북을 올려놓고 채팅을 하는 중이었다.

개인 사이트의 자바 스크립트를 이용한 채팅인데, 참가자는 많아봐야 네 명 정도. 대개의 경우 흰 하카마, 즉 나 고야 조이치로와, 직접 안면은 없는 GEN의 일대일 채팅이다. 내가 사회 복귀를 위한 재활훈련차 뭔가 하고 싶다는 말을 꺼냈을 때 소규모로라도 자영업을 해보면 어떻겠느냐고 권해준 사람이 이 GEN이었다.

나이는 나와 별 차이가 없을 텐데도 고등학교를 졸업한 이래 내내 직업을 갖고 일을 해왔다는 GEN은 세상 물정에 밝을 뿐 아니라 태도도 매우 어른스럽다. 인터넷에 관해서는 이 GEN에게 기초부터 배운 것이나 다름없다.

처음 만난 것은 대학생 때였는데, GEN은 그뒤 내가 졸업을 해도, 취직을 해도, 병에 걸려도, 회사를 퇴직해도, 반년 동안 무위한 시간을 보내도 나를 변함없이 대해주는 유일한 사람이었을뿐더러, 그의 능력이 허용하는 범위 내에서 온갖 상담에 응해주었다. 직접적인 안면은 없지만 나는 그를 신뢰한다.

또다시 초인종이 울렸다. 시각은 8시가 되기 전. 아직 몰상식한 시간은 아니지만, 딱히 찾아올 사람도 없다. 신문 구독을 권유하러 온 사람이면 그냥 무시하고 채팅으로 돌아갈 작정이었다.

그러나 렌즈 너머에 있는 사람은 서른이 조금 넘은 듯한 여자였다. 근래에 별로 흔치 않은 웨이브 머리에 약간 큼직한 코가 인상적이다. 손에 종이 다발을 들었다. 아마 반상회 일이리라. 그러고 보니 본 적이 있는 것도 같다.

네, 하고 대답하며 문을 열었다. 여자는 고개를 가볍게 숙이더니 무서운 이야기라도 하듯 목소리를 낮추었다.

"안녕하세요. 이렇게 늦은 시간에 찾아와서 죄송합니다. 실은 이 동네 남자 분들께 부탁을 드릴 일이 있어서……"

"무슨 일 있습니까?"

심하게 쉰 내 목소리에 여자가 눈을 둥그렇게 뜨더니 목소리가 밝아졌다.

"어머, 감기 걸리셨나요?"

"아뇨, 좀 목을 쓰는 일을 하는 바람에……"

"그럼 안 되죠. 사탕을 드시면 좋아요. 감귤맛은 목이 아플 때는 안 좋다는 것 같지만요."

"저, 무슨 일로 오셨는지?"

여자의 목소리가 다시 어두워졌다. 묘하게 연극적이다.

"아, 네. ……이미 아시겠지만 최근에 이 부근에 들개가 출몰하거든요."

"아, 네, 들었습니다."

"그럼, 아시나요? 오늘도 한 애가 습격을 받아서 하마터면 물릴 뻔했지 뭐예요. 저희도 순찰을 돌긴 하지만 아무래도 인원이 부족한데다가, 막상 일이 벌어졌을 때는 역시 남자 분이 계시는 편이 마음이 든든해서……"

"그렇군요."

기묘한 일이다. 직업으로 삼고 싶었던 개 찾기가 반상회 활동으로 들어오다니.

"보건소에서도 애쓰는 것 같지만, 아이들이 다친 후엔 늦으니까요. 여름방학인데 애들더러 밖에 나가지 말라고 하기도 좀 안됐으니까 순찰은 계속할 예정이거든요. 혹시 일을 쉬시는 중이면 도와주실 수 없을까요?"

'고야 S&R'도 휴일이 정해져 있다. 사쿠라 가쓰지와 맺은 계약상으로는 엿새에 한 번 조사를 쉰다고 정했다. 그러나 내일은 아직 조사 이틀째. 그저께까지만 해도 아무런 스케줄도 없었건만, 타이밍이 좋지 않다.

순간적으로 대답을 못 하고 있으려니, 여자가 들고 있던 종이를 한장 내밀었다.

"이게 알림장인데요."

거의 늑대처럼 보이는 개에게 쫓겨 아이가 눈을 가위표로 하고 울고 있는 일러스트가 있었다. 그 옆에는 귀여운 글씨로 '자기 몸은 자기가 지키자!'라고 쓰여 있다. 제목은 '순찰 협조에 대한 부탁 말씀'. 누가 부탁하는 건가 했더니, 미나미 초등학교 학부모회와 반상회 연명이었다. 각 조직을 동원한 일대 작전인가. 학부모회라면 자식이 없는 나에게 부탁할 리가 없다. 반상회에서 나를 점찍은 것이리라. 한가해 보이는 남자가 하나 있다고. 적당히 붙임성은 발휘하며 살기 때문에 동네에서 평판은 나쁘지 않은데다, 내가 한가해 보이는 데는 의심의 여지가 없다.

전단으로 다시 시선을 돌렸다.

"어떠세요?"

이번에는 바로 대답했다.

"알겠습니다. 오전중에만 가능합니다만 협조하죠."

"어, 나와줄 수 있으세요?"

여자가 또 눈을 둥그렇게 떴다. 기쁨의 빛이 얼굴 가득 퍼졌다. 역시 영 연극적이다.

"감사합니다! 아무래도 다들 바빠서서 좀처럼 못 나오시거든요. 큰 도움이 되겠어요."

전단에는 집합 장소와 시각이 적혀 있었다. 그것을 보며 말했다.

"내일 8시에 저기 주차장으로 가면 됩니까?"

"네. 아아, 정말 감사합니다. 잘 부탁드려요."

고개를 연방 꾸벅꾸벅 숙이는 것을 적당히 상대하고 문을 닫았다.

채팅으로 돌아왔다. 나밖에 앉아본 적이 없는 방석 위에 책상다리를 하고 앉아 잠깐 생각하다가 키보드를 쳤다.

흰 하카마 돌아왔습니다.

GEN 무슨 일이죠?

흰 하카마 호박이 넝쿨째 굴러들어왔습니다.

GEN ???

'순찰 협조에 대한 부탁 말씀'을 다시 한번 보았다. 마지막 줄에 주
목할 가치가 있었다. 임원 이름. 학부모회 회장은 모르는 남자였다.
그다음, 반상회 부회장 이름. '와타나베 게이코'.

동성동명일 가능성도 충분하지만……

키보드를 두들겼다.

흰 하카마 어쩌면 대박인 척해놓고 실은 꽝일지도 모르지만,

흰 하카마 내일은 개를 찾고 오겠습니다.

Chapter.

3

2004년 8월 14일(토)

1

 일기예보에서는 앞으로도 한동안 비 소식은 없다고 했다. 리포터는 웃는 얼굴로 빨래하기 좋은 날씨라고 했지만, 생각해보면 한 보름 연속으로 빨래하기 좋은 날씨였던 것 같다. 이 정도로 맑은 날씨가 계속되면 물 부족은 물론이고 화재도 걱정된다. 불조심하자. 어제 조금 남긴 명란젓을 찬 삼아 밥을 입안에 쓸어넣었다.

 입을 벌리고 발음 연습.

 "아에이우에오아오. 카케키쿠케코카코. 사세시스세소사소."

 됐다. 목소리가 돌아왔다.

 움직이기 편하게 청바지와 긴소매 셔츠를 입었다. 손에는 어젯밤에 미리 사둔 고무공을 들었다. 타월 두 장을 허리춤에 찼다.

 사무소에 갈 때는 가죽 구두를 신지만 오늘 아침은 스니커즈를 신고 집을 나섰다.

일기예보에서 말한 대로 오늘도 아침부터 화창했다.

들개 대책 순찰반의 집합 장소는 내가 사는 연립의 주차장이었다. 집에서 나와 금방이다. 여자 넷에 남자 하나가 마침 내 경차 옆에 원을 그리고 서 있었다. 동네 사람들이라 눈에 익은 얼굴도 많았다. 영업용 미소를 띠고 안녕하세요, 하고 인사했다.

집합 장소가 바로 코앞이라고 조금 방심했는지도 모른다. 보아하니 내가 꼴찌인 것 같다. 무리에 끼자 모인 사람들의 주의를 끌듯 한 여자가 머리를 숙였다.

"안녕하세요. 휴일에 힘드시겠지만 오늘도 열심히 해봅시다."

젊은 여자다. 스무 살이 조금 넘었을 정도…… 아니, 조금 더 먹었을지도 모른다. 이 사람이 혹시 와타나베 게이코일까. 가볍게 염색해서 바깥쪽으로 뻗치게 만 머리와 반소매 셔츠는 활동적으로 보이는데, 매우 어른스러운 표정에 화장도 옅은 것이 강렬한 자아나 개성은 느껴지지 않는다.

보아하니 그녀가 리더 같다. 그녀는 나와 또다른 한 남자에게 차례로 시선을 옮겼다.

"오늘은 남자 분들도 나와주셨어요. 저, 죄송합니다만 성함이……"

"아, 에노하라입니다."

에노하라는 가운데 가르마를 타고 렌즈가 큰 안경을 썼다. 사근사근해 보이는 남자는 외모로 판단하자면 공무원 같았다. 에노하라에 이어 나도 웃는 얼굴로 인사했다.

"고야입니다. 잘 부탁드립니다."

세 여자도 차례대로 자기소개를 했다. 그중 한 사람은 에노하라의 부인인 듯했다. 마지막으로 리더가 이름을 밝혔다.

"와타나베입니다."

사쿠라 도코는 스물네 살. 와타나베 게이코의 나이도 비슷할 것이다. 눈앞의 와타나베는 외견상으로는 조건에 합치된다.

와타나베는 당당한 말투로 현재의 상황을 설명했다.

"어제 밖에서 놀던 4학년 여자애가 습격을 받았습니다. 친구네 집으로 뛰어든 덕에 다행히 다치진 않았지만, 꽤 충격을 받았다고 들었어요.

학부모회 통지문 덕에 밖을 나다니는 아이들은 아마 그리 많지 않겠지만, 강변 광장과 학교 운동장에 어른을 배치하기로 했습니다. 날씨가 더울 것 같으니 여러분도 조심하세요.

그리고 이건 보건소에서 보내온 통지문입니다. 오늘 처음 참가하시는 분은 잘 듣고 유념해주세요. 들개를 발견하면 공연히 자극하지 말 것. 혹시 어린애한테 덤벼들거나 할 경우엔 어쩔 수 없겠지만, 기본적으로는 직접 나서지 말고 보건소에 알려 뒷일을 맡겨달라고 합니다.

그럼 담당 구역을 나눌까요."

그러더니 다섯 사람을 빙 둘러보았다.

"여섯 명이니까 강변에 둘, 학교에 둘, 순찰에 둘이면 되겠군요. 희망하는 데가 있으신가요?"

한 여자가 손을 살짝 들었다.

"전 학교로 가면 안 될까요? 집에서 가깝거든요."

"알겠습니다. ……저, 남자 분께는 강변과 순찰을 부탁드리고 싶은데요."

와타나베가 나와 에노하라를 보았다. 여기서 와타나베와 한 팀이 될 수 있다면 이야기가 간단하겠는데. 나는 생각했다. 와타나베는 리더로서 주도적 역할을 하는 데 익숙해 보인다. 아마 가장 힘든 순찰을 맡을 것이다. 나는 손을 들었다.

"아, 제가 순찰을 하겠습니다."

그러자 에노하라는 조금 안도한 표정으로 말했다.

"그럼 제가 강변이군요."

"그럼 부인 분과 함께 강변을 부탁드릴게요. ……제가 순찰, 니무라 씨가 학교. 괜찮으시겠어요?"

이의 제기는 없었다. 와타나베는 고개를 끄덕였다.

"한 번 더 확인하겠습니다. 개는 중간 정도 크기에 시바 개처럼 생겼어요. 발견하더라도 덤벼들지 않는 한 보건소에 통보만 해주세요. 그리고 이걸 착용해주시고요."

그녀는 녹색 완장을 나눠주었다. 흰 글씨로 '미나미 초등학교 학부모회'라고 쓰여 있다. 한폐가 보면, 권력을 혐오하는 외톨이 늑대여야 할 탐정이 하필 학부모회 완장을 차다니, 하고 분개할지도 모른다. 하지만 나는 전혀 개의치 않는다. 얼른 팔에다 찼다. 와타나베가 손뼉을 쳤다.

"그럼 가볼까요? 다들 조심하시고요."

이 주변은 주택가라 길이 좁다. 또 구획이 반듯하게 정리되어 있어 샛길이 많지 않다. 시야가 넓기는 해도 막상 개가 덤벼들면 도망칠 장소가 없다. 양쪽은 끝없이 이어지는 담장으로 막혀 있다. 나는 와타나베를 따라 순찰을 했다. 벌써 며칠 다녔는지, 와타나베는 망설임 없이 길을 안내했다.

개 찾기는 바라던 일이지만, 오늘은 개만 찾고 있어서는 안 된다. 와타나베가 그 와타나베 게이코인지를 확인하고 도코에 대한 정보를 얻어야 한다. 어떻게 말을 꺼낼 것인가 궁리하는데 마침 와타나베가 먼저 말을 걸었다.

"그 공은 뭐죠?"

오른손에 쥔 주황색 고무공. 나는 붙임성 있게 웃으며 공을 와타나베에게 보였다.

"들개 대책입니다."

"맞히는 건가요?"

"아뇨, 개를 발견하면……"

기다란 팔을 높이 쳐들었다가 휙 내린다.

"이걸 땅에 냅다 던지는 겁니다. 크게 튀어오르니까, 개가 그쪽에 정신을 뺏겨서 갖고 장난치는 동안 도망치는 거죠. 맨손으로는 좀 불안하니까요."

"아아, 그렇군요."

아마 예의상 그러는 것이겠지만, 와타나베는 크게 감탄 어린 한숨을 쉬었다. 그러더니 회의적으로 덧붙였다.

"……효과가 있을까요?"

나는 쓴웃음을 지어 보였다.

"예전에 시험했을 때는 효과가 있더군요."

"예전이라니요?"

"어렸을 때, 지금처럼 들개가 출몰한 적이 있었거든요."

고무공으로 눈길을 떨어뜨렸다.

"꽤 흉포한 녀석이라, 옆집 애가 열몇 군데나 물려서 병원으로 실려

갔죠. 학교에서도 꽤 크게 소문이 났었습니다. 무섭더군요.

　하지만 어린애라, 사흘 만에 까맣게 잊고 공원에서 놀고 있었던 겁니다. 그때도 여름이었던 것 같습니다."

　그때 공원에는 아이들만 몇 명 있고 어른은 없었다. 우리는 고무공과 플라스틱 방망이로 삼각 야구를 하고 노는 중이었다. 나는 투수였다. 그래서 고무공을 들고 있었다.

　"설마 우리가 습격을 당할 줄은 생각지도 못했으니까, 개를 보곤 완전히 혼비백산했어요. 뿔뿔이 흩어져선, 그 공원에 정자가 있었는데, 올라갈 수 있는 애는 정자 지붕 위에 올라가고 못 올라가는 애는 나무에 올라간다든지 미끄럼틀 위로 피한다든지 해서 도망쳤습니다. 그런데 미처 도망치지 못한 녀석이 있었죠."

　"그게 고야 씨였나요?"

　"아뇨, 제 여동생이었습니다. 뛰어서 달아나면 개가 흥분해서 쫓아오니까 들개가 덤비더라도 뛰지 말라는 통지문이 돌긴 했어요. 동생도 알고는 있었을 테지만, 사실 그건 무리한 요구였죠."

　어쩌면 이번에도 그런 통지문이 있었는지 모른다. 와타나베는 얼버무렸다.

　"무리한 요구인가요? 저도 아이한테 그렇게 가르치는데요."

　그렇다면 반상회가 아니라 학부모회 사람인가. 와타나베가 내가 찾는 와타나베 게이코라면, 스물네다섯 살에 초등학생 아이가 있다는 이야기다.

　뭐, 그럴 수도 있겠지. 나는 모호하게 웃었다.

　"네, 뭐. 아무튼 개가 엄청난 기세로 돌진해오는 겁니다. 진짜 도망치지 않으면 죽겠다는 생각이 들었어요. 그래서 뛰기 시작했습니다.

그래도 어린애인지라, 도저히 도망칠 수 있을 성싶지 않더군요."

아즈사는 친구와 둘이 모래 놀이터에서 놀고 있었다. 아직 초등학교 2학년쯤이었을 것이다. 어린 나는 도망쳐 올라갔던 미끄럼틀에서 미끄러져 내려왔다.

"정신없이 한 일이지만, 개는 공놀이를 좋아한다는 고정관념이 있어서, 그러니 어떻게 되지 않을까 생각한 겁니다. 개 앞으로 뛰쳐나가 냅다 공을 던졌죠. 그런데 그게 의외로 효과가 있어서 동생은 이럭저럭 도망칠 수 있었습니다."

"고야 씨는……"

"아아, 저도 무사했습니다."

나는 웃었다. 와타나베도 그때까지 예의상 지어 보였던 것과는 다른 웃음을 지었다.

"무서우셨겠어요."

"네. 하지만……"

나는 나직이 중얼거렸다.

"그건 단순명쾌한 이야기였습니다."

"……네?"

들리지 않았나보다. 와타나베가 의아한 표정으로 되물었다.

그때 나를 위협했던 것은 개였고, 대처법은 공이었다. 목적은 동생을 구하는 것이었고, 나는 그 목적을 달성해 영웅이 되었다. 모든 것이 단순명쾌한 이야기였다…… 그 명쾌함이 지금에 와서는 아득한 꿈만 같다.

그러나 그런 말을 와타나베에게 할 필요는 전혀 없다. 나는 모호한 웃음을 띠고 고개를 흔들었다.

"아뇨, 아무것도 아닙니다. ……그런데 어제 알림장을 보고 마음에 걸린 게 있는데요. 와타나베 씨 결혼 전 성이 혹시 마쓰나카이십니까?"

"네, 그런데요."

잡담처럼 말을 꺼낸 것이 유효했는지, 와타나베는 선선히 대답해주었다.

"그렇습니까. 혹시 야마키타 고등학교를 나오시진 않았는지요."

"맞아요."

나는 '세상에 이런 행운이 다 있나' 하듯 최대로 미소를 지었다.

"그렇습니까! 오늘 아침에 뵈었을 때부터 혹시나 싶었는데요. 아아, 정말 운이 좋군요."

"저, 무슨……"

이쯤 되니 역시 와타나베의 얼굴에 미심쩍은 빛이 떠올랐다. 슬슬 타고난 응대 실력을 발휘해볼까 하는데 휴대전화 벨이 울렸다. 내 전화다.

좋지 못한 타이밍에 그만 혀를 차고 말았다. 실례합니다, 하고 양해를 구하고 전화를 받았다. 전화를 건 사람은 한페였다.

"아, 부장. 사무소 문이 잠겨 있는데요. 할 맘이 없다고 벌써부터 땡땡이치면 안 되죠."

나는 애써 밝은 목소리로 말했다.

"아아, 그 건 말씀입니까. 죄송합니다만, 전 오늘은 현장으로 직행해서요. 한다 씨만 지장 없으면, 문은 그대로 둔 채 업무를 시작하시면 안 되겠습니까?"

"……옆에 누가 있습니까?"

"네, 그렇습니다."

"뭐, 좋아요. 그럼 바로 나가겠습니다. 업무 종료 전에 일단 사무소로 돌아오는 게 좋을까요?"

"한다 씨의 업무가 오래 걸릴 것 같으면 바로 퇴근하셔도 상관없습니다. 전 사무소로 갈 예정입니다만."

"……부장, 전화 태도가 꼭 프로 같은데요."

"영광입니다."

"하지만 탐정 같진 않군요."

"이만 실례하겠습니다."

종료 버튼.

2

"이만 실례하겠습니다."

느닷없이 전화가 끊겼다. 부장은 정말 일하는 중일까. 매우 의심스럽다.

뭐, 사무소에 들어가지 못해도 실질적으로 문제는 없다. 개인 물품을 갖다놓은 것도 아니고, 오늘 할 일은 이미 정해져 있다.

야마키타 고등학교로 가서 이와시게 다카노리를 만난다.

어제 부장이 충고한, 미리 약속을 잡는 일은 내 본의와 대단히 다른 행위였다. 미리 약속을 하고 다니는 탐정이라는 구도가 내 미의식에 반하기 때문이다. 실제로 야마키타 고등학교에 전화를 걸어 이와시게를 바꿔달라고 해서, 부장에 비하면 자연스러움의 수준이 몇 단계나

떨어지는 영업용 말투로,

"이렇게 갑자기 전화를 드려 죄송합니다. 제 이름은 한다라고 합니다. 실은 고부세 정의 역사에 정통하신 분을 찾다가 고부세 교육위원회에서 이와시게 씨를 소개받았습니다……"
운운하며, 이건 내가 바라던 탐정의 모습이 아니라고 괴로워했다.

전화 상대방인 고등학교 교사 이와시게가 매우 매너 있는 인물이라는 사실이 또 뭐라 말할 수 없이 한심했다. 이와시게는 갑작스러운 전화에도 언짢아하지 않고, 집은 위치가 복잡해 찾아오기 힘들 테니 학교로 와라, 여름방학이니 들어오기 어렵지 않을 것이다, 하고 세심하게 배려해주었다. 나는 하마터면 울 뻔했다. 고등학교 교사가 친절하게 마음을 써주는 탐정도 나의 미의식 면에서 완전히 불합격이었기 때문이다.

M400에 올라타 시동을 걸었다. 약속 시간에 충분히 댈 수 있을 것이다.

어제 얻은 교훈에 따라 불편한 면접용 양복을 입었다. 이 더운 날씨에 양복에 가죽 재킷을 걸치고 두카티를 타고 달리는 게 미의식에 비추어볼 때 어떤지는 생각하지 않기로 했다.

생각하면 할수록 탐정의 이미지가 망가질 것 같다.

야마키타 고등학교에 도착하니 야구부가 운동장을 정비하는 중이었다. 크림색 유니폼을 입은 학생이 긴 호스를 잡고 운동장에 물을 뿌리고 있다. 빛의 작용 때문에 내가 있는 곳에서 무지개가 보였다. 물을 뿌리는 것은 흙먼지가 이는 것을 막기 위해서이겠지만, 연일 계속되는 무더위를 생각하면 열사병 방지의 목적도 있을지 모른다.

야호에 오래 살았지만 야마키타 고등학교 안에 들어와본 것은 처음
이었다. 야마키타 고등학교는 사립인데 나는 현립 야호 고등학교를
다녔다. 야호 시에는 공립 인문계 고등학교가 두 개뿐이라, 야마키타
고등학교는 그 두 학교에서 떨어진 수험생을 흡수하는 역할을 오랫동
안 맡아왔다. 내빈 현관에 걸린 '야마키타 고등학교' 현판을 보니,
'야마키타 반'이 '바보'의 대명사였던 중학교 시절이 생각났다. 그때
'야마키타 반'과 '야호 A' 간의 위계질서는 절대적이었다. '야마키타
특별진학'이면 이야기가 별개였지만. 나는 '야호 A'였지만 지금은 백
수다. 현재 내가 속한 가치체계에서 백수가 어떤 서열에 위치하는지
에 대한 환상은 전혀 없다.

타일 바닥 여기저기에 금이 가 있었다. 흰 벽에는 포스터라도 붙었
었는지 낡은 셀로판테이프가 들러붙어 있다. 냉방 같은 게 될 리가
없다.

사무실에서 안내를 청하자 바로 이와시게가 나타났다. 나이는 50대
일까. 머리가 희끗희끗하고, 포동포동한 얼굴에서 대범함이 느껴진
다. 팥죽색 체육복을 입었다. 몸의 윤곽이 드러나 보인다. 다이어트가
좀 필요할 것 같다.

"어서 오세요. 전화 주신 한다 씨입니까?"

전화에서 받은 인상대로 태도가 사근사근하다. 나는 머리를 꾸벅꾸
벅 숙였다.

"아, 네. 쉬는 날에 죄송합니다."

"아뇨, 동아리 활동 감독 때문에 어차피 나와야 하거든요. 자, 이리
오시죠."

교무실로 안내받았다. 철제 책상이 늘어선 친숙한 광경. 다만 내가

학교 다니던 시절과는 달리 담배 냄새가 진동하지 않는다. 그것이 공립과 사립의 차이인지, 아니면 시대의 차이인지는 판단이 서지 않았다. 여름방학인데도 몇 명이 나와 있다.

교무실 구석에 응접세트가 있었다. 이와시게는 나에게 와인색 소파에 앉으라 하고 자기도 맞은편에 앉았다. 차는 주지 않을 모양이다.

"고부세의 역사를 조사하신다고요? 학생입니까?"

이와시게가 웃는 얼굴로 물었다. 어제는 정 사무소에서 멋대로 착각했지만 이렇게 질문을 받으면 거짓말을 할 생각은 없다.

"아뇨, 탐정입니다. 고부세 정 주민의 부탁을 받고 대신 조사하는 겁니다."

"네에, 탐정이시라고요……"

모호한 대꾸다. 탐정이라는 단어에 반응이 신통치 않은 것을 보고 마음이 몹시 허전했다. 심기일전하고 양복 주머니에서 봉투를 꺼냈다. 안에 든 사진을 테이블 위에 늘어놓았다. 문제의 고문서 사진이다. 실력과 도구 양쪽 다 문제가 있어 별로 잘 찍히지는 않았으나, 글씨는 이럭저럭 판독이 가능하다.

"이런 고문서가 나왔는데, 유래를 알고 싶다는 사람이 있거든요. 조사해달라는 의뢰를 받았는데 전 로쿠쿠와 출신이라 잘 몰라서 말이죠. 이와시게 씨라면 아시는 게 있을지도 모른다고 고부세 정 교육위원회 분이 가르쳐주셨습니다."

"저런, 다부치 씨일 테죠."

무슨 사정이 있는지, 이와시게는 쓴웃음을 짓고 사진을 한 장 집더니 말했다.

"아, 이건 금제禁制로군요."

하도 아무렇지도 않은 듯이 말하는 바람에 하마터면 못 듣고 놓칠 뻔했다. '그렇죠' 하며 고개를 끄덕이려다가 문득 깨달았다.

"금제? 그게 뭡니까?"

이와시게는 눈을 위로 치뜨고 나를 흘끔 보았다.

"한다 씨, 흘림체는 읽을 줄 아시죠?"

순간 대답하지 못했다.

"……아뇨."

"그렇습니까."

조금 당황한 듯 보인 것은 내 편견일까. 역사에 관해 알고 싶다고 여름방학에 일부러 찾아온 인간이 흘림체도 읽지 못한다는 사실이 믿기지 않았는지도 모른다.

이와시게는 사진을 보며 중얼거리듯 읽었다.

"난폭 무법 행위. 방화. 대숲 벌채. 위반하는 자가 있을 시에는 신속히 포박해 보고할 것."

그는 고개를 들고 빙긋 웃었다.

"……요컨대 이게 붙어 있는 곳에선 난폭한 행위를 하면 안 된다는 포고문이죠."

"법률입니까?"

"으음, 비슷하긴 합니다만 뉘앙스가 약간 다르군요."

이와시게는 사진을 놓고 천천히 팔짱을 꼈다. 나는 한 마디도 놓치지 않을 셈으로 집중했다.

"금제는 전국 시대부터 에도 시대에 접어들기까지 일본 각지에서 빈번히 찾아볼 수 있었습니다. 일본 전체가 내란 상태였던 무렵이죠. 당시 다이묘들이 격렬한 싸움을 벌여 전쟁은 일상이었습니다."

막힘없이 이야기한다. 조금 전까지 손님을 대하는 태도일 때와는 말투도 조금 달라진 것 같다.

"전쟁이 벌어지면 저항할 수단이 없는 농민들은 일방적으로 피해를 입습니다. 일단 전쟁이 벌어지면 적의 논밭을 망쳐놓는 것도 작전 중 하나였던 모양이더군요. 일 년간의 수입이 날아가는 셈이니 여간 심각한 일이 아니거든요. '난폭 행위'란 것도 현대에서 말하는 난폭과는 의미가 조금 다릅니다. 주로 약탈을 뜻하죠.

그런 참상을 끝내고 질서를 회복하기 위해 발행하던 게 이런 제찰制札입니다. 단순히 법률이라기보다는 전쟁 상태가 끝났음을 고하는 거라고 생각하는 편이 좋겠죠."

"그럼 이건 전국 시대 다이묘가 발행한 겁니까?"

"다이묘가 아니어도, 지방 영주나 무력을 소유한 절 같은 데서 발행하는 경우도 있었답니다. 다만 출처가 고부세 정이라면……"

이와시게는 문득 말을 끊었다. 제찰을 찍은 사진을 다시 집어 꼼짝 않고 들여다보았다. 그러더니 눈을 크게 뜨고 기억을 짜내려는 듯 관자놀이를 눌렀다.

"……이거, 고부세 어디서 나왔습니까?"

"그게……"

나는 순간 주저했다. 말해도 의뢰인의 의사에 반하지 않는지 몰라서 망설인 것이다. 그러나 가르침을 주는 상대에게 정보를 감추어서 좋을 것은 없다. 비밀 유지는 탐정의 의무지만, 비밀주의는 그와 별개다.

"야나카 지구의 하치만 신사입니다."

"그랬던가? 그래, 맞아. 틀림없어."

이와시게는 고개를 크게 끄덕였다. 혼자만 납득해서는 곤란하다. 나는 질문을 던져보았다.

"하치만 신사가 왜, 어떻기에 그러십니까?"

"아뇨, 그게……"

이와시게는 겸연쩍게 웃었다.

"어디서 본 것 같았거든요. 다부치 씨한테 들으셨을지 모르지만, 제가 주로 연구하는 건 근대사라서 이런 중세 자료는 별로 볼 일이 없어요. 그런데도 눈에 익기에 이상하다 싶었는데……"

퍼뜩 생각났다. 어제 신사 경내에서 노인이 한 말.

"……혹시 어떤 학생이 여름방학 자유연구 과제로 들고 온 것 아닙니까?"

"네, 맞습니다."

나는 그 학생의 이름까지는 기억하지 못했다. 에마 쓰네미쓰는 기억나는데.

이와시게가 그 학생의 연구와 관련이 있었다는 게 특별히 대단한 우연이라는 생각은 들지 않았다. 그 학생이 야마키타 고등학교에 다녔다면 고부세의 역사를 잘 안다는 이와시게와 상의하는 게 당연했을 것이다. 야마키타 고등학교는 사립이니 공립과 달리 전근이 없다.

이와시게는 과거를 회상하듯 눈을 가늘게 떴다.

"여름방학 자유연구 과제는 아니었지만 말이죠. 역사 동아리에 있던 학생이라 동아리 연구로 한 겁니다. 한다 씨와 마찬가지로 이 제찰의 유래를 조사했던 것 같습니다."

"선생님이 그 동아리 지도교사셨습니까?"

"아뇨, 전……"

이와시게는 웃으며 자기가 입은 체육복을 잡아당겨 보였다.

"배드민턴부 지도교사입니다. 대학 시절에 잠깐 친 게 다인데, 어느새 벌써 이십 년 가까이 하고 있지 뭡니까. 역사 동아리 쪽은 내내 다른 선생님이 지도해주고 계시죠.

그 학생은 특별진학 코스의 꽤 머리가 잘 돌아가는 아이였습니다. 사고방식에 타인의 맹점을 찌르는 예리함이 있어서 저도 식은땀깨나 흘렸지요. 뭐, 큰 소리로 할 말은 아닙니다만, 교사를 충분히 활용할 수 있는 학생은 한 학년에 한 명이면 많은 편이에요. 질문하러 오는 학생은 있어도, 대개는 스스로 생각하기를 포기했거나 공부를 열심히 한다고 티를 내려는 것이거나 둘 중 하나거든요. 그런데 그 학생은 아주 야무졌습니다. 자기 생각을 정리하기 위해 저한테 논쟁을 걸어왔으니까요."

글쎄, 과연 그럴까. 이미 지난 일이니까 그런 식으로 칭찬할 수 있는 것이고, 재학중에는 꽤나 귀찮은 학생이라고 생각하지 않았을까.

이와시게는 농담조로 덧붙였다.

"그 학생의 과제물이 남아 있으면 그걸 보는 게 가장 빠를 수도 있겠군요."

"보여주실 수 있습니까?"

기대를 담아 묻자, 이와시게의 표정은 순식간에 흐려졌다.

"……아뇨, 그건 안 됩니다."

"네? 왜죠?"

"학생의 과제니까, 혹여 남아 있더라도 학생의 사유물입니다. 외부분에게 넘기는 건 아무래도……"

과거를 그리워하는 어조로 보건대 그 학생은 이미 오래전에 야마키타 고등학교를 졸업했을 것이다. 학생의 사유물을 멋대로 해서는 안 된다는 윤리는 모르지 않지만, 졸업한 학생의 물건까지 주저하는 것은 나로서는 이해가 되지 않았다. 단순히 거드름을 피우는 것이라는 생각도 든다. 이와시게는 '대신'이라고 하듯 말을 이었다.

"하지만 사쿠라가…… 그 학생이 주로 참고했던 책은 압니다. 도움을 꽤 많이 받았던 것 같으니 그 책을 읽으면 대충 비슷한 결론에 도달할 수 있지 않을까요?"

정리된 자료가 있는데도 볼 수 없는 것은 유감이지만, 이와시게의 말대로 책이 있다면 그걸 조사할 수 있다. 나는 안도했다.

"알겠습니다. 제목을 알 수 있을까요?"

"『전국이라는 중세와 고부세』입니다. 에마 씨라는 분이 쓴 책인데, 서점에선 못 구합니다. 고부세 도서관엔 있을 테죠."

"에마 쓰네미쓰란 분이군요?"

"아아, 역시 아시는군요."

보아하니 오늘도 고부세 정에 가야 할 것 같다. 도서관에 가기 전에 제목을 안 것은 고마운 일이다. 서툴게나마 정중하게 감사를 표하고 테이블 위의 사진을 집어넣으려다가 불현듯 깨달았다.

"그럼 선생님, 이 사진에 찍힌 것이 금제란 건 알았습니다만, 이쪽은 뭐죠?"

금제 외에도 고문서는 몇 장 더 있었다. 그러나 이와시게는 그쪽 사진을 흘낏 보기만 하고는 쓴웃음을 지었다.

"그쪽은 차용증입니다. 학자한테는 흥미로울지 몰라도……"

어째서 그런 것이 섞여 있나? 나도 이와시게를 따라 쓴웃음을 지을 수밖에 없었다.

3

기시감을 느꼈다. 기시감이란 그것을 언제 어디서 보았는지 전혀 짐작이 안 가는 게 보통인데, 지금의 나는 다르다.

다른 게 아니라 방금 전까지 이야기하던 광경과 똑같다.

어린애가 들개에게 쫓겨 이쪽으로 뛰어오고 있었다.

아즈사와 함께 들개에게 습격을 받은 것은 십수 년 전의 일이다. 그후 나는 중학생이 되고, 고등학생이 되고, 대학생이 되고, 취직했다가 실직도 했으나 그동안 들개를 본 적은 없었다.

그러나 무엇이 어떻게 바뀌건, 개가 천연두 바이러스처럼 근절되지 않는 한 들개가 나타날 가능성은 있다. 들개가 나타날 가능성이 있는 이상, 공격적인 들개도 존재할 가능성이 있다. 그리고 공격적인 들개가 존재할 가능성이 있는 이상, 부조리하게도 그 날카로운 이빨에 당하는 아이가 발생하는 것 또한 자연스러운 결과다. 그러나 이번에는 십수 년 전과는 사정이 조금 달랐다. 아이가 습격을 받은 것은 기억과 일치했으나, 다행히 근처에 어른이 있었다.

개에게 쫓기는 아이는 아직 초등학교 저학년이었다. 묘하게 패션에 신경 쓴 듯한 느낌을 주는 페이크 레이어드 셔츠를 입고, '으허어엉' 하고 비명인지 포효인지 알 수 없는 소리를 지르며 달리고 있다. 쫓아오는 개는 듣던 대로 시바 개처럼 생겼다. 아즈사의 말처럼 어린애 눈에는 어떻게 비칠지 모르나 내가 보기에는 중형견의 크기를 넘지 않는다.

"고야 씨!"

와타나베가 소리쳤다. 설마 정말 만날 줄이야, 하고 적잖이 허를 찔렸으나 그 목소리에 정신이 퍼뜩 들었다.

허리춤에 꽂아둔 타월 두 장을 한꺼번에 빼서 한쪽 끝을 왼손으로 잡고 왼팔에 둘둘 감았다.

울부짖는 아이에게 와타나베가 손짓을 했다.

"이리 와!"

와타나베의 얼굴을 아는지, 아이는 그 말을 듣고 한층 더 큰 소리로 울며 이쪽으로 달려왔다. 그 뒤를 들개가 맹렬히 쫓아온다. 나는 오른손을 높이 들었다가 수호 부적이라 할 수 있는 고무공을 아스팔트에 세게 던졌다.

다행히 그사이 개의 습성은 변하지 않았다. 높이 튀어오른 공에 정신이 팔려 개의 속도가 느려졌다. 등뒤에서 와타나베가 아이를 피신시키는 것을 알 수 있었다. 나는 소리쳤다.

"보건소에 연락하세요!"

소리 내어 말했더니 이상하게도 몸을 움직이기 편해진 듯했다.

개가 머리를 들었다. 시선이 마주쳤다. 개와 눈을 마주쳐서는 안 된다는 말을 예전에 들은 적이 있다. 개는 눈이 마주치면 흥분한다고. 또 이런 말도 들었다. 만일 눈이 마주치고 말았을 경우에는 먼저 눈을 돌려서는 안 된다. 자기가 이겼다고 생각해 개가 기고만장한다.

지금 눈앞의 들개가 자기가 이겼다고 생각해 기고만장하는 일이 있어서는 안 된다. 나는 들개를 노려보았다. 들개는 짖지 않았다. 나지막이 으르렁거리는 소리만 들렸다.

사실은 다리가 부들부들 떨렸다. 지금까지 이렇게 노골적인 위협에 직면한 경우가 거의 없었으니 무리도 아니다. 한편으로 개가 안 덤벼들지 않을까 하는 생각도 들었다. 인간은 잡아먹기에 너무 크다. 동물은 무턱대고 싸우지 않는다. 에너지를 적절히 써야 하므로 필요 이상의 운동은 하지 않는다. 그러나 나는 그런 지식에 반하는, 이미 두 아이가 다쳤다는 정보도 갖고 있었다. 실제로 습격을 받은 경험은 말할 필요도 없다.

타월을 감은 왼팔을 목 앞으로 내밀고 들개를 계속해서 노려보았다. 발을 물리고 싶지는 않았으므로 자세를 낮추었다.

개가 아무런 전조도, 소리도 없이 느닷없이 덤벼들었다.

부쩍부쩍 다가드는 연갈색 개. 긴장과 공포로 몸이 마비되었다. 그 마비에서 풀려나기도 전에 격렬한 통증이 덮쳐왔다.

들개는 내 왼팔에 이빨을 박고 있었다. 무디지만 정신이 번쩍 들 것처럼 강렬한 아픔. 처음 맛보는 아픔에 이를 악물었다. 왼팔을 물리는 것은 예정에 있기는 했다.

힘을 준 왼팔. 손가락이 움직였다. 보아하니 이빨이 타월과 옷을 꿰뚫지는 못한 모양이다. 아프기는 해도 피는 나지 않는다.

내 얼굴에서 주먹 하나쯤 떨어진 곳에 들개의 얼굴이 있었다. 나도 모르게 내뱉듯 말했다.

"네놈이 이길 수 있을 리 없잖나."

생각하고 한 말은 아니었다. 들개는 내 팔을 물어뜯기라도 할 생각인지, 이빨을 박은 채로 떨어지려 하지 않았다. 또 눈이 마주쳤다. 개의 눈은 이렇게 가까운 거리에서는 초점이 맞지 않는다. 개의 왼눈을 두 눈으로 쏘아보았다.

물린 순간에는 견딜 수 없을 만큼 아팠지만, 지금은 타월 덕분인지 이럭저럭 참을 만하다.

이대로 버티면서 시간을 벌고 있으면 보건소 직원이 달려올 것이다.

상황이 점점 나에게 유리하도록 굳어지자 조금 여유가 생겼다. 엉거주춤한 자세는 힘들다. 천천히 오른쪽 무릎을 아스팔트에 댔다. 거친 콧김. 냄새가 심하다. 나는 들개에게 말을 걸었다.

"너, 이대로 있다간 죽는다."

태양이 뒤통수를 지졌다.

자전거를 타고 지나가던 남자가 먼발치서 나를 불렀다. 괜찮습니까? 나는 무시하고 개에게 말했다.

"이대로 있다간 죽어."

개가 으르렁거리는 소리. 애초에 말이 통하는 상대가 아니다.

대낮의 주택가에 사람들이 모여들기 시작했다.

얼마나 지났을까, "비켜주세요, 보건소입니다" 하는 소리가 들려왔다.

보건소 직원이 다치지 않았느냐고 묻고는, 나서지 말라고 하지 않았느냐고 완곡히 나무랐다. 나서지 않았다면 세번째 피해자가 발생했을 것이 확실하지만, 되레 누를 끼쳤다고 얌전히 사과했다. 공을 과시할 생각은 추호도 없었다.

보건소의 라이트밴이 떠나고 구경꾼들도 흩어졌다. 웨이브 머리의 몹시 뚱뚱한 여자가 달려와 대꾸할 틈도 주지 않고 "감사합니다, 정말 감사합니다" 하고 지껄이며 연방 머리를 숙이더니 어디론가 가버렸다. 여자가 사라진 뒤에야 생각이 미쳤다. 개에게 습격받은 아이의 어머니였나.

와타나베는 아까부터 열심히 어딘가에 전화를 걸고 있다. 비상망으로 조직된 학부모회와 반상회 사람들에게 경계 해제를 알리는 것이리라. 주위가 조용함을 되찾았을 즈음, 뒷전으로 미뤄둔 것을 미안하게 생각하는 듯 머뭇머뭇 물었다.

"저…… 다치진 않으셨나요?"

나는 왼팔을 살짝 쓸어보았다. 뻐근하게 아프다. 소매를 걷으니 송곳니를 박은 부분인지 네 군데가 퍼렇게 멍이 들었다. 말 나온 김에 덧붙이자면, 아직도 다리가 후들거렸다. 한심한 이야기지만 긴장이 풀려 힘이 빠진 것이다. 한페가 탐정에 어떤 이미지를 품고 있건, 나는 모든 면에서 터프하지 못하다.

나는 약간 무리해서 웃음을 지었다.

"멍만 들었을 뿐이고 별탈 없습니다. 파스나 붙이면 나을 겁니다."

"아프진 않으세요?"

대답할 방도가 없었다. 당연히 아프다.

"그나저나 능숙하게 대처하시네요. 팔은 일부러 물리신 거죠?"

"네, 뭐."

"용케 무서워하지 않으셨군요."

다리가 떨렸고 식은땀까지 흘렸다. 그러나 내색은 하지 않았다. 들개는 이로써 해결됐지만, 본래의 목적은 잊지 않았다. 나는 억지웃음을 지으며 말했다.

"뭐, 직업이 직업이라 말이죠."

"무슨 일을 하시는데요?"

생각대로 물어봐주었다. 가슴을 약간 폈다. 자신 있는 태도는 때로 설득력으로 이어지기 때문이다.

"탐정입니다. 집 나간 개를 찾는 게 주된 업무죠. ……다만 지금은 약간 다른 종류의 의뢰를 받아서요. 아까 중단된 이야기 있잖습니까?"

와타나베의 얼굴은 탐정이라는 단어에 망설임의 빛을 띠었다. 재빨리 카드를 내놓기로 했다. 어디까지나 온화하게.

"결혼 전 성함이 마쓰나카 게이코 씨셨죠? 사쿠라 도코 씨가 직장을 다니던 도쿄에서 모습을 감췄습니다. 가족 분께서 걱정하십니다. 사쿠라 씨가 현재 이곳에 돌아와 있는 듯하다는 정보가 있습니다. 사쿠라 씨 어머님께서, 와타나베 씨라면 사쿠라 씨가 이 지역에서 잘 가던 곳을 아실지도 모른다고 하셨습니다만, 아시는 데가 있으면 가르쳐주시겠습니까?"

사쿠라 도코의 이름을 말한 순간, 와타나베의 대외용 표정이 순간 굳은 듯 보였다. 그녀는 눈을 내리깔더니 잠깐 침묵한 끝에 나지막이 되뇌었다.

"도코가요……?"

"네."

틀림없다. 뭔가 아는 게 있다. 그것도 별로 하고 싶지 않은 종류의 이야기인 듯하다. 지금 억지로 파고들면 와타나베는 입을 다물어버릴 것 같다. 조심스럽게 접근해볼까.

"물론 저도 사쿠라 씨의 의사에 반해 강제로 본가에 데려갈 생각은 없습니다. 사쿠라 씨께는 사쿠라 씨의 사정이 있을 테니, 그걸 고려해서 행동할 작정입니다."

"……"

와타나베가 흘깃 시선을 던졌다. 나는 머리끝부터 발끝까지 선인임을 강조하듯 미소를 지었다.

"원하신다면 와타나베 씨게 들었다는 건 비밀로 할 수도 있습니다. 믿으셔도 됩니다. 어떻습니까. 사쿠라 씨가 잘 가던 곳 모르십니까?"

남은 일은 기다리는 것뿐.

와타나베는 한참을 주저한 끝에 나지막이 말했다.

"……제가 아는 범위 내에서라면……"

"물론 그걸로 충분합니다!"

대번에 두 팔을 벌리고 환영의 포즈를 취했다. 견고한 방어벽이었다. 들개 사냥으로 좋은 인상을 주지 않았으면 돌파할 수 없었을지도 모른다.

"도쿄는 도서관에 자주 갔어요. 그리고 시내에 있는 찻집 '장다름'이랑, 그 근처 소품 가게인 '차링크로스'에도요. ……또 미나미야마 공원에서 시가지를 내려다보는 걸 좋아했어요."

그 네 곳을 뇌리에 새겼다.

"……"

여전히 웃는 얼굴로 말없이 와타나베에게 다음 말을 재촉했다. 와타나베는 망설임을 감추려 하지 않았고, 시선은 여기저기를 헤맸다. 내 인생 경험이 평균보다 현저하게 빈약할 것 같지는 않은데, 무언가를 숨기고 있다는 것이 이렇게까지 태도에 드러나는 사람은 처음 보았다. 잠자코 있으면 한두 마디 더 추가될 듯했다.

마침내 와타나베가 입을 열었다. 성공인가?

"저, 저기……"

"네."

그러나 거기까지가 한계였다. 와타나베가 가십을 좋아하고 소문

같은 이야기를 좋아하는 사람이면 좋았을 텐데. 대체 얼마나 의리가 두터운 건지 머리를 내젓고 "제가 아는 건 그게 다예요" 하고 중얼거렸다.

"그렇습니까. 감사합니다."

정중히 머리를 숙여 인사했다. 한숨을 쉬고 싶은 기분은 뒤로 감춘 채. 뭐, 자주 가는 곳을 알아낸 것만으로도 수확이었다고 생각하자.

4

겉보기에는 선이 가늘어도 터프함에는 내심 자신 있다. 감기도 잘 걸리지 않으려니와, 근력은 자랑할 정도까진 못 되지만 지구력은 스스로 생각해도 제법이라고 생각한다. 집하장 아르바이트도, 동료가 괜찮겠느냐고 걱정할 만큼 연속으로 근무 시간을 잡아도 끄떡없다. 고부세 정 중심부까지 염천하에 오토바이로 한 시간 좀 넘게 달렸다. 더워서 애는 먹어도 체력적으로는 그리 힘들지 않다. 탐정이란 모름지기 터프해야 한다.

고부세 도서관은 버스 터미널 옆에 있었다. 나와 엇갈리듯 야호 행 버스가 출발했다. 버스 터미널이라 하면 듣기에는 그럴싸하지만, 커다란 주차장이나 다름없다. 야호로 가는 버스도 그래봤자 하루에 열 편도 안 될 것이다.

도서관 주차장은 좁았다. 세어본 것은 아니지만 언뜻 보기에 열 대도 못 들어갈 성싶다. 휴일인데도 주차장에는 차가 석 대밖에 없었다.

그중 한 대를 보고 나는 가볍게 웃음을 터뜨렸다.

"……설마?"

네리마 번호, 검은색 비틀. 선글라스를 쓴 남자가 타고 있다.

무슨 전생의 인연이라도 있는 건가. 아니면 역시 '난해한 사건에 도전하는 탐정 앞을 가로막는 수수께끼의 남자'인가?

"나쁘지 않은걸."

그렇게 히죽거리고는 비틀에 관심을 끊고 이륜차 주차장을 찾았다. 망상에 낭만을 내맡기는 것은 일을 끝내고 나서다. 책 한 권쯤이야, 사뿐하게 찾아내고 가자.

그렇게 생각하며 애차 M400에 U자 자물쇠를 채우려는데 뒤에서 누가 말을 걸었다.

"당신."

돌아보고는 눈을 부릅떴다. 선글라스를 낀 남자. 구색을 맞춰 챙 넓은 모자까지 푹 눌러썼다. 이 더위에 카키색 코트를 껴입고서는, 쭈그리고 앉은 나를 내려다본다.

멀리서 볼 때는 웃기는 아저씨였으나, 가까이서 말을 걸어오니 묘한 위기감이 들었다. 그만 말을 더듬거리고 말았다.

"저, 저 말입니까?"

남자는 엄숙하게 고개를 끄덕였다.

"뭐, 뭐죠?"

U자 자물쇠를 꽉 쥐었다. 무게로 보나 단단함으로 보나 호신용 무기로 부족함이 없다.

남자는 차근차근 타이르듯 천천히 말했다.

"이 건은 당신한테 역부족役不足이야. 다치기 전에 손 떼는 게 좋을걸."

"······네?"

"충고했다."

남자는 발길을 돌려 때각때각 구두 소리를 내며 돌아가더니, 폴크스바겐 비틀에 올라타고 가버렸다.

남은 것은 입을 딱 벌린 나. 여름 햇살이 눈부시다. 비틀과 엇갈려 들어온 경차에서 어머니와 아이가 내려서는 "공룡 책! 공룡 책!" 하고 요란하게 떠들어대며 도서관으로 들어갔다.

지하철 통풍구 바람도, 벽돌건물 뒷골목도, 뚜벅뚜벅하는 발소리도 없었지만.

나는 U자 자물쇠를 쥔 채 아직도 얼어붙어 있었다. 가까스로 말이 나왔다.

"······설마?"

그러고는 생각했다.

그 남자······ '역부족'의 용법이 틀렸다.*

5

설마.

나는 소리 없이 중얼거렸다. 벌어질 뻔한 턱을 이럭저럭 다물고 웃는 얼굴을 유지하며 다시 한번 물었다.

"이 사람입니다. 자세히 봐주십시오. 틀림없습니까?"

---

* 일본에서는 '力不足'을 '役不足'으로 틀리게 쓰는 경우가 많다. '役不足'은 능력에 비해 직책이 하찮다는 뜻으로, '力不足'과는 반대 의미다.

검은 에이프런이 잘 어울리는 마스터는 성실하게도 한 번 더 시간을 들여 찬찬히 살펴본 뒤 사진을 돌려주었다.

"틀림없습니다. 전부터 자주 찾아주시던 분이라서 기억합니다."

"마지막으로 보신 건……"

"그러니까, 사흘 전입니다. 오랜만에 오셨기에 말도 주고받았으니 틀림없어요."

찻집 '장다름'. 야호의 아케이드 상점가에 위치한 가게다. 하기야 주차장 부족과 교외 대형 마트의 개점으로 셔터를 내린 곳이 워낙 많은 탓에 '상점가'라기보다 '한때 상점가였던 곳'이라는 느낌이 들긴 한다. '장다름'은 쇠락한 거리의 분위기에 어울리는, 손님이 전혀 없는 찻집이었다. '장다름'이라기에 잔 다르크와 무슨 관계가 있는 걸까 싶었는데, 가게 곳곳에 장식된 사진은 죄 산뿐이었다.* 커피는 블렌드와 아메리칸밖에 없을뿐더러 원두를 선택할 수도 없어서 아즈사 부부의 'D&G' 같은 즐거움은 없지만, 맛은 취향에 맞았다.

적당히 기회를 봐서 사진을 내놓고 일단 사정은 설명하지 않은 채 "최근에 이 아가씨가 온 적 없습니까?" 하고 물어보았다. 미소와 함께 돌아온 대답이 "네, 오셨죠"였다.

예기치 못한 목격 정보에 허를 찔리고 말았다. 아무리 찾아다녀도 목격자를 발견하지 못해 저물녘에 사무소에서 한숨을 쉬는 내 모습은 그려졌지만, 맨 처음 들어간 곳에서 예스라는 말을 들을 줄은 상상도 하지 못했다.

---

* '장다름'은 헌병이라는 뜻의 프랑스어 'gendarme'에서 온 것으로 일본 북알프스에 있는 바위 봉우리를 가리킨다. 일본어로는 '잔 다르크'와 마지막 한 글자를 제외하고 발음이 같다.

어떻게 말을 이으면 좋을지 몰라 꽤나 엉성한 질문을 하고 말았다.

"보기에 어떻던가요? 혹시 몸이 아파 보였다든지……"

마스터는 "글쎄요" 하고 중얼거리고는 잠깐 생각했다.

"딱히 아픈 것 같지는 않았는데요. 점심식사를 주문했는데 남기지 않고 다 드셨거든요. 손님 쪽에서 먼저 오랜만에 왔는데 기억하느냐고 말을 붙이시더군요. 두세 마디 주고받은 게 전부지만 특별히 별다른 낌새는 없었던 것 같은데요."

"어디로 간다는 말은 없었습니까?"

"글쎄요, 없었던 것 같군요."

그러더니 그제야 의문을 느낀 듯 갑자기 목소리를 낮추었다.

"손님, 그 아가씨에게 무슨 일 있습니까?"

"아, 아뇨……"

너무 빼다가 수상한 사람으로 여겨지면 좋지 않다. 미리 준비해둔 대로, 고부세 정으로 이사 오기로 했는데 약속한 날이 되어도 오지 않아 가족이 걱정한다고 설명하자 마스터는 선선히 믿었다. 와타나베의 견고한 방어에 애를 먹은 다음이다보니 심지어 맥까지 빠졌다.

하루에 한 잔 마시는 커피이지만 깊이 음미할 마음은 나지 않았다. 이로써 사쿠라 도코가 적어도 사흘 전에는 야호에 있었음을 확인한 셈이다.

명함을 내놓으려다가 아직 만들지 않았다는 것이 생각났다. '장다름'이라고 상호가 인쇄된 종이 냅킨을 빼서 늘 지니고 다니는 볼펜으로 전화번호를 적었다. 사무소 번호와 휴대전화 번호 둘 다. 마스터에게 건넸다.

"또 오면 이쪽으로 연락해주실 수 있을까요?"

마스터는 미소를 지으며 고개를 끄덕였다.

"알겠습니다. ……가족 분이 걱정하시더라고 전하죠."

첫판부터 당첨 제비를 뽑고 나니 되레 곤혹스러웠으나, 진정하고 생각하면 별로 이상한 일도 아니다. 도코가 야호에 있을 가능성은 처음부터 있었으려니와, 오랜만에 돌아왔으니 좋아하는 찻집에 들를 만도 하다.

하지만 이쪽은 헛걸음이겠지, 라고 생각하며 '장다름'의 대각선 맞은편을 보았다. 와타나베가 가르쳐준 '차링크로스'가 그곳에 있다.

가게 앞에 서니 헛걸음의 예감이 한층 강해졌다. '차링크로스'는 영국 냄새가 물씬 풍기는 이름과는 딴판으로 그냥 평범한 팬시점이었기 때문이다. 유리문 안에는 손님이 몇 명 있었지만, 나이는 아무리 높게 잡아도 고등학생. 상식적으로는 중학생일 것이다.

그러나 어차피 이미 가게 앞까지 왔는데 잠깐 묻는 것쯤 힘들 것도 없다. 유리문을 열었다. 장소에 어울리지 않는 침입자를 가게 안에 있던 손님들이 의혹 어린 시선으로 보았지만 별로 신경 쓰지 않았다. 개구리와 판다 캐릭터 옆을 지나 곧바로 계산대로 다가갔다.

계산대에는 나와 나이가 비슷해 보이는 여자가 있었다. 머리를 밤색으로 염색하고 가게 분위기에 어울리지 않는 깨나른한 모습으로 탁자에 턱을 괴고 있다. 여자는 성큼성큼 다가온 나를 손님이 아니라고 판단했는지 무뚝뚝한 어조로 "어서 오세요"라고 했다. 실제로 손님이 아니니 대접받지 못해도 어쩔 수 없다.

"일하시는데 죄송합니다만……"

나는 억지웃음을 짓고 주머니에서 사진을 꺼냈다.

"실은 이 사람을 찾는데요."

점원은 흥미가 없다는 듯 사진을 받아들었으나 반응은 격렬했다. 눈을 크게 뜨는가 싶더니 나를 올려다보고, 다시 한번 사진을 보고, 또다시 나를 올려다보았다. 그러고는 자못 유쾌한 소문을 들은 양 흥미진진한 얼굴로 씩 웃으며 사진을 돌려주었다.

"도코 애인이에요?"

나는 직업용 태도를 유지했다.

"아닙니다. 이분 가족의 부탁을 받고 연락을 취하려 하는 중입니다. 이쪽으로 이사하기로 했는데, 짐이고 본인이고 도착하지 않았거든요."

"뭐야, 그런 거예요?"

점원은 노골적으로 실망했다. 달아난 애인을 찾는 한심한 남자였으면 가게를 보는 무료함을 달랠 수 있었을 텐데, 하는 아쉬움이 역력한 얼굴이었다. 나는 '할 일 없는 인간 같으니' 하고 속으로 욕설을 내뱉었지만 내색은 하지 않았다.

"사쿠라 도코 씨를 아시는 것 같군요."

"그래요, 알죠. 학교 다닐 때 같은 반이었으니까."

점원의 말투로 보건대 그런 정도려니 싶었다. 목소리에 기쁨을 담아 물었다.

"마침 잘됐군요. 지금 상황은 아까 말씀드린 대로인데, 최근에 사쿠라 씨가 이 가게에 오진 않았습니까?"

"왔죠." 여자는 건성으로 대꾸했다.

왔나.

나는 내심 동요를 억누르고 다시 한번 물었다.

"그게 언제쯤입니까?"

"그저께…… 아니, 아니다. 그저께는 휴일이었지. 그럼 사흘 전."

"그렇습니까……"

미간에 주름이 잡혔다. 목소리도 한순간 어두워졌는지도 모른다. 점원은 예민했다. 은근히 다시 흥미를 보였다.

"왜요, 사흘 전이면 뭐 안 돼요?"

"아뇨, 아뇨. 그런 건 아닙니다."

"그거 참 수상하네. 뭔가 있군요?"

"아뇨, 그런 게 아니라, 다른 데서도 사흘 전에 사쿠라 씨를 봤다고 했거든요. 별일 아닙니다."

"그래요?"

석연치 않은 듯했지만, 그 이상 설명할 필요는 없다.

"그래서…… 사쿠라 씨는 여느 때와 다른 점은 없던가요?"

내가 그렇게 묻자, 점원은 미리 대답을 준비해두었던 양 즉각 고개를 끄덕였다.

"아, 있었어요, 있었어."

"그렇습니까? 뭐였죠?"

점원은 짐짓 눈살을 찌푸리고 씁쓸한 표정을 지어 보였다.

"어째 친한 척하더라고요. 나, 별로 도코랑 친한 건 아니거든요. 그런데 얼굴을 보더니 엄청 기뻐하면서 '와, 오랜만이야, 잘 지냈어?' 이러는 거 있죠? 난 가게를 보는 중인데도 옛날 이야기로 이야기꽃을 피우지 뭐예요. 나도 오랜만이니까 반갑고 즐겁긴 했어도, 너랑 나 친한 적 없잖아, 그런 기분이었달지.

뭐랄까, 예전에 도코는 어쩐지 벽을 쌓는 부분이 있어서 친구가 별로 없었어요. 어렸을 때 난 바보라서 별 생각 없이 이것저것 그냥 말하고 다녔거든요. 도쿄는 그게 얼마나 위험한지 알고 있었어요. 그래서 엄청 모범생은 아니었는데도 어째 이야기하기가 껄끄러웠어요. 뭐, 지금이니까 드는 생각이지만요.

그런데 글쎄, 사흘 전에는 이야기하는데 엄청 허물없고 편하더라고요. 솔직히 놀랐어요."

"그렇군요."

도쿄에서 종적을 감추고 야호로 와서 아는 얼굴을 보고 기뻤던 걸까. 우선은 그런 식으로 생각했다.

"그리고 거기 그 빨간 모자 인형을 사갖고 갔어요. 도쿄가 인형을 사다니 좀 뜻밖이었지만요."

나는 뜻밖이 아니었다. 이 점원이 아는지 모르는지는 알 수 없지만, '차링크로스'는 도쿄의 단골 상점이었으니까. 원래부터 그런 소녀 같은 취미가 있었다는 뜻이다. 점원의 반응으로 보건대 외견상으로는 그렇게 보이지 않는 모양이지만.

예전에 알던 사람을 만나 긴장이 풀어졌다면, 어쩌면 무심코 다른 일에 관해서도 말했을지 모른다. 나는 약간 기대를 품었다.

"그래서, 사쿠라 씨는 어디로 간다는 말을 했나요?"

점원은 잠깐 생각하더니 말했다.

"……그런 말은 안 한 것 같은데요."

"그렇습니까. 그럼 사쿠라 씨가 갈 만한 곳 중 달리 아시는 데는 없습니까?"

점원은 '이 자식, 남이 하는 말을 들은 거야, 안 들은 거야' 하는 표정으로 과장되게 눈살을 찌푸렸다.

"그러니까! 나랑 도쿄는 특별히 친했던 게 아니라니까요! 도쿄가 좋아하는 델 내가 어떻게 알아요! ……아, 그런 거라면 도코랑 자주 어울려 다녔던 애를 소개해줄게요. 애를 낳고 여기 살고 있을 테니까."

나는 더욱 환하게 웃었다.

"그것 잘됐군요. 성함이 뭐죠?"

"게이코예요. 전엔 마쓰나카였는데 지금은 결혼해서, 뭐라더라……"

뭐, 그럴 줄 알았다.

고맙다고 인사를 한 다음, 정보 제공료 대신으로 무엇을 살까 가게 안을 둘러보다가 문득 하나 더 물었다.

"그런데…… 사쿠라 씨가 빨간 모자 인형을 집은 건 당신과 이야기를 하기 전입니까, 그뒤입니까?"

"엥?"

점원은 노골적으로 눈살을 찌푸렸으나, 그래도 기억을 뒤져 대답해주었다.

"……전이네요. 계산하다가 눈이 마주치고 도코 쪽에서 말을 걸었으니까."

전인가. 뒤면 이해가 되는데. 나는 소리 내지 않고 혀를 찼다.

결국 복고양이를 샀다. 복을 부르는 건지 세수를 하는 건지 알 수 없는, 실눈을 뜨고서 유난히 기분 좋아 보이는 표정을 한 묘한 복고양이였다.

'장다름'과 '차링크로스'에서 얻은 정보로 도코가 사흘 전에 야호에 있었다는 것은 거의 확실해졌다. 다만 영 석연치 않은 점이 있었다.

우선, 자주 간다는 집을 두 곳 들렀는데 두 곳 다 수확이 있었던 것.

"뭐, 그건 내가 평소에 덕을 쌓아서 그렇다 치고."

복고양이가 든 분홍색 비닐봉지를 덜렁거리며 혼잣말로 중얼거렸다. 퇴직한 뒤로 생각할 거리가 있으면 혼잣말을 하는 묘한 버릇이 생기고 말았다. 고쳐야겠다고 생각은 하는데, 지금은 나쁜 버릇을 고치기보다는 생각을 정리하는 것이 우선이다.

다음은 도코가 '차링크로스' 점원을 만나 무척 기뻐하는 듯했다는 점이다. 옛날에 알던 사람을 오랜만에 만나서 기뻤으리라고 있는 그대로 해석해도 되겠지만, 그리 친하지도 않던 점원 아가씨와 수다를 떨 정도로 옛 추억에 굶주려 있다면 모두가 인정하는 친구인 와타나베를 만나러 갈 법도 하지 않나.

……아니면 이미 만나러 갔나. 와타나베의 그 석연치 않은 태도는 도코가 간 곳을 알면서 감추고 있기 때문인가?

있을 법한 이야기다. 그렇다면 이야기가 성가셔진다.

셋째, 이것도 '차링크로스' 쪽이다.

도코는 실종되었다. 아무에게도 어디로 간다는 말을 하지 않고 야호로 왔다. 무슨 일이 있었는지 현 시점에서는 예상조차 할 수 없지만, 아무튼 어떤 사정이 있으리라. '콘 구스'에서 퇴사한 것을 원통해하고 복직에 희망을 품고 있다면, 그 사정은 부조리한 트러블일 가능성이 높다. 그녀가 현재 거처할 곳을 확보하고 있는지조차 의심스럽다. 적어도 안정된 생활을 하고 있지는 않을 것이다.

그런데도 빨간 모자 인형을 샀다는 것이 도무지 이해되지 않는다. 소품이나 인테리어 용품은 생활을 장식하는 것이다. 장식할 생활이 있을 때 비로소 사는 것이다. 내 집은 살풍경하다. 마음에 안식을 주는 형태의 물건이 아무것도 없다. 갖고 싶은 마음이 없기 때문이다.

그러나 도코는 인형을 샀다. 아는 사람과의 재회를 기념하기 위해 샀다면 이해가 간다. 내가 복고양이를 산 것과 마찬가지다. 그러나 도코는 인형을 들고 계산대로 와서 계산을 하다가 그제야 점원을 알아본 듯했다고 한다. 구입이 먼저다. 이 점이 이해가 되지 않는다.

물론 모든 것은 도코의 연기인지도 모른다. 상품을 들고 계산대로 가서 시치미 떼고 '어머, 오랜만이야!'라고 말한 것이다. 그러나 그렇다면 왜 그런 성가신 행동을 했느냐는 새로운 의문이 떠오른다. 그런 구실을 만들면서까지 이야기를 나눌 만큼 그 점원과 도코의 관계는 깊지 않았을 터.

사쿠라 도코. 무슨 목적으로 이 지역에 왔나?

그리고 지금 어디에 있나?

이렇게 발자취를 좇는 것만으로 도코가 있는 곳에 다다를 수 있을지 문득 불안해졌다. 이 사건의 불가해한 부분을 불가해한 채로 둔 채 도코를 찾아낼 수 있을까.

생각에 잠겨 걷다가 '고야 S&R'가 있는 건물 뒷문까지 왔다. 세번째 목적지인 도서관으로 가려면 이 길을 지나야 한다. 문득 자동 응답기에 메시지가 와 있을 것 같은 생각이 들었다. 사무소에 잠깐 들러보기로 했다.

2층, 잠긴 문 앞.

손님이 있었다.

6

지은 지 몇 년쯤 됐을까. 고부세 도서관은 그 자체가 역사적 유산으로 가치가 있을 듯한 낡은 목조 건물이었다. 그것을 올려다보니 한없는 불안이 밀려들었다.

조금 전의 그 비틀을 탄 남자 일도 아닌 게 아니라 불안하다. 연극적인 겉모습과 대사에 단어의 용법도 틀렸지만, 그는 내가 조사중이라는 사실을 알고 있었다. 어제 오늘 연속해서 마주친 것도 단순한 우연일 리가 없다. 그 남자가 '다치기 싫으면 손 떼라'고 한 것을 단지 농담이라고 웃어넘겨도 되는 걸까.

그러나 현재 내 불안의 주된 이유는 그것이 아니었다. 두려움이 무심코 입 밖으로 튀어나왔다.

"……검색은 전산화돼 있겠지……"

도서 카드를 직접 뒤져야 한다면 여간 큰일이 아닐 것이다.

안으로 들어가니 볕이 잘 들고 뜻밖에 냉방도 잘 되는데다 분위기도 밝았다. 오른편에서 아이들의 환성이 들려오기에 그쪽을 돌아보니 키 작은 책꽂이가 보였다. 아동서 코너일 것이다. 다행히 불안은 바로 불식되었다. 카운터 옆에 터치패널 검색기가 있었다. 카운터에는 사람 좋아 보이는 젊은 여자가 혼자 앉아 있었다.

"죄송합니다, 잠깐 검색 좀 하겠습니다."

"아, 네."

검색기 모니터에 손을 뻗으려다가 슬쩍 주저했다. 청소를 잘 하지 않는지 주인을 알 수 없는 지문이 덕지덕지 묻어 있다. 속으로 좀 닦으라고 투덜거리며 모니터에 손가락을 갖다댔다.

반응이 무척 느린 터치패널이었다. 화면에 표시된 글자를 하나씩 눌러 제목이나 저자 이름을 입력하는 방식인데, '중세라는 전'까지 입력하는 데 꽤나 인내심을 쥐어짜야 했다. 그래도 어쨌든 '검색' 버튼을 찍으니 화면이 금세 바뀌었다.

'해당 서적이 없습니다.'

이럴 수가. 그러고 보니 에마 쓰네미쓰가 쓴 책은 『중세라는 전국과 고부세』가 아니라 『전국이라는 중세와 고부세』였던 것도 같다. 눈물을 삼키고 고생해서 입력한 문자들을 전부 삭제. 키보드, 아니면 최소한 펜 터치식이기라도 했으면 편할 텐데. 갖은 고생 끝에 '전국이라는 중'으로 검색했다.

'전국이라는 중세와 고부세 | 저자: 에마 쓰네미쓰'

나왔다. '상세 표시'를 아무리 눌러도 좀처럼 반응이 없기에, 끝내 주먹을 모니터에 갖다대고 꾹꾹 눌렀더니 어찌어찌 표시되었다.

'해당 서적은 지하 1층 향토자료 서가 210-4 '에' 에 있습니다.'

인쇄할 수 있으면 좋겠는데 그런 기능은 없는 것 같다. 장소와 도서 번호를 중얼중얼 암기하고 카운터에 있는 여자에게 물었다.

"지하 1층은 어떻게 가죠?"

여자는 손가락을 똑바로 들어 아동서 코너 반대쪽을 가리켰다. 열린 철문 안쪽으로, 조명이라고는 흐릿한 전등 불빛과 아주 조금의 산란광뿐인 서고가 보였다.

"저 안쪽입니다."

고맙다고 인사를 하고 낮인데도 어두운 서고로 들어섰다. 먼지내가 난다.

이곳 책꽂이는 나보다도 키가 크고, 책꽂이와 책꽂이 사이는 한 사람이 겨우 지나다닐 정도다. 도서관이라기보다 작은 공간에 책을 꽉꽉 쑤셔넣은 헌책방에 가까운 분위기다. 뜻밖에도 창문이 없었다. 밝은 로비에서 빛이 비쳐드는 부분에는 도서 번호 900번대, 즉 '문학'에 해당되는 책들이 꽂혀 있었다. 이 주변에 있는 것은 대중적인 소설뿐인 것 같다. 안으로 깊이 들어갈수록 의지할 수 있는 것이라곤 전등 불빛뿐이다. 무슨 이유가 있는지 그마저도 몹시 약했다.

생각보다 안쪽으로 깊은 서고의 막다른 곳에서 지하로 내려가는 계단을 발견했다. 건축 기준을 따른 게 맞는지 매우 의심스러울 만큼 가파른 계단이다. 꽤나 오래된 도서관임을 생각하면 여기서 굴러떨어진 사고가 한두 번은 있었을 것 같다. 목이 부러진 유령 이야기가 있대도 이상하지 않겠다고 멋대로 상상하고는 멋대로 오싹해했다. 자가 냉각이라니 편리하다.

벽을 손으로 짚으며 한 계단씩 조심스럽게 내려갔다. 1층과 마찬가지로 책이 빽빽이 들어찬, 복잡하게 뒤엉킨 서가들로 가로막혀 있어서 넓이가 어느 정도인지 짐작이 되지 않았다. 어쩌면 무한히 계속되는지도 모른다. 가공할 고부세 도서관.

조명은 띄엄띄엄 배치된 전구가 전부다. 전등이 아니라 전구. 대단하다. 마지막으로 전구를 본 게 언제였더라. 아, 살던 집 화장실 조명이 전구였다. 부드러운 주황색 불빛이 낡은 목제 책꽂이를 어렴풋이 비춘다.

묘한 압박감을 느끼며 가까이에 있는 책의 도서 번호를 확인했다. 900번대. 역시 문학인데 죄 이름 한번 들어본 적이 없는 작가들이다. 이상하다고 생각했다가 곧 알아차렸다. 고부세 정과 야호 시, 로쿠쿠와 촌에서 나온 동인지 소설 및 시집, 하이쿠 모음집 등이다. 내가 찾는 것은 200번대 책이지만 '지역에서 나온 책'이라는 분류로 생각하면 목표물은 가까운 곳에 있을지도 모른다. 책꽂이를 주의 깊게 살펴보았다.

한 줄을 전부 확인하고 서가를 빙 돌아 다음 줄로 들어서자 드디어 200번대가 보였다. 맨 먼저 눈에 띈 것은 『고부세 사』였다. 내가 찾는 책은 210의 4였지, 하고 생각하며 죽 훑어보았다.

향토사에 관한 책이 수백 권 있는 것도 아니다보니 금세 발견했다. 도서 번호와 무관하게 '에마 쓰네미쓰'의 저서 네 권이 나란히 꽂혀 있었다. 『고부세 폭동과 그 끝』 『고부세 수로』 『이 지역과 지방의 역사— 다음 세대를 짊어질 너희에게』 『마을의 관습—로쿠쿠와·고부세·야호』. 나는 아무도 없는 참에 소리 내어 말했다.

"이봐, 『전국이라는 중세와 고부세』는 어떻게 된 거야?"

없다. 내가 찾는 책은 없었다. 다시 보니 책꽂이에 꽂힌 네 권에 대출 금지 스티커는 붙어 있지 않다. 아마 『전국이라는 중세와 고부세』도 대출이 가능할 것이다. 누가 빌려갔나? 아니면 어디 다른 곳에 잘못 꽂혀 있나? 나는 고부세 도서관의 어중간한 검색 시스템을 원망했다. 야호 시립 도서관 같으면 책을 검색하면 대출 상황까지 알 수 있는데.

스쾃을 할 때처럼 일어섰다가 쭈그리고 앉기를 반복하며 에마 쓰네미쓰 코너 주변을 찬찬히 살폈다. 없다. 범위를 넓혀 서가 하나를 샅샅이 뒤지기 시작했다. 스쾃은 몸이 지치는데다 효율적이지도 않다는 것을 깨닫고, 맨 꼭대기 칸을 이 끝에서 저 끝까지 훑어보고 다음으로 둘째 칸을 반대 방향으로 훑어보는 방법으로 바꾸었다. 전구 불빛 아래에서 눈에 힘을 주고 찾아도 도무지 보이지 않았다. 먼지내 나는 공기를 크게 들이마셨다가 한숨을 쉬었다.

"없는 것 같긴 한데. ……이거야 원, 악마의 증명이군."

조사를 철저하게 하려면 이 도서관 전체를 샅샅이 뒤져야 한다. 그러지 않아도 이미 탐정에 어울리는 일에서 꽤나 멀어졌는데, 그렇게까지 하면 아예 전혀 다른 직업 같아질 것이다.

이 일이 본업인 사람에게 조사를 부탁할 수는 없을까?

엉금엉금 기듯이 계단을 올라가 햇빛 가득한 로비로 돌아왔다.

서고에 있던 시간이 한 십오 분 될 텐데, 그새 카운터 담당자가 교체되었다. 조금 전의 여자가 아니라 작은 사각테 안경을 쓰고 백발이 근사한 남자가 앉아 있었다. 가슴에 붙은 이름표에 '나와'라고 쓰여 있다. 내가 물으려 하는데, 밖에서 보았던 남자애가 먼저 뛰어와 "공룡 책 어디 있어요?" 하고 큰 소리로 물었다.

백발 남자는 온화하게 웃으며 말했다.

"저쪽에, 7번이라고 쓰인 책꽂이 한가운데쯤에 있단다. 찾을 수 있겠니?"

그러나 남자애는 고개를 흔들었다.

"모르겠어요."

"그래…… 사노 씨, 잠깐 이애를 안내해주겠어?"

카운터 안쪽을 향해 부르자 아까 봤던 여자가 나타났다. 여자가 "이쪽이에요" 하며 아이를 데리고 가기 전에 나와는 한마디 덧붙이는 것을 잊지 않았다.

"애야, 도서관에선 큰 소리로 말하거나 뛰면 안 돼요."

네, 하고 순순히 대답하는 목소리도 크다.

아이를 배웅한 뒤, 나와는 나를 돌아보았다. 방금 전까지의 상냥하던 태도는 어디 갔는지, 근엄함과 성실함을 박아넣은 것 같은 딱딱한 목소리로 물었다.

"무슨 일이시죠?"

뭘 잘못했나 하고 주눅이 들어 나도 모르게 비위를 맞추듯 웃어 보였다. 나는 사람이 영 소심해서 탈이다.

"아이고, 이게 참, 제가 찾는 책이 있는데 안 보여서요. 혹시 대출중일 수도 있으니까 알아봐주실 수 있습니까?"

"책 제목은요?"

"아, 네, 『전국이라는 중세와 고부세』입니다. 에마 쓰네미쓰란 사람이 썼는데요."

제목을 말하자, 기분 탓인지 몰라도 태도가 부드러워진 듯했다.

"에마 씨 책 말이군요. 좋은 책이죠. 하지만 지금은 대출중입니다."

"네?"

나는 눈을 껌벅거렸다. 아무리 사서가 도서관의 전문가라지만, 책이 수만 권은 넘게 있을 텐데 그렇게 대출 상황을 재깍 알려주리라고는 생각지도 못했다.

"틀림없습니까? 어떻게 그렇게 분명히……"

꽉 다물려 있던 나와의 입매가 약간 누그러진 듯했다.

"모든 책을 다 기억하는 건 아닙니다만, 그 책을 찾는 사람이 또 있었거든요. 오늘도 물으러 왔기에 기억하는 겁니다. 틀림없습니다. 대출 카드도 확인했어요. 아직 대출중입니다."

그러더니 작은 목소리로 한마디 덧붙였다.

"에마 씨도 참 대단하군요. 돌아가신 뒤로도 이렇게 젊은 사람이 찾으러 오다니 말이죠."

무슨 추억이 있는 듯했지만 그리 관심은 당기지 않았다. 나는 귀 뒤를 긁적거리며 물었다.

"아, 이거 큰일 났네. 빨리 좀 보고 싶은데요."

전액 성공 보수라고 해도 끝이 보이는 일은 얼른 끝내고 싶다. 그것이 의뢰인을 위한 일이기도 하려니와, 신속한 사건 해결은 우수한 탐정의 조건 중 하나다.

"그렇게 말씀하셔도 저희로선 방도가 없어요. 예약을 하시면 반납되는 대로 연락하겠습니다."

"하지만 언제 반납될지 모르는 거 아닌가요?"

그렇게 말했다가 퍼뜩 생각났다.

"아, 맞다. 책을 빌려간 사람을 알 수 있을까요? 제가 그 사람을 찾아가보겠습니다. 잠깐만 보면 되니까요."

그러나 그 한마디가 나와의 심기를 상하게 한 모양이었다. 백발 밑의 눈이 치올라가고 미간에 험악한 주름이 잡혔다. 움찔하는데 거친 노성이 날아들었다.

"그런 일이 가능할 리 없잖습니까!"

그렇게 큰 목소리는 아니었으나, 워낙 조용한 도서관이다보니 건물 전체에 울려퍼진 것처럼 느껴졌다. 간덩이가 떨어질 것 같았지만 그래도 어떻게든 물고 늘어졌다.

"아뇨, 그렇게 큰일은 아닙니다. 폐는 안 끼칠 거예요."

"……"

나와는 자신의 큰 목소리를 부끄러워하듯 시선을 떨어뜨렸다. 말투도 타이르는 것처럼 바뀌었다.

"이거 보세요. 도서관은 무슨 일이 있어도 이용자의 비밀을 지켜야 한단 말입니다. 이건 경찰이 와도 마찬가지예요. 법원 영장이 있으면 고려해보겠지만, 그것도 마지못해 하는 겁니다. 이건 어느 도서관, 어느 사서를 막론하고 기본 중의 기본입니다. 포기하고 차례를 기다리세요."

그러고 보니 그런 말을 들은 것도 같다. 하지만 어차피 명목상으로 그렇다는 말일 것이다. 이 남자가 뻐기는 것처럼 모든 사서가 긍지를 가지고 도서관의 독립을 수호하고 있다니 좀 믿기지 않는다. 카운터를 지키는 사람이 이 완고해 보이는 남자만 아니었으면 가르쳐주었을지도 모른다. 그래도 일단 사과하자. 또 호통을 칠지도 모르는 일이다.

"그렇습니까. 제가 억지를 쓴 모양이군요. 죄송합니다."

나와도 머리를 숙였다.

"아뇨, 저야말로 큰 소리를 내서 죄송합니다. ……예약하시겠습니까?"

"아, 네."

나와는 카운터에 '예약 신청서'라고 쓰인 재생지와 연필을 내주고, 매우 사무적으로 기입할 항목을 설명했다.

"여기에 성함, 여기에 전화번호, 그리고 이용자 코드를 여기에 써주십시오."

내가 주춤한 것을 눈치챘는지, 나와가 설명을 중단하고 얼굴을 들었다.

"대출 카드는 갖고 계십니까?"

"아, 아뇨, 없는데요."

"그럼 만드셔야 합니다. 사시는 곳은 고부세입니까?"

"아뇨, 야호인데요."

나와의 이마에 또다시 주름이 팼다. 또 호통을 치려나 싶어 몸을 움츠렸으나, 나와는 나직이 신음만 하고는 미안하다는 듯 목소리를 낮추었다.

"야호라면 안 되겠군요. 저희 도서관은 고부세, 이시즈에, 로쿠쿠와 세 지역이 제휴해서 운영합니다. 야호는 들어 있지 않아요."

이래서 공무원은, 하고 상투적인 반발이 고개를 치켜들려는 순간 문득 깨달았다. 맞다, 나는 살기는 야호에 살지만……

"아, 저 로쿠쿠와 주민입니다. 주민등록지는 그쪽이에요."

나와는 선선히 고개를 끄덕였다.

"그렇습니까. 그럼 우선 카드를 만들죠."

오랫동안 부평초 생활을 해왔지만 로쿠쿠와 주민임을 감사할 날이 올 줄은 꿈에도 몰랐다. 그뒤로는 순조롭게 수속을 밟아 무사히 『전국 이라는 중세와 고부세』의 예약을 완료했다.

기다려야 하는 것이 의뢰인에게 미안하지만 어쩔 수 없다. 나름대 로 성과를 거두었다며 만족스러운 기분으로 도서관을 나서려다가 번 뜩 떠오른 것이 있었다.

야마키타 고등학교의 이와시게도 혹시 『전국이라는 중세와 고부 세』를 갖고 있지 않을까. 고부세의 역사를 잘 아는 사람을 물으면 바 로 이름이 나오는 인물 아닌가. 도서관에 있을 것이라고 해서 오긴 했 지만, 보여달라고 했으면 보여주지 않았을까.

만약 그렇다면 이 오후는 대체 뭐였나. 방금 전까지 성과라고 생각 했던 손안의 예약 신청서가 갑자기 허무하게 느껴졌다.

이대로 빈손으로 돌아가기는 서글프다. 나는 도서관으로 돌아갔다.

몇 분 뒤, 도서관에서 나온 나는 『전국이라는 중세와 고부세』를 뺀 에마 쓰네미쓰의 저서를 전부 들고 있었다.

거의 자포자기나 다름없는 행동이었지만, 뭐, 소용이 전혀 없으리라는 법은 없으니까.

구체적으로 무슨 소용이 있을지는 알 수 없지만.

7

사무소 문 앞에 서 있던 손님은 나와 체격이 비슷한 남자였다. 양복을 입고 넥타이를 맸다. 이런 복장에 익숙한 사람이라는 것을 한눈에 알 수 있었다. 미남까지는 아니지만 약간 중성적인 얼굴로, 외모는 나쁘지 않다. 다만 이 한여름에도 지나치게 하얀 살빛이 연약한 인상을 준다. 나는 눈앞의 남자가 사무직 계열일 거라고 추측했다.

남자는 험악한 눈으로 나를 노려보고 있었다. 눈싸움을 할 마음은 없으므로 내가 먼저 물었다.

"사무소를 비워서 죄송합니다. 저희 사무소에 무슨 볼일이 있으신지요?"

"당신이 고야 씨입니까?"

딱딱한 목소리인데 귀에 익다. 어디서 들었는지 생각해내기도 전에 남자는 양복 윗주머니에서 명함을 꺼냈다.

"갑작스레 찾아와서 죄송합니다. 전 이런 사람입니다."

아직 명함을 만들지 않은 것을 또 후회하며 받아들었다. 그것을 보니 이해가 됐다. 들어본 듯한 느낌이 들 만도 했다.

"어제는 실례가 많았습니다."

"아뇨, 저야말로 확인하는 데 시간이 걸려서……"

서로 머리를 숙였다. 명함에는 '주식회사 콘 구스 시스템 개발과 간자키 도모노리'라고 쓰여 있었다.

"실은 긴히 드릴 말씀이 있어서요."

그렇게 입을 연 간자키를 나는 손짓으로 제지하고 주머니에서 열쇠를 꺼냈다.

"뭐, 일단 들어오시죠. 앉아서 말씀하십시오."

간자키는 "감사합니다"라고 하면서도 여전히 노려보는 눈초리다. 어쩌면 노려보는 것이 아니라 눈초리가 원래 그런 사람인지도 모르겠다.

명함과 물 끓이는 설비만은 정말 시급히 마련해야겠다. 멀리서 온 손님에게 차 한 잔 대접하지 못하는 상황을 '사무소를 이전한 지 얼마 안 돼서'라고 변명하며 간자키에게 의자를 권했다. 에어컨을 틀고 일단 사무소에서 나와 휴대전화를 꺼냈다.

신호음 몇 번 만에 전화가 연결되었다.

"네, 'D&G'입니다."

아즈사다. 도모하루였다면 더 좋았을 텐데.

"'고야 S&R'로 아이스커피랑 그레이프프루트주스 갖다줘. 빨리 좀 부탁한다."

"……오빠, 우리 배달은 안 하는데."

"도모하루한테 부탁 좀 해줘라."

잠시 후, 불만스러운 목소리가 들려왔다.

"……알겠대. 그럼 되는 대로 갖다줄게."

"미안하다."

안으로 돌아오니 간자키는 살풍경한 사무소 안을 신기한 듯 둘러보고 있었다.

"탐정 사무소라는 곳에 처음 와봤거든요. 좀더 어수선한 곳을 상상했는데요."

나는 소파에 앉으며 비위를 맞추듯 웃음을 지었다.

"탐정 사무소가 아니라 조사 사무소입니다만, 모두 탐정이라 하시는군요. ……좀 전에도 말씀드렸지만, 이전한 지 얼마 안 돼서 짐이 도착하지 않았습니다. 이제 곧 어수선해질 겁니다."

태연하게 거짓말을 한다.

"간자키 씨는 도쿄에서 오신 겁니까?"

"네, 그렇습니다. 신칸센과 특급을 갈아타고요."

"저런, 먼 길을 잘 오셨습니다. 저희 사무소에 관해선 사쿠라 씨 부모님께 들으셨는지요?"

"네, 그렇습니다. 위치는 사쿠라 씨 할아버님께서 가르쳐주셨습니다."

무난하게 대화를 이어간다. 본론으로 들어가기 전에 벌이는 탐색전이다. 간자키의 목적이 짐작되지 않았다. 어지간한 일이면 전화로 해결할 수 있을 텐데, 이렇게 일부러 야호까지 와야 했던 이유를 모르겠다. 잡담을 통해 간자키의 직장은 주말이라고 꼭 쉴 수 있다는 보장이 있는 게 아니라는 사실도 알았다. 거래처에서 말썽이 생기면 주말에도 전화 한 통으로 불려나가는 일이 자주 있다고 했다. 은행원 시절의 나도 비슷했으므로 알 수 있는데, 간자키는 토요일이라고 마음 편히 먼 곳까지 발걸음을 할 수 있는 처지가 아닐 것이다. 그런데 어째서?

잡담으로는 더이상 대화를 이어나갈 수 없게 되었을 때, 노크 소리가 들렸다.

"안녕하세요. 'D&G'입니다."

아즈사의 목소리다. 나는 일어나 문을 열고 작은 목소리로 말했다.

"빨리 왔군. 코펜으로 왔냐?"

아즈사는 다이하쓰의 2인승 오픈카를 몬다. 전에는 밤중에 법정 속도의 세 배쯤 되는 스피드로 산길을 달리곤 했다. 결혼한 이후로는 잘 하지 않는 것 같지만.

아즈사는 잠시 영업용 미소를 지우고 퉁명스럽게 대답했다.

"차로 오면 쏟아지잖아. 걸어서 왔어. 도모하루도 속상해해. 아이스커피는 서두르면 맛있게 만들 수 없다고."

그건 미안하게 됐다.

쟁반에 얹은 아이스커피와 그레이프프루트주스를 정중하게 내려놓았다. 양이 적은 것은 운반하다 쏟아지지 않게 하기 위해서이리라.

돈을 받고 빈 쟁반을 가슴에 안은 아즈사는 생긋 웃으며 머리를 숙였다.

"그럼 이만 실례합니다. 잔은 나중에 가지러 오겠습니다."

그러나 아즈사는 나가기 전에 간자키의 시선이 다른 곳을 향한 틈을 타서 무시무시한 눈초리로 나를 노려보았다. 번거로운 일을 시키는 빌어먹을 오빠라는 뜻일까. 뭐, 그냥 흘려넘기자.

마실 것이 나오면서 분위기가 잡혔다. 방도 시원해졌다. 각자 가볍게 목을 축인 다음, 내가 먼저 말을 꺼냈다.

"그럼 간자키 씨, 이제 찾아오신 용건을 들어볼까요?"

간자키는 두 주먹을 꽉 쥐더니 얼굴을 들었다.

"……그러게요. 어디서부터 이야기하면 좋을지 오는 길에 내내 생각했습니다만. 먼저 여쭤보고 싶은데, 사쿠라 씨는 찾았습니까?"

"아뇨."

'봤다는 사람은 있습니다'라고 하려다가 그만두었다. 간자키에게 수색 상황을 알려주어야 할 이유는 없다.

간자키는 나직이 한숨을 쉬었다.

"그렇습니까. ……제가 오늘 이렇게 찾아온 건 사쿠라 씨의 수색을 의뢰하기 위해서입니다."

뜻밖의 제안이다. 몸이 바짝 긴장되었다.

"그게 무슨 말씀이십니까?"

"어제 당신의 신원을 확인하기 위해 사쿠라 씨 어머님께 전화를 드렸습니다만, 보아하니 일이 영 이상하게 되어가는 것 같더군요. 전화로는 수색 의뢰를 철회하겠다는 말씀만 연방 하시던데요."

아닌 게 아니라 실제로 나에게도 그렇게 말했다.

"그래서 어떻게 됐습니까? 의뢰는 철회된 겁니까?"

"아뇨."

"그럼 됐습니다만, 혹시 앞으로 사쿠라 씨 가족 분이 의뢰를 철회하더라도 수색을 계속해주셨으면 합니다. 그럴 경우 조사비는 제가 부담하겠습니다. 그리고 혹시 가족 분의 경제적인 문제로 충분한 활동을 할 수 없을 때는 저한테 연락 주십시오. 다행히 독신이라 자유롭게 쓸 수 있는 돈이 어느 정도 있습니다. 파격적인 액수까지는 어렵지만, 조금은 저도 보태드릴 수 있어요."

"……그렇습니까."

납득했다.

"보아하니 간자키 씨께서도 사쿠라 도코 씨를 찾을 이유가 있는 것 같군요."

간자키는 천천히 고개를 끄덕였다. 나는 소파에 등을 기대고 간자키의 말을 검토했다.

특별히 문제는 없다는 생각이 들었다. 사쿠라 도코를 찾는 일은 나에게 예상 외의 일이었기에, 의뢰가 철회된다고 해서 고마울 것까지는 없어도 별로 지장은 없다. 그러나 간자키가 착각하는 게 있는데, 의뢰인은 도코의 어머니가 아니라 할아버지다. 철회되는 일은 없을 것이다. 즉 간자키의 제안은 별 의미가 없다.

그러나 그렇다고 간자키와 도코의 관계를 모르는 채로 제안을 받아들일 수는 없는 노릇이다. 이것은 일이니까.

영업용 미소를 띠었다.

"무슨 말씀이신지 잘 알았습니다. 그러나 설사 사쿠라 씨의 가족 분이 의뢰를 철회한다 해도, 사쿠라 도코 씨와 관계가 전혀 없으신 분께 수색 의뢰를 받는 건 약간 경우가 다르다는 생각이 드는군요. 간자키 씨는 어째서 사쿠라 씨를 찾으시려는 겁니까?"

당연히 물어보리라 생각했나보다.

"저와 사쿠라 씨는 사귀는 사이였습니다. 전 그 사람하고 결혼할 계획이었고, 느낌으로는 그 사람도 그랬다고 생각합니다."

뭐, 예상했던 대로다.

"그럼 현재는 그렇지 않다는 말씀이군요?"

간자키는 말을 얼버무렸다.

"……잘 모르겠습니다. 지난달 초였나요, 도코가 갑자기 한동안 만나지 말자, 집에도 오지 마라, 그러는 겁니다. 너무나 갑작스러운 일이라 놀라서 이유를 물었지만 영 확실하게 말을 안 했어요."

"만나지 말자고요?"

나는 간자키의 명함을 보았다. 주식회사 콘 구스, 시스템 개발과.

"그거 이상하군요. 같은 직장이 아니던가요?"

"네, 저희 직장은 개인별로 부스가 있긴 하지만, 그렇다고 같은 방에 있는데 얼굴을 맞댈 일이 전혀 없는 건 아닙니다. 그러니까 더 영문을 알 수 없었죠."

"그 한 달 사이에…… 즉 사쿠라 씨가 만나지 말자고 한 뒤로 사쿠라 씨가 퇴직하기까지, 사쿠라 씨는 직장에서도 간자키 씨를 피했습니까?"

간자키는 고개를 세차게 내저었다. 지금까지 내내 느꼈을 곤혹감이 표정에 드러나 있었다.

"아뇨, 그게 글쎄 평소하고 거의 다르지 않았습니다. 만약 절 피했다면 그야 기분은 좋지 않았겠지만, 이해는 갔을 겁니다. 내가 싫어져서 헤어지고 싶은 거구나 생각했을 테니까요. 하지만 그게 아닌 겁니다. 인사도 웃으면서 하고, 커피를 갖다줘도 언짢은 얼굴을 하지 않더군요."

"……간자키 씨가 커피를 갖다주십니까?"

"도코의 마음을 알 수가 없어서 어떻게든 접근하려 한 겁니다. 하지만 정말 평소대로라……"

자꾸만 평소, 평소 해봤자 나는 알 수 없다.

"사쿠라 씨는 속마음이 태도에 드러나는 타입입니까?"

"아뇨!"

깜짝 놀랄 정도로 강하게 부정했다.

"완전히 정반대입니다. 그렇게 자제심이 강한 여자는 본 적이 없어요. 말없이 화내고 말없이 기뻐하는 타입입니다. 붙임성이 없기는 하지만 그 점이, 뭐랄까요, 개성이 있는 척하는 건 아닌데 개성이 있다고 할까요. ……묘한 매력이 있다고 하나요?"

내가 알 게 뭐요, 하고 대꾸하고 싶어졌다. 그런 건 아무래도 상관없다고 할 수는 없는 노릇이지만.

간자키는 발동이 걸린 사람처럼 숨도 쉬지 않고 지껄였다.

"그런 사람이니까 더 걱정인 겁니다. 그 친구는 문제가 생겨도 아무한테도 의논하지 않고 말없이 자기 혼자 해결하려고 한단 말이죠. 저번에도 도쿄가 담당한 파라미터 조정에서 버그가 나왔는데, 다른 사람한테 부탁해도 되는 덤프 체크를 전부 직접 하는 거 있죠.

그렇기 때문에 도쿄가 회사를 그만둔 것도, 도쿄를 떠난 것도 뭔가 나름의 생각이 있어서 그랬으리라고 생각은 합니다. 고민한 끝에 그러는 게 낫겠다고 판단해서 그랬을 테죠. 그건 저도 도쿄 어머님 말씀에 동의합니다."

"그럼 왜 저에게 의뢰를 하신다는 겁니까?"

"왜냐고요? 그야 당연하잖습니까!"

또 노려본다.

"결혼할 생각이었다고 했잖아요. 결혼 상대가 곤경에 처했습니다. 저도 뭔가 할 수 있는 일이 있을 거란 말입니다. 다만 출근을 해야 하니 이쪽에 오래 있을 순 없어요. 그러니까 당신이 꼭 수색을 계속해주기를 바라는 겁니다."

"그렇군요."

일단 진지하게 고개를 끄덕이기는 했으나, 나는 내심 간자키의 생김새에 걸맞지 않은 혈기와 오지랖에 가까운 사고방식에 넌더리가 났다. 어쩌면 도쿄는 정말로 간자키와 연을 끊고 싶었는지도 모른다.

……아니, 그는 연인이 걱정되어 혼란스러운 것뿐이리라. 나도 도

쿄에 있을 당시에는 결혼을 생각했던 상대가 있었다. 그 상대가 홀연히 모습을 감추면 이 정도 말은 나올지도 모른다.

덧붙이자면, 그 사람과는 내 병이 악화되면서 연락이 끊겼다. 문득 얼굴이 떠올랐지만 이름은 생각나지 않았다.

아무튼 사정은 알았다.

"사정이 그러시다면 저희 사무소도 기꺼이 말씀을 받아들이겠습니다."

간자키는 머리를 정중히 숙였다.

"감사합니다. 부디 잘 부탁드립니다. ……이쪽엔 휴일에만 올 수 있지만 내일까진 여기 있을 테니 무슨 일이 있으면 연락 주십시오."

그렇게 말하며 지갑에서 영수증 같은 종이 쪼가리를 꺼냈다.

"죄송합니다만 펜 좀 쓸 수 있을까요."

그러고는 내가 건네준 볼펜으로 번호를 적었다.

"아까 드린 명함엔 휴대전화 번호가 없으니까 이쪽으로 연락 주시면 됩니다."

"네, 알겠습니다."

간자키는 지갑을 도로 넣으려다가 불현듯 손을 멈추었다.

"아, 맞다. 잊어버릴 뻔했습니다."

명함을 한 장 더 꺼냈다. 언뜻 보기에도 간자키 본인의 회사 명함은 아니다. 연분홍색이었다.

"이걸 드리겠습니다. 도코의 도쿄 연락처입니다. 혹시 쓰일 데가 있을지도 모르니까요."

명함에 적힌 이름은 '사쿠라 도코'. 개인용 명함인 듯 집 주소와 휴대전화 번호, 메일 주소 등이 적혀 있었다. 도코의 연락처는 가쓰지를 통해 이미 알고 있었지만, 나는 미소를 지으며 받아들었다.

간자키는 기껏 배달받은 아이스커피를 거의 그냥 남기고 나갔다. 웃는 얼굴로 그를 배웅한 뒤, 문이 닫히자마자 한숨을 쉬었다.

"……후우. 어이구야……"

전화기를 들었다. 손에 든 명함을 보며 번호를 눌렀다.

오늘도 전화를 빨리 받는다.

'전화 주셔서 감사합니다. 주식회사 콘 구스입니다. 전화 안내 시간은 평일 오전 10시부터……'

맞다, 오늘은 토요일이다. 혀를 차고 전화기를 내려놓았다.

8

이렇게 밖에 나올 때마다 냉방의 고마움을 실감한다. 해가 서쪽으로 약간 기울었다. 고부세에서 더 할 일은 없을 것 같다. 야호로 돌아갈까.

주차장을 둘러보았지만 검정 비틀은 보이지 않았다. 그러고 보니 묘한 소리를 했는데. 다치기 전에 손 떼라느니 뭐니. 고문서 사진을 꺼내 찬찬히 뜯어보았다.

"다쳐?"

뭐, 땅속에 금괴라도 묻혀 있나. 자칫 잘못 건드리면 대대로 보물을 지켜온 일족이 나를 독살하려 든다든지. 그건 그것대로 괴기스럽고 좋지만, 내가 희망하는 것은 좀더 도시적인 탐정이다. M400의 U자

자물쇠를 풀고 헬멧을 쓰려는데 누가 말을 걸었다.

"저기, 잠깐만요."

젊은 남자였다. 아마 대학생쯤 됐겠지만 고등학생이라 해도 이상할 것 같지 않다. 챙이 넓은 회색 야구모자를 야트막하게 썼는데, 그 밑으로 학생답게 순수해 보이는 눈이 웃고 있었다. 원래 살이 없는 체격이기도 하겠지만 얼굴이 꽤나 긴 탓에 수척하다 싶을 만큼 말라 보였다. 그러나 남자는 그런 겉모습과는 걸맞지 않게 또렷한 어조로 물었다.

"아까 지하 서고에 있던 분이죠? 죄송합니다만, 카운터에서 말씀하시던 걸 들어서요."

"······댁은 누군데?"

"아, 죄송합니다. 이름도 안 밝히고. 가마데라고 합니다. 대학에서 중세사를 전공하죠."

이렇게 고마울 데가. 나도 모르게 히죽히죽 웃음이 나왔다. 전문가는 아무리 많이 확보해놓아도 방해가 되지 않는다. 저쪽에서 먼저 접근해온다면 대환영이다. 먹이가 제 발로······ 아니지, 술 익자 체 장수인가. 들고 있던 헬멧을 미러에 걸었다.

"내 이름은 한다. 탐정이야."

"어? 탐정이라고요?"

가마데는 눈을 크게 뜨더니 금세 호기심을 노골적으로 드러낸 얼굴로 웃었다.

"와, 진짜요? 탐정이 정말 있군요? 저, 실제로 보는 거 처음이거든요. ······음, 면허 같은 건 없던가."

······

처, 처음으로 탐정 취급을 받았다······ 한다 헤이키치, 감격에 겨워

꺼이꺼이 울겠다.

그러나 눈물은 어디까지나 마음속에 담아둔다.

"일본에선 그렇지."

"그렇군요. 아아, 그런 게 있으면 보고 싶었는데요."

나도 갖고 다닐 수만 있다면 갖고 다니고 싶다. 부장에게 부탁해서 소속 증명서 같은 것이라도 만들 수 없을까. 표장 같은 것도 디자인해서. 그걸 윗주머니에서 척 꺼내 '탐정이다'라고 밝히는 상상 속의 내 모습에 도취되었다.

그러나 바로 깨어났다.

"그래서 무슨 일이지?"

"아, 죄송합니다."

그는 고개를 가볍게 숙였다.

"저, 그 책이 꼭 필요하거든요."

"그 책?"

가마데는 눈을 반짝였다.

"아까 한다 씨가 찾던 책 말입니다. 『전국이라는 중세와 고부세』. 향토사가가 쓴 책이란 게 대개 자기만족에 불과한데, 그 저자는 대단해요. 지은 책은 몇 권 안 돼도 꽤 읽을 만하거든요.

전 그 저자의 책 중에 구할 수 있는 건 다 봤습니다. 그런데 중요한 대목엔 꼭 『전국이라는 중세와 고부세』참조, 라고 쓰여 있는 거예요. 이래선 졸업논문을 쓸 수가 없어요."

무슨 이야기인지 알았으나, 한 가지 이해되지 않는 부분이 있었다.

"……이 깡촌에 논문을 쓸 만한 소재가 있어?"

"있죠."

단호하게 잘라 말한다. 궁금해졌다.

"뭐가 있는데?"

그러나 그렇게 묻자 별안간 가마데가 어물거리기 시작했다. 아니, 그게, 하고 중얼거리더니 얼굴을 숙이고 의혹 어린 눈초리로 나를 보았다. 쓴웃음이 났다.

"난 역사학 같은 거 몰라. 무슨 말을 하건 어디 가서 떠들고 다니진 않을 거야."

"그래요?"

"탐정은 비밀을 지키는 법이라고."

가슴을 펴고 그렇게 말하자 가마데도 약간 긴장을 늦춘 듯했다.

"……그럼 조금만. 전국시대에 이 부근에서 이쓰키 일족과 쓰치모리 일족이 세력 다툼을 벌였던 건 아시죠?"

뭐, 그 정도는.

이쓰키나 쓰치모리나 일본 전국으로 보면 불면 날아갈 듯한 약소 다이묘였다. 이렇다 할 수익도 기대할 수 없는 산간의 토지를 빼앗았다 빼앗겼다 한 끝에, 나중에 끼어든 도요토미에게 둘 다 간단히 무릎을 꿇고 말았다. 자세한 이야기는 모르지만.

"이쓰키 일족은 현재의 야호 시 일대가 본거지였습니다. 쓰치모리는 고부세 정 사무소 근처에 저택이 있었다고 하고요. 그래서 양쪽의 중간에 해당되는 곳에…… 산성이 있었던 모양이에요. 전 지방 영주의 소규모 전투 같은 데엔 별로 관심 없지만, 그 성은 좀."

김이 샜다.

"산성? 그런 건 일본 전국에 널려 있잖아."

"아뇨, 그게 말이죠."

가마데는 의미심장하게 웃었다.

"꼭 그렇지만도 않거든요. 어디에나 있는 산성 같으면 저도 구태여 이런 데까지 오지 않아요. 그게 좀 재미있는 성 같단 말이죠."

"'이런 데까지'라니, 너 여기 출신 아니야?"

"네, 후쿠시마 출신입니다."

"'재미있는 성 같다'는 것만으로 후쿠시마에서 여기까지 왔다고?"

한숨이 나왔다. 나는 결국 학업을 일찌감치 포기했다. 그렇기에 겨우 산성 하나에 이렇게까지 열의를 쏟아붓는 아카데미즘을 목격하니 아무래도 주눅이 들었다.

가마데는 고개를 크게 끄덕이고는 더욱 힘주어 말했다.

"그래서 꼭 그 책을 보고 싶거든요. 하지만 돈이 없으니까 책이 반납될 때까지 기약도 없이 민박집에서 지낼 순 없어요. 원래는 예약을 하고 싶었지만……"

이 지역 사람이 아닌 가마데는 『전국이라는 중세와 고부세』를 대기예약할 수 없는 셈이다. 그렇군.

"그래서 한다 씨한테 부탁드리고 싶습니다. 만약 그 책이 반납되면, 한다 씨가 보시기 전에 저한테 잠깐만 빌려주시면 안 될까요. 폐는 끼치지 않겠습니다."

나도 일을 하려면 그 책이 필요하지만……

나는 잠깐 생각한 뒤 입 끝을 가볍게 올렸다.

"내가 졌다. 알았어, 먼저 보여주지."

어차피 달리 찾아볼 데가 있으니 말이지.

"가, 감사합니다!"

가마데는 거의 90도 각도로 인사했다. 그러더니 주머니에서 메모장을 꺼내 한 장 찢어서 뭐라고 적었다.

"여기가 제가 있는 데니까 책이 들어오면 연락 주세요. 꼭 부탁드립니다."

메모지에 적힌 것은 고부세 지역 전화번호였다. 아까 지나가면서 말한 민박집 번호이리라.

"그럼 난 이만."

그렇게 말하고 헬멧에 손을 뻗으려다가 문득 가장 중요한 것을 묻지 않았음을 깨달았다.

"……그런데 그 산성, 뭐가 어떻게 재미있는데?"

그러나 가마데는 씩 웃으며 고개를 흔들었다.

"확실한 건 『전국이라는 중세와 고부세』를 봐야 말할 수 있습니다. 추측만으로 가설을 말하지 말라는 게 저희 교수님 입버릇이라서요."

"그렇군."

뭐, 어차피 별 관심은 없다. M400에 올라탔다. 출발하기 전에 "그럼 열심히 하라고" 하고 인사하자, 가마데는 "탐정님도요" 하고 대꾸했다.

탐정님.

뭐라 말할 수 없이 좋은 어감 아닌가.

9

"저, 또 사무소 문이 잠겨 있는데요."

"아아, 'D&G'에서 쉬는 중이야. 너도 와라. 커피 한 잔 정도는 사줄 테니까."

별로 얻어먹고 싶어서 그런 것은 아니겠지만, 한페는 오토바이를 사무소 근처에 세우고 'D&G'까지 걸어왔다.

나는 그레이프프루트주스를 마시는 중이었다. 유감스럽게도 하루 한 잔으로 정한 커피는 '장다름'에서 마시고 말았다. 가게 맨 안쪽의 칸막이가 쳐진 테이블을 독차지했다. 어차피 날이 저물어 가게 안에 손님은 나 하나뿐이다. 그러고 보니 이 가게, 몇 시까지 할까. 도모하루는 다른 조건만 허락하면 하루 온종일 커피를 끓이고 있을 것 같은데. 문에 달린 카우벨을 딸랑거리며 나타난 한페에게 손짓을 했다.

한페는 내 맞은편에 앉더니 말했다.

"……여기 이렇게 좋은 집이 있었군요. 저 혼자 들어오긴 좀 너무 귀여운 분위기이지만요."

"그런 말 말고 자주 이용해줘라."

아즈사가 물을 가져다주었다.

"정하시면 말씀해주세요."

그러고는 생긋 웃는다. 한페는 그 뒷모습을 바라보며 말했다.

"점원도 괜찮은데요."

"미안하지만 저 마스터의 부인이다."

"아뇨, 딱히 뭘 어쩌겠다는 뜻은 아닙니다."

"그리고 내 동생이고."

한페는 무례하리만큼 내 얼굴을 빤히 쳐다보더니 고개를 돌려 아즈사를 보았다. 그러고는 대뜸 말했다.

"안 닮았군요."

지금까지 살면서 몇 번을 들었는지 모르는 말이라 딱히 대꾸는 하지 않았다.

"뭐 마실래?"

"드라이 마티니요."

나도 모르게 메뉴로 시선을 돌렸다.

"……없어."

아예 알코올류가 없다. 한페는 시침 뚝 떼고 말했다.

"아니, 탐정이 드라이 마티니가 아니면 말이 안 되죠."

"김릿은 어때? 시골 신사의 휴지 쪼가리를 조사하는 건 탐정답냐?"

상대를 못 하겠다고 머리를 내저으면서도 일단 도모하루에게 물어
는 보았다.

"드라이 마티니, 만들 수 있어?"

어떤 원두를 주문할지 기대에 찬 눈빛으로 잠자코 우리를 쳐다보던
도모하루는 보일 듯 말 듯 웃더니 말했다.

"저희 집은 찻집입니다."

"그렇지."

"하지만 문샤인이라면 있습니다."

들어본 단어다. 속어인데 무슨 뜻이었는지 생각나지 않았다. 별 기
대는 하지 않고 한페에게 물었다.

"문샤인이 뭐였지?"

한페는 서슴없이 대답했다.

"밀주죠."

아아, 그랬지, 하고 기억이 떠오른 것과 동시에 도모하루를 홱 돌아
보았다.

"도모하루, 너……"

"비밀로 해주세요. 뭐, 커피가 더 자신 있습니다만."

도모하루에게 그런 취미가 있었나 싶어 한 번 놀라고, 이어서 한페가 그런 속어를 안다는 데 또 한 번 놀랐다.

그사이 한페는 메뉴를 보더니 결국 "그럼 아이스카페오레"라고 했다.

주문을 듣고 도모하루는 살짝 원통한 표정을 지었다. 커피를 끓이는 것이 자신의 천직이라고 믿는 남자다. 우유를 적으로 생각할지도 모른다.

카페오레라니 생긴 것과 달리 연약한 선택이라고 놀리자, 한페는 지금은 좀 단것이 당긴다며 겸연쩍게 웃었다. 요컨대 피곤한 것이리라. 연일 야호와 고부세를 왕복하는데다 야간 아르바이트까지 하니 그럴 만도 하다. 하지만 참견은 하지 않는다. 한페가 원해서 하는 일이니까.

"아이스카페오레 나왔습니다."

아즈사가 점잔 뺀 얼굴로 잔을 내려놓았다. 경과 보고를 요구할 생각이었는데 한페가 먼저 물었다.

"그래서 부장은 아침에 사무실에 왜 안 오신 겁니까? 현장으로 직행한다고는 하셨지만."

나는 셔츠 소매를 걷었다. 왼팔에 파스가 붙어 있다.

"……병원에 가셨던 겁니까?"

"……"

소매를 내리며 말했다.

"들개 퇴치야. 이야기 못 들었냐? 미나미 초등학교 부근에 요새 들개가 출몰했거든. 자경단에 참가해서 보기 좋게 퇴치하고 여길 물린 거지."

"뭡니까, 다친 거 자랑하시는 겁니까?"

뭐, 그 말 그대로다. 감탄해주지 않았으니 자랑이 되지 않았지만. 소매를 원래대로 되돌렸다.

"그럼 실종된 미녀는 어떻게 됐습니까? 설마 그 개의 색시가 돼 있었던 건 아니겠죠."

"팔견전八犬傳*이냐."

"팔견전? 그게 그런 이야기였던가요? 전 미노스 신화를 한 번 꼰 건데요."

"그쪽이냐."

그레이프프루트주스를 마셨다.

"그 자경단 리더가 사쿠라 도코의 옛 친구더군. 안면을 튼 덕분에 탐문 조사가 쉬워졌다."

별안간 옆에서 목소리가 날아들었다.

"뭐? 오빠가 잡았어? 그래서 그 개는 어떻게 됐고?"

아즈사다. 다른 손님이 없는 것을 핑계로 카운터에 몸을 기대고 늘어져 있다. 흘끗 보고 짤막하게 대답했다.

"보건소 행."

"아멘."

아즈사는 그렇게 기도를 올리며 합장했다.

한페가 고개를 살짝 숙였다.

"여간 힘든 일이 아니었겠군요. 예정에 없는 일까지, 고생 많으셨습니다."

＊ 원제는『南總里見八犬傳』. 에도 시대의 극작가 바킨이 지은 장편 전기소설로, 이름에 공통으로 견(犬)이 들어가는 여덟 명의 인물이 주인공으로 등장한다.

"뭐, 하다보니까 그렇게 된 거라, 별로 힘들단 생각은 안 한다."

"그렇습니까?"

"그리고…… 단순명쾌한 이야기는 싫지 않아."

한페의 표정에 의문의 빛이 떠올랐다. 설명 대신 나도 물었다.

"그래서 넌 어떻게 됐고?"

"아, 문제없습니다."

한페는 엄지를 치켜들었다.

"윤곽이 꽤 잡혔습니다. 아직 약속은 안 했지만, 내일 한 번 더 야마키타 고등학교에 가서 책 한 권을 받아오면 조사는 한 80퍼센트 끝난 셈이 될 겁니다."

호오, 하고 탄성이 흘러나왔다.

"제법 빠른데."

"탐정을 지망한 게 어제오늘 일이 아니니까요."

한페는 그렇게 말하며 가슴을 폈지만, 그것이 그렇게까지 으스댈 만한 일인지는 알 수 없었다.

"아, 맞다. 꽤 하드한 상황도 있었습니다."

한페가 눈을 빛냈다. 어차피 변변한 것일 리 없다고 생각해 냉랭한 눈으로 보았지만 한페는 아랑곳하지 않았다.

"경고를 받았지 뭡니까. 검정 폴크스바겐 비틀을 탄, 코트를 입고 선글라스를 쓴 남자한테서. 이 건에서 손을 떼라고요."

나는 잠시 생각했다.

"……미안한데, 원전을 바로 알 수 있는 형태로 이야기해줄래?"

"아니, 꾸며낸 이야기가 아니라니까요!"

한페가 테이블을 쾅 내리쳤다. 내가 앉은 자리에서 아즈사의 눈썹

이 꿈틀한 것이 보였다. 그도 그럴 것이, 이 가게의 인테리어는 아즈사 담당이다.

"진짜예요, 진짜. 저한텐 역부족이니까 다치기 전에 손을 떼라고 했습니다."

흠.

나는 팔짱을 끼었다. 그러나 개에게 물린 곳이 아파서 금세 도로 풀었다.

"……그래서 넌 그걸 어떻게 생각했지?"

"진짜 탐정 같다고 생각했죠."

"그리고?"

"그것뿐입니다."

단번에 돌아온 대꾸에 머리를 싸안고 싶어졌다. 한페는 머리가 좋은 건지 나쁜 건지 도무지 모르겠다. 사실을 말하는지조차.

만약 그 말이 사실이라면 그 남자의 목적은 너무나도 명백하다. 한페는 어째서 알아차리지 못하나. 알아차렸으면서 말하지 않는 건가.

그 남자는 나에게 경고한 것이다. 사쿠라 도코 실종사건에서 손을 떼라, 어제오늘 사무소를 개업한 너 따위가 감당할 수 있는 일이 아니다, 라고. 그걸 실수로 한페에게 전달하고 만 것이다. 그 남자도 상당히 멍청한 것은 틀림없지만, 어째서 착각했는지 짚이는 데도 있었다.

사무소로 들어올 때 나는 건물 뒤쪽 주차장에 차를 세우고 뒷문으로 들어온다. 한페는 M400으로 폭음을 울리며 다가와 1층 주차장에 오토바이를 세우고 정문으로 들어온다. 게다가 내가 야호 안에서 전화를 걸거나 팬시점 같은 곳에 들어가거나 하는 데 비해, 한페는 야호와 고부세를 돌아다니며 조사를 하고 있다. 착각하는 것도 무리는 아니다.

이 상상이 맞는다면, 참으로 성가신 사태가 아닐 수 없다. 사쿠라
도코 수색은 지금까지 의미불명한 점을 여럿 남기기는 했어도 별달리
위험한 일은 아니었다. 실종이라는 길을 선택한 이상 도코에게는 그
나름대로 위험 혹은 말썽이 닥쳤겠지만, 현재로서는 어떤 절박한 상
황도 감지되지 않으려니와, 나도 개에게 물린 것 이상의 위험은 느끼
지 않았다.

그러나 검정 폴크스바겐 비틀을 타고 코트에 선글라스를 낀, 코스
튬플레이 일보직전인 남자는 위험하니 손을 떼라 했다고 한다. 성가
시게 됐다. 말해봤자 소용은 없지만, 개 찾기 같았으면 이런 일은 없
었을 텐데.

"……대체 뭐냐고."

그만 투덜거리고 말았다.

"저, 부장, 거짓말 아닙니다."

한페가 작은 목소리로 다시 한번 말했다. 나는 일루의 희망을 걸고
물었다.

"그래서 그 비틀, 어디 번호판인지 확인했냐?"

"아, 네리마던데요."

최악이다. 도쿄에서 왔다면 도코와 관련된 일이 틀림없다.

나는 내게 오는 것은 거절하지 않고 남의 말은 순순히 듣는 사람이
지만, 이것이 일인 이상은 그렇게 나온다고 고분고분 중지할 수는 없
는 노릇이다. 하물며 구체적인 위험이 닥친 것도 아닌데.

하기야 정말 위험이 닥친 뒤에는 이미 늦었다고도 할 수 있다. 도코
의 실종은 아직 연유를 파악하지 못했으니 수상쩍고 멍청한 남자가

말하는 위험이 어떤 것인지 상상도 되지 않는다. 영 알 수 없는 이야기다.

"……뭐, 내일도 탐문 조사를 해야겠군."

그렇게 중얼거리고는 그레이프프루트주스를 마저 마셨다.

그러나 나도 이제 계속 탐문 조사를 하는 것만으로 사쿠라 도코를 찾아낼 수 있으리라고는 생각지 않았다.

Chapter.
4

2004년 8월 14일(토) - 8월 15일(일)

1

흰 하카마 뭐, 이렇습니다.

전기밥솥 바닥에 남아 있던 밥을 찻물에 말아 대충 저녁을 때우고, 나는 채팅을 시작했다. 오늘 하루의 성과를 간결하게 정리해 채팅창에 썼다. GEN은 흰 하카마, 즉 고야 조이치로가 어디 사는 누구인지도, 누구를 찾는지도 모른다. 그러니 고유명사만 알리지 않으면 비밀 유지에 신경 쓰지 않고 하고 싶은 말을 할 수 있다.

보고하는 동안 '호오' '흠흠' 같은 대꾸만 하던 GEN은 일단 이야기가 끝나자 '좀 마음에 걸리는 게 있습니다만' 하고 말했다.

GEN 좀 마음에 걸리는 게 있습니다만

GEN 그 동료가 말하는 실종자와 소품 가게 점원이 말하는 실종자의

GEN 이미지가 꽤나 다르다는 생각이 드는데요.

GEN 동료의 이야기로는 실종자가 감정을 겉으로 드러내지 않는다고 했거든요.

GEN 하지만 소품 가게 점원은 실종자가 자기를 보고 무척 기뻐하면서

GEN 적극적으로 말을 걸었다고 했죠.

그 점은 사실 나도 신경 쓰고 있었다. 간자키가 도코의 성격을 이야기했을 때 그런 건 아무래도 상관없다고 무시할 수 없었던 것은, 그 불일치를 눈치챘기 때문이다.

그래서 나는 이미 몇 가지 가설을 세워두었다.

흰 하카마 가설① 실종자는 실은 그 동료를 싫어했고, 태도가 무뚝뚝했던 건

흰 하카마 동료를 대할 때뿐이었다.

GEN ……동료는 참 허무하겠는데요, 그거.

GEN 그리고 죄송하지만 특수문자는 사용하지 말아주세요.

흰 하카마 아, 죄송합니다.

이 가설이 옳을 경우, 결혼 약속도 당분간 만나지 말자는 도코의 부탁도 죄 간자키의 거짓말이라는 소리다.

흰 하카마 그 부분을 확인하기 위해 회사의 다른 사람에게 두 사람의 관계 또는

흰 하카마 회사 내에서의 그 동료의 평판을 묻고 싶었는데, 휴일이라 전화가 연결되지 않았습니다.

GEN 시스템 개발이라고 하셨죠, 그 부서.

GEN 직통 번호로 걸었으면 주말이건 백중이건 설이건 반드시 누군가 있었을 텐데요(웃음).

흰 하카마 그런가요?

GEN 다만…… 제 생각이 지나친 건지도 모르지만, 왜 오늘은 하필 토요일일까요?

나는 만난 적도 없는 GEN을 매우 높이 평가한다. 대략적인 개요만으로 그 점에 주목하다니 역시 다르다.

흰 하카마 바로 그겁니다. 있는 그대로 생각하자면, 오늘이 토요일이고 회사가 쉬는 날이기 때문에

흰 하카마 동료는 이곳에 나타날 수 있었다.

GEN 변화구라면

GEN 오늘이 토요일이라 회사에 확인 전화를 걸어도 진위를 확인할 수 없기 때문에

GEN 동료는 오늘 나타났다.

흰 하카마 훌륭합니다. 그리고 만약 그렇다면 동료는

GEN 회사가 업무를 재개할 월요일이 되기 전에 목적을 달성할 것이다.

그 목적이란 사쿠라 도코와 연관된 것이 틀림없다.

도코를 어쩌고 싶은 건지는 알 수 없다만.

흰 하카마 가설 2. 동료는 동료가 아니다. 오늘 내가 만난 동료는

흰 하카마 어제 내가 통화했던 동료가 아니며, 실은 실종자를 모른
다.

흰 하카마 가설 2에 대한 반론. 적어도 오늘 동료는 어제 동료와

흰 하카마 목소리가 많이 비슷했고, 회사 이름이 든 명함도 갖고 있
었다.

GEN 가설 2에 대한 반론에 대한 재반론. 목소리는 인상일 뿐. 명
함은 쉽게 만들 수 있다.

맞는 말이지만, 나 자신은 가설 2를 조금도 믿지 않았다. '주식회사
콘 구스'의 전화번호는 사쿠라 가쓰지를 통해 입수한 것이니 아무튼
가짜는 아닐 것이다. 그리고 시스템 개발과의 간자키가 전화를 받은
것은 어디까지나 우연이다. 간자키가 '고야 S&R'의 주소를 아는 것
은 내 전화를 받고 사쿠라 아사코와 사쿠라 가쓰지에게 연락을 취했
기 때문이다. 다른 사람이 그 일을 알 수 있을 것 같지는 않다. 그 사
람이 '콘 구스'의 간자키 도모노리라는 것은 거의 의심의 여지가 없다
고 해도 될 것이다. 자세한 사정은 모를 GEN도 가설 2는 가능성이 희
박하다고 생각했는지 그 이상 뭐라 하지 않았다.

약간 사이를 두고 GEN의 메시지가 떴다.

GEN 가설 3을 말해도 될까요?

흰 하카마 그러시죠.

GEN 동료가 아는 실종자와 소품 가게 점원이 아는 실종자는 다른 사람.

키보드에 얹은 손가락이 멎었다. 바꿔치기인가. 그 생각은 해보지 않았다.

검토해보자. 도코는 '콘 구스'에 취직했다. 그것은 사쿠라 가쓰지가 인정하고 '콘 구스'에서도 인정했다. 그러나 두 명이 공모하면 같은 사람으로 살아가는 일이 불가능하지는 않을 것이다. 다만……

GEN 그리고 본래의 실종자는 이미 이 세상에 없다.

그건 아니다.

흰 하카마 그건 아닙니다.

흰 하카마 소품 가게 점원과 찻집 마스터가 그 사람을 본인으로 인식했습니다.

흰 하카마 분위기가 조금 달랐다고는 했지만, 만약 그 사람이 가짜라면

흰 하카마 진짜 실종자의 단골 가게에 나타나는 일은 위험할 뿐입니다.

그러니 유일하게 가능한 패턴은 이것이다. 도쿄로 올라간 도코는

다른 사람에게 자기 이름을 빌려주었고, 그 다른 사람이 '콘 구스'에 취직했다. 그리고 지금 그 사람이 '콘 구스'를 퇴직했고, 진짜 도코가 야호로 돌아왔다.

그러나 그것이 진실이라는 생각은 도통 들지 않았다. 그 가능성을 암시하는 사실은 '간자키와 차링크로스 점원이 이야기하는 도코의 이미지가 다르다'는 것뿐이므로, 그보다 훨씬 더 신빙성이 높은 가설이 있다.

흰 하카마 가설 4.
흰 하카마 실종자는 잘 모르는 상대, 오래 알고 지내지 않을 상대에게는
흰 하카마 적당히 사근사근하게 구는 게 무난하다는 걸 알고 있었다.
흰 하카마 그리고 그렇지 않은 상대에게는 자기를 내보이지 않는 게 상책이라는 걸 알고 있었다.
흰 하카마 그래서 직장에서는 자제력이 강한 철의 여인이고
흰 하카마 소품 가게에서는 머리에 든 게 없는, 추억담으로 이야기꽃을 피우는 여자였다.
흰 하카마 그런, 너무나 당연한 이야기.

GEN은 모니터 앞에서 한숨을 쉬었을지도 모르지만, 문자로 표시되는 메시지는 언제나 무표정하다.

GEN ……그건 너무 당연하다고 생각했기 때문에 안 썼습니다만.

흰 하카마 죄송합니다. 게임을 망쳐서.
GEN 잠깐 술 좀 따르고 오겠습니다.

그 말을 들으니 나도 한잔 하고 싶어졌다.

병을 앓은 이래로 술을 마실 마음조차 나지 않는 나날을 보내왔지만, 오늘은 이상하게도 술 생각이 났다. 냉장고에 맥주가 있다. 반년 전 것이지만 상하지는 않았으리라. 여름밤, 밥상 위에서 마개를 땄다.

2

GEN의 술도 맥주였던 듯, 삿포로 파인 GEN과 에비스 파인 나는 얼마 동안 서로 비죽거렸다. 밤도 이슥해져 오늘은 이쯤에서 끝낼까 했을 때, GEN이 갑자기 물었다.

GEN 그런데 그 실종자 이름을 알면 안 되겠습니까.

노골적이고 당치 않은 요구였다.

내가 비록 탐정으로 취직한 지 이제 겨우 사흘째이기는 해도, 간단하게 의뢰 내용을 누설하지 않을 정도의 절도는 있다.

술기운이 돌아 다소 불안정해진 손가락으로 글자를 입력했다.

흰 하카마 취하셨군요.
GEN 삿포로는 최고니까요.

흰 하카마 맥주 얘기는 이제 됐고요. 알아서 어쩌시게요?

GEN 아뇨, 뭐랄까,

GEN 이게 인터넷의 습성인지……

GEN 사람 이름을 들으면 저도 모르게 검색해보고 싶어지거든요.

GEN 개인 사이트가 있을지도 모르고 말이죠.

당장 브라우저를 띄워 '사쿠라 도코'로 검색해보았다. 그러나 성과 이름 둘 다 잘 쓰이지 않는 한자라 그런지 검색 결과는 0개였다. 그것을 확인한 뒤 채팅창에 입력했다.

흰 하카마 실종자는 시스템 엔지니어나 프로그래머나 그런 쪽 사람이란 말입니다.

흰 하카마 그렇게 간단히 본명을 인터넷에 밝히진 않을 겁니다.

GEN 흰 하카마 씨……

흰 하카마 네.

GEN 방금 검색하셨죠?

들켰군. 컵에 따른 맥주를 들이켰다.

흰 하카마 상상에 맡기죠.

GEN 취하셨군요.

GEN 뭐, 가르쳐주시지 않는 것도 어쩔 수 없는 일입니다만,

GEN 최소한 개인 메일 주소라도 있으면 어떻게 해볼 수 있을 텐데 말이죠.

술이 확 깼다.

그랬다. 사쿠라 가쓰지가 작성한 이력서에는 없었기 때문에 주의를 기울이지 않았다. 나는 오늘 사쿠라 도코의 개인 메일 주소를 입수하지 않았던가.

흰 하카마 잠깐만요.

지갑에 넣었던가. 아니, 셔츠 주머니에 쑤셔넣었던 것도 같다. 세 평짜리 방 안을 빙빙 돌며 부스럭부스럭 뒤졌다. 좀처럼 나오지 않아 사무소에 두고 왔나보다고 생각하기 시작했을 즈음 겨우 찾았다. 간 자키 것과 함께 명함 케이스에 들어 있었다.

메일 주소. 10k-Sacramento@cocktram.ne.jp. 그렇군. 사쿠라 도코다.*

흰 하카마 찾았습니다. 개인 메일 주소요.
GEN 어? 있습니까? 검색하셨나요?

지금 하는 중이었다. 각종 검색 사이트에서 검색 개시. 전부 검색 결과 0개.

흰 하카마 역시 꽤 신중하군요. 안 나오는데요.

---

* '10k-Sacramento'의 일본식 발음이 '도코 사쿠라'와 유사하다.

GEN 그렇게 호락호락하진 않나보군요. 어디 계정인지는 알려주실 수 있습니까?

흰 하카마 ……그쯤은 문제없겠죠. 아마.

흰 하카마 코크트램입니다.

GEN 오오. 코크트램이면 메일 주소와 사이트 계정이 같을 겁니다.

그 방법이 있었나. 나는 말 그대로 무릎을 탁 쳤다. 검색 사이트에서 먼저 코크트램 인터넷 서비스 사의 대문으로. www.cocktram.ne.jp에서 www.cocktram.ne.jp/10k-Sacramento/로. 화면에 표시된 것은 '서버 에러'였다. 메시지는 '403 Forbidden'.

나도 모르게 쾌재를 불렀다.

흰 하카마 나왔습니다. 403.

GEN 403? 404가 아니고요?

HTTP 응답 코드 404번은 요구한 정보가 존재하지 않음을 의미한다. 이것이 나오면 그 URL에는 아무것도 없다는 뜻이다. 한편, 403번은 요구한 정보의 조회가 금지됨을 의미한다. 볼 수는 없지만 인터넷상에는 존재한다.

즉, 사쿠라 도코는 사이트를 갖고 있는 것이다.

GEN에게 메시지를 보내기에는 마음이 너무 급해 이번에는 www.cocktram.ne.jp/10k-Sacramento/를 검색해보았다. 얼마 안 돼서 사이트 대문을 발견했다. www.cocktram.ne.jp/10k-Sacramento/duplicate/index.html. 클릭.

GEN   어때요?
흰 하카마   폐쇄됐군요.
흰 하카마   아, 하지만 일기가.

　도쿄의 사이트 '듀플리케이트'는 대문에 '듀플리케이트는 폐쇄됐
습니다. 오랫동안 감사했습니다'라고만 쓰여 있었다. 캄캄한 화면에
흰 글자만 떠오른 것이 썰렁하고 살풍경했다. 페이지 아래쪽에 링크
가 있다. '과거 일기'.
　"고맙기도 하지……"
　중얼거리며 클릭. 2001년 4월부터 2004년 7월까지 리스트가 표시
되었다.
　이로써 사쿠라 도코에게 무슨 일이 있었는지 알 수 있으리라고 기
대하며 가장 최근 것인 '2004년 7월 초순'을 열었다.
　그러나 나온 것은, 역시 캄캄한 화면에 흰 글자로 단 한 줄.
　'삭제했습니다.'
　되돌아가 다른 날짜를 열어보았다. 6월 초순. 5월 하순.
　모두 '삭제했습니다'다.
　혀를 찼다. 사쿠라 도코는 직장을 떠나고 집을 떠났을 뿐 아니라 인
터넷상에서도 모습을 감추었다.

GEN   흰 하카마 씨?
GEN   이봐요, 흰 하카마 씨.
GEN   너무해요. 저도 좀 보여주세요.

흰 하카마 아, 죄송합니다. 안 되겠는데요. 삭제됐습니다.

GEN 404?

흰 하카마 아뇨, '삭제했습니다'라고만 쓰여 있어요.

GEN ??? 그거 묘한데요. 지울 거면 파일만 삭제하면 될 텐데

GEN 왜 그렇게 안 했을까요?

지당한 의문이었다. 없애고 싶은 파일이면 없애면 된다. 그보다 더 간단한 방법은 사이트를 통째로 삭제하는 것이다. 그런데 어째서 파일의 존재는 남긴 채 '삭제했습니다'인가?

흰 하카마 어디 비밀 문자라도 있는 걸까요? Ctrl＋A.

GEN 그건 매킨토시를 쓰는 저에 대한 도전장입니까?

GEN의 항의를 무시하고 도코의 일기를 하나하나 꼼꼼히 살펴보았다. 얼핏 보기에 밋밋한 화면 어딘가에 문자가 숨어 있지 않나. 링크가 숨어 있지 않나.

……그러나 헛수고였다. 반년분을 거슬러올라가 조사한 끝에 단념했다.

흰 하카마 Ctrl＋A에도, Tab에도 반응하지 않는군요.

GEN 그러니까 그건 매킨토시 유저에 대한 도전. 이하 생략. 소스는 보셨습니까?

GEN 코멘트 아웃*이 있을지도 몰라요.

흰 하카마 그것도 봤습니다. 없는데요. 아마 전부 복사해서 붙인 것

같습니다.

현재 도쿄의 사이트 '듀플리케이트'에 남아 있는 일기는 모두 '삭제했습니다'라고만 쓴 파일을 복사해 붙인 것으로 보였다. 어느 날짜의 파일을 확인해도 전부 똑같은 화면이다.

흰 하카마 아닌 게 아니라 이상한데요. 복사해서 붙이는 것도 수십 번을 반복하려면 수고스러울 텐데요.
흰 하카마 삭제하면 단번에 끝나는데.

그렇게 입력하자마자 GEN에게서 뜻밖의 메시지가 돌아왔다.

GEN 그런 거라면 이유는 하나뿐이겠죠. 삭제만으로는 부족했던 겁니다.
흰 하카마 네?
흰 하카마 무슨 뜻이죠?
GEN 흰 하카마 씨, 이 시대는 현금입니다, 현금!

현금? 설마 교습료를 요구하는 건 아닐 텐데. 맥주의 취기가 남은 머리를 쥐어짰다. 현금. 현찰. 캐시.
……캐시. 하하. 시시하긴.

---

* 소스에 주석 표시를 덧붙여 원래 쓰여 있던 내용을 무효화시키는 것.

흰 하카마 그렇군요. 캐시란 말이죠.

GEN 흰 하카마 씨는 역시 눈치가 빠르시군요.

인터넷상에는 어떤 키워드를 입력하면 그것을 포함한 사이트를 열거해주는 검색 사이트가 여럿 있다. 그중 몇 개에는 캐시 기능이 있다.

예컨대 내가 사이트를 만들고 '아즈사가 아끼던 람보르기니 모형을 망가뜨린 사람은 나입니다'라고 썼다 치자. 검색 사이트는 로봇을 돌려서 그 사이트를 저장하고는, 누가 '람보르기니'라든지 '망가뜨린 사람은 나' 같은 키워드로 검색을 하면 내 사이트를 제시한다.

그뒤, 역시 이건 곤란하겠다고 생각한 내가 그 파일을 삭제했다 치자. 내 사이트에서는 그 글이 사라진다. 그러나 캐시를 남기는 검색 사이트의 경우 예전의 내 사이트가 그대로 저장되어 있기 때문에 '아즈사가 아끼던 람보르기니 모형을 망가뜨린 사람은 나입니다'라는 글을 여전히 읽을 수 있다.

그것을 막으려면 어떻게 해야 하나.

본래의 글 대신 '삭제했습니다'라는 문장 등으로 파일을 덮어쓰는 방법이 있다. 언젠가 검색 로봇이 찾아오면 람보르기니 모형에 관한 글에 덮어쓰는 형태로 '삭제했습니다'가 검색 사이트에 저장된다.

사쿠라 도코가 한 일은 그런 것이다. 그녀는 인터넷상에서 모습을 감추었다. 그것도 주도면밀하게.

검색 사이트에서 도코의 사이트 URL을 검색했다. 일기 파일의 캐시를 열어보았다. 도코의 의도는 적중했다. 전부는 아니지만 거의 대부분이 '삭제했습니다'였다.

GEN　자, 보세요. 실종자는 직장에서 나와 주소를 변경하고, 뿐만
아니라 인터넷에선 캐시까지
　GEN　삭제하려 했다. 하지만 한편으로는 아무렇지도 않은 얼굴로
소품 가게에서 인형을 사고,
　GEN　찻집에서 커피를 마셨다.
　GEN　그 의미는?

　이제 알겠다. 사쿠라 도코가 실종된 이유를 간자키나 사쿠라 아사
코가 모를 만도 했다. 도코는 트러블을 겪고 있었다. 단, 사쿠라 도코
로서가 아니라, 아마도 닉네임을 쓰는 다른 누군가로서.
　그녀는 인터넷상에서 습격을 받은 것이다.

　흰 하카마　테러를 당했군요.
　GEN　제 의견도 같습니다.
　GEN　캐시까지 지우려 한 걸 보면 그냥 테러가 아니라
　GEN　아마 사이버 스토킹 부류겠죠.

　하지만 그렇게 되면 일이 성가셔진다. 도코는 '삭제했습니다' 전술
로 검색 사이트의 캐시를 삭제했다. 더욱 문제인 것은 사이트의 이름
인 '듀플리케이트'다. 듀플리케이트란 '복제하다'란 뜻의 영어 단어인
데, 자주는 아니어도 컴퓨터와 관련해서 곧잘 쓰이는 말이다. 검색해
보면 관계없는 사이트가 수만 건은 나올 것이다. 그중 사쿠라 도코의
사이트 '듀플리케이트'에서 무슨 일이 일어났는지 알아내기는 용이하

지 않다.

물론 사쿠라 도코에게 무슨 일이 있었는지 알아내는 것은 내가 맡은 일이 아니다. 도코를 찾아내 가쓰지에게 연락을 취하게 한다. 그것이 내 일이다. 그건 상황이 이렇게 된 지금도 충분히 의식하고 있다.

그러나 도코를 덮친 트러블의 실태가 얼핏 드러난 지금, 그 전체를 밝혀냄으로써 도코의 다음 행동을 예측할 수 있지는 않을까 하는 생각도 들기 시작했다. 아니, 적극적으로 트러블의 실태를 파악하지 않으면 도코를 따라잡지 못하리라는 생각마저 들었다. 오늘처럼 온 동네를 돌며 '도코가 어디 갔는지 모르십니까?' 하고 묻고 다니는 것으로 '아, 어디어디에 있어요' 하는 대답이 돌아오리라고는 처음부터 바라지도 말아야 했다.

막연히 키보드를 두드렸다.

흰 하카마 과거 로그를 수집하면 도움이 되겠는데 말이죠.

메시지는 바로 돌아왔다..

GEN 아, 제가 하겠습니다. 마침 내일은 일요일이고 말이죠.
흰 하카마 네? 하지만 바쁘시잖습니까.
GEN 싸움이 난 사이트의 로그를 수집하는 것쯤 어렵지 않아요.
GEN 보수는 언젠가 오프라인에서 만났을 때 얻어먹는 걸로 하죠.

더 바랄 나위가 없는 이야기였다. GEN의 컴퓨터 지식, 인터넷 지식은 나를 훨씬 웃돈다.

흰 하카마 감사합니다. 마음이 든든하군요.

GEN 뭐, 큰 배를 탄 너구리 같은 기분으로 계세요.

흰 하카마 그건 좀 안심이 안 되는데요.

GEN 그럼 URL을 가르쳐주세요.

GEN은 수색을 도와주는 조력자가 되었다. 이제 정보를 감춰서는 안 된다. 만일을 위해 외부에서 채팅 내용을 엿보지 못하게 설정되어 있는 것을 확인한 뒤, '듀플리케이트'의 URL을 입력해 보냈다.

채팅창에 URL이 표시되기가 무섭게 GEN이 말했다.

GEN OK입니다. 그럼 잠수합니다.

GEN 삿포로 최고.

그러고는 GEN이 채팅방에서 나갔다는 표시가 떴다. 나와 GEN 말고는 거의 아무도 오지 않는 채팅방이지만 잊지 않고 로그를 삭제했다. 그나저나 GEN은 정말 모르나. 에비스가 삿포로 계열이라는 사실을. 놀린다고 한 건데, 놀림을 당하기는 했나.

남은 일은 기다리는 것뿐. 시간은 0시가 지나 있다. 오랜만에 장시간 모니터를 봤더니 눈이 뻑뻑한 것 같다. 병에 맥주가 아직 조금 남아 있었다. 병에 직접 입을 대고 미지근해진 맥주를 남김 없이 마신 뒤 잤다.

Chapter.

5

2004년 8월 15일 (일)

1

이튿날 아침도 맑았다. 도대체 며칠째 맑은 날씨가 계속된 걸까. 신
문에는 지나치게 맑은 날씨 탓에 급수 제한을 강화한 지역의 이야기가
실렸다. 너무 맑다 못해 어느 지역에서는 산불까지 발생했다고 한다.
열사병으로 두 명이 죽고, 파친코 가게 주차장에서 아이 한 명이 죽고,
물에 빠져 세 명이 죽었다. 지방판에 신원 불명의 시체 이야기는 없다.
고부세 정과 로쿠쿠와 촌에서 공동 개최하는 오카게 춤에 대한 뉴스
가 톱 기사였다. 오늘 저녁 8시부터.

자, 이 무더위 속에서 어디부터 손을 댈까. 단무지를 찬 삼아 밥을
먹으며 멍하니 생각했다. 오늘은 의뢰인인 사쿠라 가쓰지에게 진행
상황을 보고하는 날이다. 그러나 구두로 해도 된다고 했으므로 저녁
에 전화나 한 통 걸면 그만이다. 도쿄가 자주 갔던 곳이라며 어제 와

타나베가 알려준 장소 중에서 아직 안 간 곳은 미나미야마 공원과 도서관. 그곳에 가야 할까. 아니면 '장다름'과 '차링크로스'에 한 번 더 가봐야 할까. 간자키에게 이야기를 더 들어보는 것도 괜찮을지 모른다. 그러고 보니 가쓰지는 무슨 진전이 없을까.

"……후우."

한숨이 나왔다.

어느 것이나 대증요법일 뿐, 사쿠라 도코에게 다가가는 제대로 된 방법 같지 않았다. 도코가 인터넷상에서 트러블을 겪고 있었다고 추정되는 이상은 그쪽을 추적하고 싶다. 즉, GEN에게서 보고가 오기 전까지는 무엇을 해봤자 어차피 시간 때우기일 뿐이다. 그렇게 생각하니 원래 담담하게 처리해나가는 편을 선호하는 나도 오늘 아침은 심히 의욕이 나지 않는다.

아무튼 일단 사무소에 가자. 한페도 올 테니 문은 열어야 한다. 준비를 마치고 집을 나서려다가, 문득 노트북을 켜 메일을 확인해보고 싶어졌다.

메일이 여덟 통 와 있었다. 일곱 통은 스팸 메일이다. 바로 버렸다.

나머지 한 통이 GEN의 메일이었다. 제목은 '검증 사이트 URL'.

나도 모르게 시계를 보았다. 아침 8시 50분이 조금 못 되었다. 어젯밤 채팅을 끝낸 것은 분명히 0시 조금 지나서. 약 아홉 시간은 짧은 시간이 아닐지도 모르지만 내 눈에는,

"꼭 구둣방 난쟁이 같군."

메일을 열었다.

그 문제, 감시 사이트에서 다뤘더군요. 꽤 일방적인 전개였던 모양이라

글은 몇 개 없습니다만 개요는 알 수 있습니다. '에마 대 사마귀 사건'입니다. 개인적인 의견입니다만, 흔히 있는 이야기이긴 하더군요.

'듀플리케이트'의 로그도 저장되어 있나봅니다. 그래서 현재 양도 교섭 중이고요. 인터넷 아카이브*도 찾아봤지만 일부만 저장되어 있더군요. 감시 사이트에서 받는 편이 더 나을 것 같습니다. 교섭이 끝나는 대로 그쪽으로 보내겠습니다.

그럼 이만 줄입니다.

GEN의 이름 밑에 URL이 하나.

일단 페이지를 열어 사이트의 글을 전부 저장했다.

노트북을 옆구리에 끼고 고물차를 몰아 사무소로 갔다. 문을 열고 들어가 소파에 앉자마자 바로 노트북을 켰다.

GEN이 소개해준 감시 사이트 '천망회회天網恢恢'의 접속 카운터는 20만이라는 숫자를 가리켰다. 방문 수가 20만 번이라 하면 엄청나 보이지만, 인기 사이트라면 몇 달 만에 충분히 달성할 수 있는 숫자다. 페이지 아래쪽에 작게 'since 2001. 7.'이라고 쓰여 있으니 대략 삼 년 만에 20만. 중견보다 약간 못한 정도이리라.

GEN의 말대로 인터넷상의 트러블을 수집해 소개하는 사이트인 듯했다. 미국의 재판 기록처럼 '파란 대 할리카르나소스 사건' '파인스타 대 지나가던 사람 A 사건' 같은 식으로 당사자의 이름을 따 트러블을 열거한다. '에마 대 사마귀 사건'도 그중에 있었다.

어젯밤의 긴 채팅으로 지친 눈에 안약을 넣었다. 인쇄를 할까도 생

---

* 웹 페이지나 멀티미디어 자료를 수집하여 보존하는 비영리 단체.

각했지만, 보아하니 그렇게까지 긴 글은 아닌 듯했다.

2

M400을 편의점 앞에 세웠다. 이삼 일 정도면 어떻게 대충 넘어가겠지만, 앞으로도 '고야 S&R'에서 오래 일하게 된다면 주차장 문제를 확실히 해두어야 할 것이다. 이 일이 끝나면 편의점 주인과 상의라도 해볼까. 졸린 눈을 비비며 그런 생각을 하고는 건물 2층으로 올라갔다.

어제 아침에는 부장이 와 있지 않았다. 오늘은 어떨까 생각하며 문을 열자, 응접 테이블에 노트북을 올려놓고 멍하니 화면을 바라보고 있었다.

"안녕하세요, 부장."

"……응?"

부장은 시선만 들었다.

"그래, 왔냐."

"뭘 하시는 겁니까, 노트북까지 갖다놓고."

"재미있는 사이트가 있어서 보는 중이다."

일은 안 하느냐고 말하고 싶은 마음도 없지 않았지만, 그냥 "그렇습니까" 하고 넘겼다. 부장이 활동적이지 않다는 것은 첫날부터 알고 있었다. 하지만 힘을 빼는 것도 사무소가 망하지 않을 정도여야지, 그러지 않으면 탐정이 되겠다는 내 꿈도 무너지고 만다.

"일단 얼굴을 비추려고 온 거고, 전 바로 나가겠습니다. 아침 일찍

오라고 했거든요."

"그래."

누구에게 무슨 볼일인지 말하지 않았지만 부장은 변함없이 시선을 모니터로 향한 채 듣고 있는 건지 아닌지 알 수 없는 대꾸를 했다. 뭐, 이건 이것대로 마음 편하고 좋다.

이와시게와 약속한 곳은 교외 쇼핑센터 주차장. 야호에서 고부세로 가는 국도 중간이다. 시각은 9시 반, 아직 문을 열기 전이라 주차장은 텅 비어 있다. 가게 근처에서 청소를 하는 점원 몇몇이 보일 뿐. 잘 생각해보니 인적 없는 주차장에서 '물건'을 넘겨받는 것 아닌가. 어메이징. 어제 마주친 비틀남 정도까진 아니어도 선글라스라도 끼고 올 걸 그랬다. 다만 지금이 화창한 아침이라는 점, 개점 전에는 주차장에 들어갈 수 없으므로 엄밀히 말하자면 약속 장소가 '주차장 옆 갓길'이라는 점이 설정상 아쉬운데, 뭐, 그 부분은 타협 못 할 것도 없다. 지난 사흘간 나도 허용 범위가 꽤나 넓어졌다.

이와시게는 코롤라를 타고 나타났다. 사립 고등학교의 고참 평교사가 타는 차로는 적당하리라. 검정 벤츠를 기대하는 게 잘못이다. 이와시게는 검은 양복을 입고 있었다. 벨트를 졸라맨 건지, 검은색 옷 때문인지, 어제만큼 통통해 보이지는 않았다. 아침에 만나자고 하더니 과연 서두르는 눈치였다. 나를 보고는 "저런, 일찍 오셨군요" 하고 인사했다.

"죄송합니다. 도서관에서 빌리시는 편이 서로 마음 쓰지 않아도 되고 좋지 않을까 했는데, 되레 번거롭게 했군요."

그는 사교적인 웃음을 지으며 말했다. 나는 가볍게 머리를 숙였다.

"설마 대출중일 줄 어떻게 아셨겠습니까. 무리한 부탁을 드려 죄송합니다."

"어이구, 아닙니다. 저야말로 시간과 장소를 이상하게 정해서 죄송하군요."

"무슨 일 있으십니까?"

이와시게는 고개를 끄덕이더니 약간 자랑스레 말했다.

"고부세 정에서 축제가 있거든요. 아시죠? 오카게 춤. 거기 초대받아서 말입니다. 11시에는 준비를 마치고 하치만 신사에 가 있어야 해요."

물론 안다. 그러고 보니 오늘이었다. 향토사에 밝은 이와시게가 축제에 초대를 받는 것은 당연한 이야기다. 나는 무심히 대꾸했다.

"그럼 얼른 가셔야겠군요."

"아뇨……"

이와시게는 손목시계를 보았다.

"괜찮습니다. 시간은 충분합니다."

"저, 책은요?"

"아, 네. 꽤 오래전에 받은 것이라 좀 낡았습니다만."

이와시게는 차로 돌아가 조수석에서 책을 꺼내왔다. 양장본이고, 표지에는 디자인이라 할 것이 전혀 없었다. 그저 『전국이라는 중세와 고부세』라는 제목만 금박으로 찍혀 있다. 책배가 약간 변색됐다. 세월 탓인지 담뱃진 때문인지는 판단이 되지 않았다.

이와시게는 그 책을 나에게 건네고는 큰일을 하나 마쳤다는 듯 안도한 표정이 되었다. 시간을 신경 쓰는 조급한 느낌이 사라지고, 태도에 교사다운 여유가 돌아왔다.

"뭐, 오늘 이 책을 빌려드리는 것도 무슨 인연이겠죠. 오카게 춤의 기원은 아시겠죠?"

"……아뇨."

"어? 로쿠쿠와 촌 출신이시라면서요."

이와시게의 표정에 희색이 돌았다. 남에게 뭘 가르쳐주는 걸 이렇게 좋아하니 교사는 천직이겠다.

"뭐, 그 정도로 정착됐다는 뜻이죠. 그건 사실 에마 씨가 발안하신 거예요."

뭐라고.

몰랐으면 좋았을걸. 좌우지간 성가시기만 했던 그 이벤트를 생각해낸 인간에게 이 몸이 호의를 가질 수 있을 리 없다. 그렇게 찾던 책조차 갑자기 기분 나쁘게 느껴지기 시작했다.

불쾌한 표정은 금세 지웠으므로 이와시게는 눈치채지 못한 듯했다. 아니면 내 안색 따위 살피지 않았는지도 모르지만. 그는 신나서 이야기했다.

"그렇죠. 벌써 이십 년도 더 됐으니까요. 한다 씨는 아직 태어나기 전이었을지도 모릅니다. 당시 거품경제가 부풀기 시작해서 관광업이 지방의 구세주인 양 이야기되던 때였거든요. 고부세 정에서도 관광객을 불러들일 수 있는 뭔가가 없을까 하는 이야기가 나와서 여러 사람이 모여 위원회를 만들었죠. 전 아직 풋내기였기 때문에 부름을 받지 못했지만 에마 씨는 거기에 참가했답니다. 그런 모임을 별로 좋아하는 사람도 아니었는데 뜻밖이었죠."

……뜻밖이었죠.

아니, 뜻밖이고 뭐고, 이거 보세요, 이와시게 선생님. 어렸을 때 날

그렇게도 괴롭혔던 인습의 역사가 고작 이십 년이란 말입니까?

말이 나오지 않았다. 관심이 없었기 때문에 아무에게도 물어본 적은 없었지만, 로쿠쿠와 촌에서는 다들 예로부터 전해져 내려온 전통행사라는 표정이었다. 수백 년 전부터 하던 일이라는 분위기 때문에, 싫은데도 억지로 참가한 것이다.

그런데 겨우 이십 년 전에, 그것도 관광객 유치 목적으로 만들어진 이벤트라니 '속았다'는 말밖에 나오지 않는다. 도대체가 춤 교환이 뭔가. 로쿠쿠와 촌에서 산 하나를 넘어 멀리 야나카까지 가는 것만 아니었어도 그나마 조금은 편했을 텐데. 그것도 에마 쓰네미쓰가 생각해 낸 일인가? 이미 지난 일이라면 지난 일이니 딱히 부아가 치밀어 못 참을 정도는 아니지만, 어쨌든 심히 불쾌하다.

아마 꽤나 울컥한 표정이었을 텐데도 이와시게는 알아차리지 못하고 말을 이었다.

"기왕이면 고부세의 역사를 살리자는 이야기가 돼서, 거기서 에마 씨가 나선 거죠. 역사를 배우는 게 과연 의미가 있느냐고 의심하는 학생이 많습니다만 이런 실천적 의의도 결코 적지 않다는 점을 좀더 강조해도 될 것 같습니다. 단순히 사실을 암기하는 데 그치는 게 아니라 실제로 활용하는 산 역사란 거죠. 전통의 지배력을 객관적으로 의식하고 주체적으로 다룰 수 있는 학생이 많아지면 야호를 위해서도 좋을 것 같은데, 뭐, 실제로는 영 쉽지 않군요."

교육론을 논해봤자 성가실 뿐이다. 고등학교 국사가 돈이 되건 안 되건 내가 알 바 아니다. 오카게 춤의 유래 따위 알고 싶지도 않다.

나는 얼른 조용한 곳에 가서 분통 터지는 저자가 쓴 이 책을 읽고, 별로 내키지 않던 첫 일을 후딱 끝내버리고 싶은 마음뿐이었다.

"그래서 에마 씨가 제안하신 게 로쿠쿠와 촌과의 교류입니다. 그걸 듣고 처음엔 영 아리송했습니다만."

"아, 말씀 도중에 죄송합니다."

나는 억지로 말을 가로막고 짐짓 손목시계를 보았다.

"이만 가보셔야 하는 거 아닙니까?"

"네? 아, 정말이군요!"

이와시게는 정말로 허둥거렸다. 어이쿠, 이거 그만 이야기에 빠져서, 하고 머리를 긁적거리고는 서둘러야 한다며 차에 올라타 "그럼"이라는 말을 남기고 급하게 출발했다. 코롤라가 떠나자 나는 주차장에 홀로 남았다.

손에 든 책을 보았다.

……어디 가서 천천히 읽자. 어제 부장이 알려준 'D&G'가 좋겠다.

3

에마 대 사마귀 사건

오늘은 좀 작은 사건입니다. 큰 사건이 없다는 건 인터넷 세계가 평화롭다는 증거니까 다함께 따분해합시다.

에마 대 사마귀 사건은 이 사이트의 분류로 따질 때 전형적인 타입 2, 즉 '매복의 독' 계열에 해당됩니다. 분쟁의 무대는 듀플리케이트입니다. 접속자 수는 얼마 되지 않지만 내용은 꽤 충실한 곳이죠. 역사 관련 칼럼과 컴퓨터 관련 칼럼, 그리고 일기로 구성됩니다. 일기는 뭐

그저 그런 업무 일기고 역사는 제가 모르는 분야이니 패스하겠습니다만, 컴퓨터 관련 칼럼은 제법 재미있더군요. 저도 감시자의 본분을 잊고 그만 푹 빠져서 읽고 말았지 뭡니까. 아, 지금 가봤자 이미 폐쇄됐어요. 패리티 검사를 다룬 글이 훌륭하던데, 원하시는 분은 메일 주세요. 로그를 보내겠습니다. 이거 제가 또 메일을 구걸하는군요.

그런데 이 충실함이 되레 문제란 말이죠. 13호 칼럼에서도 썼지만, 이런 '소박하고 충실한' 계열은 단골과의 친밀함이 한없이 가속화되는 경향이 있습니다. 관리인과 방문자의 거리가 그야말로 쌍곡선처럼 한없이 가까워져서, 관리인도 아닌데 단골이 나서서 게시판에 대해 이래라 저래라 하는 경우도 많거든요. 이번 싸움꾼인 사마귀 군은 그런, 나서는 계열은 아닙니다만.

게시판 로그를 가능한 데까지 거슬러 올라가본 바에 따르면, 사마귀 군이 처음 나타난 건 2003년 8월 이전 같습니다. 처음에 사마귀 군은 약간 생뚱맞은 소리를 하긴 해도 별문제는 없는 게시판 단골 정도였던 것 같습니다. 나중에 문제가 될 테니 지금 밝혀두자면, 사마귀 군에 대한 에마 씨의 댓글은 확실히 냉담하긴 했어요. 서먹하다고 해야 할지, 무미건조하다고 해야 할지, 성심성의껏 달았다는 느낌은 아니더군요. 하지만 사실 다른 사람에게도 그랬는데, 사마귀 군은 이 점을 몰랐던 것 같습니다. 뭐, 그럴 만도 하죠. 제가 보기에 사마귀 군은 망상의 3대 요소 중 하나인 '자기가 내리고 싶은 결론에 들어맞지 않은 부분은 철저하게 무시한다'를 완벽하게 체현한 사람이었거든요.

아무튼 그런 냉랭한 밀월이 끝난 건 2003년 12월경, 에마 씨가 일기에 이런 말을 쓴 게 계기였습니다.

나는 이따금 눈을 감고 걸어보고 싶어진다. 나는 시스템 엔지니어이고, 책을 좋아하는 인간이다. 눈을 감아버리면 그 어느 쪽도 될 수 없다. 그랬을 때 남게 될 벌거숭이 에마에게 관심이 간다.

뭐, 이렇다 할 것 없는 개인적인 이야기죠. 아뇨, 여러분, 개인적인 이야기를 깔봐선 안 됩니다. 인터넷에 매일 일기를 쓴다는 건 사실 여간 번거로운 일이 아니에요. 매일 그럴싸한 사건이 일어나는 것도 아니니까, 아무 일도 없었던 날은 결국 자기 자신을 소재로 적당히 때울 수밖에 없거든요. 그럴 바에야 차라리 쓰지 말란 의견도 있지만, 그건 또다른 이야기죠.
음, 그래서 이 포스트에 사마귀 군이 강렬하게 반응한 겁니다. 게시판에서 옮깁니다.

눈을 감고 걷고 싶다는 건 앞을 볼 수 있는 에마 씨의 오만이라고 생각합니다. 눈을 감아서 벌거숭이가 된다면, 시각장애인 분들은 모두 벌거숭이입니까? 에마 씨가 사과해야 한다고 생각합니다.

대단하죠? 저도 지금까지 다양한 사이트에서 다양한 말썽꾼들을 봐왔지만, 사마귀 군의 이 센스는 대서특필감입니다. 이런 논리가 타당하다면 선종 불교 신자 전원이 차별주의자겠군요. 부처를 죽여라! 시조를 죽여라!
그리고 그것에 대한 에마 씨의 댓글이 이것.

그런가요.

한 마디입니다. 끝입니다. 상대하질 않아요. '난 백만 번이나 살았다고'란 말을 들은 흰 고양이 급으로 냉담해요.* 망상계 무뢰한과 요금 청구 사기는 상대하지 않는 게 인터넷 세계의 상식이긴 하지만, 어제까지 단골이던 사람이 느닷없이 망상을 폭발시키기 시작했다고 이렇게까지 단칼에 치는 사람도 흔치 않습니다.

이에 사마귀 군은 흥분합니다. 에마 씨가 하는 일은 사사건건 마음에 안 든다는 양 과거에 썼던 글까지 거슬러올라가 트집을 잡기 시작합니다. 그중에서도

이미지를 확대하고 싶은 분은 섬네일을 클릭하세요.

라는 말에 대해

섬네일이 뭐죠? 죄송하지만 에마 씨는 컴퓨터 쪽 일을 하시기 때문인지 그렇지 않은 사람에 대한 배려가 부족한 것 같습니다. 뭐든 전문용어를 써가며 과시하는 버릇은 더 늦기 전에 고치는 게 좋을 것 같은데요.
성의 있는 답변을 기다리겠습니다.

여기엔 정말 두 손 들었습니다. 항복입니다. 이렇게까지 트집을 잡으면 방법이 없어요. 거기 있는 쪼끄만 이미지 말이다, 이 애송이야!

---

* 사노 요코의 동화 『백만 번 산 고양이』의 내용에 빗댄 것. 백만 번 환생한 얼룩고양이가 흰 고양이의 관심을 끌기 위해 몇 번이고 '백만 번이나 살았다'는 말을 반복하지만 흰 고양이는 계속 대수롭지 않게 반응한다.

하고 멱살을 잡고 호통을 쳐주고 싶지만, 그럴 수 없는 게 인터넷이죠. 한편 에마 씨의 반응은,

　　그렇군요.

　이 한 마디입니다.
　실은 저, 에마 씨의 반응에도 문제가 없다고 생각하진 않습니다. 사마귀 군이 단순한 응석받이 어린이의 영역을 넘어 끈질긴 망상증 환자로 변해가기 시작했다는 건 이 시점에서 이미 명백해졌으니, 어떻게든 손을 쓸 여지가 있었다고 생각하거든요. 초기에 '맞는 말씀입니다, 죄송합니다'라고 한마디만 했으면 여기서 이렇게 다뤄지는 일도 없지 않았을까 싶단 말이죠. 최근에 현실 세계에선 요금 청구 사기를 무시했더니 결석재판을 받게 되어서 결국 지불 의무가 발생했다는 사례가 있던데, 인터넷상의 끈질긴 인간도 늘 그냥 내버려두기만 하면 되는 건 아닌 모양입니다.
　결국 다른 단골들의 무수한 빈축을 산 사마귀 군은 오기가 생겼는지 검증 사이트를 만들어 듀플리케이트의 문제점을 전부 적어대기 시작합니다. 그 사이트의 게시판에 댓글이 꽤 많이 달렸는데, 어째 전부 비슷한 시각에 달렸다는 느낌이 드는 건 기분 탓일까요. 2채널*에도 글을 올린 모양인데(그것도 인터넷 서비스 제공자 게시판에. 어째서? 실수?), 이용자 전원에게 무시당하고 깨끗이 사라졌나봅니다. 로그 가진 분 있으면 저도 좀 주세요.

---

* 일본 최대의 인터넷 게시판 사이트.

이쯤 되니 싫증이 났는지, 에마 씨는 2004년 4월에 일단 사이트를 폐쇄합니다. 무뢰한 때문에 못 견디고 폐쇄했다기보다, 싸우면서까지 사이트를 운영하고 싶진 않다는 느낌이었습니다. 이로써 저도 에마 대 사마귀 사건은 종료되겠거니 했는데, 그게 그렇지 않았어요. 무슨 이유에선지 에마 씨가 월말에 복귀 선언을 한 겁니다. 그러더니 예전과 다름없이 컴퓨터와 역사 관련 칼럼을 쓰고 일기를 올리기 시작했습니다. 사마귀 군을 쫓아내는 방법이라도 발견한 건가 했더니, 게시판에선 여전히 사마귀 군이 '에마 씨는 개선해야 한다고 생각합니다'라고 끈질기게 공격하더군요. 게시판만이라도 없애면 될 텐데 생각하면서 계속 지켜봤는데, 6월 중순부터 사마귀 군의 공격이 중단됐습니다. 드디어 싫증이 났나, 좋은 사이트가 없어지지 않게 돼서 다행이라고 생각했습니다만.

7월 들어 듀플리케이트는 다시 폐쇄됐습니다. 철저하게 과거 일기까지 전부 삭제했더군요.

결국 양쪽 다 망하는 꼴이 됐습니다. 광대한 웹 어딘가에서 에마 씨가 이름을 바꾸고 새 사이트를 만들어 다시 재미있는 칼럼을 써주기를 기대합니다. 그때의 닉네임은, 그래요, 셜리가 좋겠네요.*

그럼 다음에 다시 만납시다. 다음엔 자칭 '면허 있는 복서'의 사이트에서 벌어진 흥미로운 사건을 다루려 합니다.

교훈: 응석받이 어린이는 방치하면 끈질긴 망상증 환자로 진화하기도 한다.

---

* 만화가 모리 가오루의 두 작품 『엠마』와 『셜리』에서 따온 것. 일본어로 '엠마'와 '에마'는 발음이 같다.

4

제4장 야나카의 '성'

모노구사타로 이야기를 아는가.

신슈의 게으름뱅이 모노구사타로는 마을 사람들의 비호를 받으며 살고 있었다. 어느 날 도읍으로 부역꾼을 보내야 하게 되자, 마을에서는 성가신 존재를 내쫓을 겸 모노구사타로를 보냈다. 그리고 모노구사타로는 도읍에서 처를 얻을 뿐 아니라 황족의 후손임이 판명된다는 내용의 귀종유리담[*]이다.

이 이야기에는 단순히 귀종유리담으로만 치부할 수 없는 특이한 점이 있다. 마을에 있을 무렵, 모노구사타로는 일은 고사하고 움직이는 것마저 싫어해 떨어뜨린 떡조차 줍지 않는 사람이었다. 결코 생산력에 여유가 있지 않았을 중세의 촌락에서 왜 그런 사람의 존재가 허용되었는가.

앞서 세 장에 걸쳐 필자는 현재의 고부세 정이 당시 얼마나 불안정한 상황에 있었는지를 기술했다. 이쓰키 일족과 쓰치모리 일족의 세력 다툼은 혼미를 거듭해, 양측의 경계선에 해당되는 현재의 야나카 지구와 로쿠쿠와 촌은 몇 번씩 전화를 입었다.

그럼 시점을 야나카로 옮겨보자.

---

[*] 貴種流離譚. 고귀한 혈통을 타고난 사람이 본래의 지위를 빼앗긴 불우한 처지에서 모험을 하며 활약하는 일본 민간전승 또는 문학작품의 유형.

야나카에는 기이한 이야기가 전해진다. 야나카 지구의 동쪽, 로쿠쿠와 촌과의 경계를 이루는 첩첩산중에 '성'이 있었다는 것이다. 필자가 어렸을 때 야나카 주민이 동쪽 산을 때때로 '성산城山'이라 불렀던 기억이 있다.

그러나 이쓰키 일족과 쓰치모리 일족의 세력 구도를 생각할 때, 야나카 산중에 '성'이 있었다는 것은 수긍하기 어려운 이야기다. 그 성이 이쓰키 일족 것이었다면 전장은 야호에 좀더 가까웠을 테고, 쓰치모리 일족 것이었다면 고부세에 가까웠을 것이다. 또한 두 일족의 자료를 조사해봐도 야나카의 성에 관한 언급은 단 한 줄도 없다. 남아 있는 무공 보고서를 살펴봐도 야나카 성을 공격했다는 이야기도, 수비했다는 이야기도 나오지 않는다.

그렇다면 야나카 '성'은 야나카 주민들이 지어낸 환상이었을까?

필자는 지역 고로에게 안내를 청해 삼나무 산에 들어갔다. 걸음하기를 세 번, 성인지 아닌지는 알 수 없지만 인공적으로 손을 댄 것이 틀림없는 장소를 발견했다. 〈그림12〉의 지도에 표시한 지점이 그것이다.

야나카에서 산을 하나 넘어 일단 내려갔다가 다시 올라간 부근의 산등성이가 매우 소규모이기는 해도 평평히 골라져 있었다. 한 변이 대략 20미터쯤 됐다. 공호空濠였던 것으로 보이는, 지면에 높낮이 차가 있는 곳도 찾아낼 수 있었다.

중세에서 '성'은 '방어 능력을 가진 시설'이 아니라 '그곳을 방어하겠다는 의사를 표명하는 시설'이었다. 아무리 약하고 하잘것 없는 방어력밖에 갖추지 못했어도, 영역을 정하고 그곳을 지키는 자가 있으면 '성'으로 인식되었다. 중세에 '성'이란 실용적인 동시에 상징적인 존재였으며, 또 몹시 신비로운 존재이기도 했다.(졸저 『마을의 관습—로쿠쿠와·고부세·야호』101쪽 참조) 그렇다면 이 유구遺構는 분명 '야나카 성'이었으리라.

이쓰키 일족에도, 쓰치모리 일족에도 자료가 없는데 현실에는 존재하는 '야나카 성'. 이것은 대체 무엇이었나.

그것을 해독하는 데 도움이 될 만한 단서가 지금도 야나카 하치만 신사에 남아 있다. 원래는 야나카에 있던 절에서 소장하던 것이라는데, 메이지 정부의 폐불훼석 운동 때 이것만은 살리자고 특별히 하치만 신사에 맡겼다 한다. 몇 장으로 이루어진 고문서다.

그중 한 장은 세 가지 조항으로 구성된 제찰이었다.

다음과 같은 행위를 금한다.

1. 난폭 무법 행위

2. 방화

3. 대숲 벌채

위반하는 자가 있을 시에는 신속히 포박해 보고할 것.

난폭 무법 행위란 인신의 납치 및 재산 약탈을 가리킨다는 설이 일반적이다. 발행한 것은 쓰치모리 일족이었다. 덴쇼 13년(1585년) 발행이라 하니, 양 일족의 싸움도 막바지에 접어들어 쓰치모리 일족에게 유리한 형세가 한층 확실해졌을 즈음이다. 야나카는 오랫동안 이쓰키 일족의 영지였으나 이듬해 덴쇼 14년에 쓰치모리 일족의 지배하에 놓였다.

그뿐이라면 이 제찰은 이렇게 읽힌다. 쓰치모리 일족이 이쓰키 일족을 무찌르고 야나카를 지배하에 두면서, 이 지역의 전쟁 상태가 종료되었음을 선언하고 치안 회복을 강조한 것이라고.

그러나 나머지 고문서는 이 제찰의 다른 일면을 보여준다.

제찰 외의 문서는 차용 증서다. 빌리는 쪽은 야나카 촌, 빌려주는 쪽은 로쿠쿠와 촌이다. 액수는 3관 2백 문. 어지간한 거금이다. 그 돈을 야나카는 어디에 썼는가.

증서 말미에는 이렇게 쓰여 있다.

우측의 금전을 판전判錢, 필공筆功을 위해 차용했음이 틀림없음을 확인한다. 당년 12월까지 반드시 반제한다. 자금 이후 로쿠쿠와에 궁전弓箭이 미치거든 한 사람도 빠짐없이 야나카 촌 방면 산으로 올라가야 한다.

이 돈은 '판전*' '필공'을 위해 빌린 것이다. 12월까지는 갚겠다. 향후 로쿠쿠와 촌에 전화가 미치면 모두 야나카 산으로 올라가라. 그런 말이다.

대체 이 돈은 누구에게 무슨 까닭으로 지불한 돈인가.

그 답은 앞서 언급한 금제의 마지막 한 문장에 숨어 있다. '위반하는 자가 있을 시에는 신속히 포박해 보고할 것.' 약탈, 납치, 방화, 벌채를 하는 자가 있으면 잡아 데려오라는 뜻이다. 그때까지 무장을 하고 싸워온 약탈자들을 쓰치모리 일족은 대체 누구에게 잡으라고 하는 것인가.

---

* 일본 근대 이전에 관직, 권리, 또는 송사에서의 유리한 판결에 대해 바친 사례금.

야나카 농민 외에는 없다.

중세에 약탈자가 된 병사로부터 농민의 생명과 재산을 지킬 사람은 농민 자신 외에는 있을 수 없었다. 그리고 무장한 약탈자와 맞서는 농민도 당연히 무장하고 조직화되어 있었다.(야나카 청년층의 전시에 대비한 조직화에 관해서는 졸저 『마을의 관습—로쿠쿠와 · 고부세 · 야호』 133쪽 참조)

즉, 제찰은 지배하의 마을들에게 아군 병사가 약탈자로 변했을 때 그에 대한 무력 저항을 허가한다는 의미를 갖는다. 그것은 평화 선언이 아니었다. 전투 허가증이었던 것이다(말할 필요도 없겠지만, 아무런 사전 신고 없이 다이묘의 군대에게 무력으로 저항했을 경우는 반란으로 여겨졌다).

그런데 당시는 '자력구제'의 시대, 뭐든 자기가 하기 나름이던 중세다. 이 허가증은 가만히 있는다고 해서 얻을 수 있는 것은 아니었다. 그래서 야나카 주민은 형세가 유리한 쓰치모리 일족에게 제찰을 청했다. 쓰치모리 일족은 제찰을 발행하는 대가로 돈을 요구했다. 가령 판전이라든지 필공 대금이다. 이는 야나카 혼자서는 지불하기 힘든 거액이었다. 그래서 부족한 금액을, 마찬가지로 쓰치모리 일족과 이쓰키 일족 사이에 끼어 있던 로쿠쿠와 촌에서 빌린 것이다. 돈을 준비하지 못하면 약탈, 납치 등에 대한 무력 저항을 허가받지 못하는 위기 상황이었다. 야나카가 로쿠쿠와에게 깊이 감사했으리란 것은 상상하기 어렵지 않다.

『고부세 일기』에는 야나카와 로쿠쿠와의 여름 풍속이 그려진다. 여름, 농한기, 백중이 되면 야나카 주민은 로쿠쿠와까지 춤을 선보이러 간다고 한다. 춤을 즐긴 로쿠쿠와 주민은 야나카로 건너가서 답례로 춤을 춘다. 야나카와 로쿠쿠와의 이런 관계, 교류의 근저에는 두 마을 공히 긴장지대라는 동병상련 외에, 이런 유사시의 상부상조를 위해 기반을 다진다는 의미도 있지 않았을까.

다급할 때 도와준 데 대한 사례로 야나카는 로쿠쿠와에게 특권을 부여했다. '산 오르기'다. 당시 야나카 동쪽에 위치한 산지의 소유권은 야나카 촌에 있는 것으로 여겨졌다. 그러나 증서에는 전시에 '산에 오르라'고 쓰여 있었다.

적이 워낙 강대해 무장해봤자 상대가 되지 않을 경우, 또는 이쓰키 쪽이건 쓰치모리 쪽이건 본대가 도착했을 경우, 주민들은 마을에서 피난했다. 그때 한 행동이 '산 오르기'다.

그러나 필자도 경험이 있는데 피난생활은 미리 대비해두지 않으면 여간 고된 일이 아니다. 또 그냥 산속으로 도망치기만 해서는 약탈자에 대한 대비가 다소 불안하다.

그런 필요성에서 생겨난 산물이 비축 창고, 단기생활의 거점, 간이 방어 시설, 즉 '야나카 성'이 아니었을까.

다시 말해, '야나카 성'의 '성주'는 야나카 촌 주민들이었던 것이다.

이같은 '마을의 성'은 야나카 특유의 현상은 아니었다. 예컨대 규슈에서는 '마을의 성'으로 추정된다고 보고된 사례가 이미 열아홉 건에 달한다. 여기서부터는 필자의 추측인데, 이같은 '마을의 성'이 전국에 무수히 존재했으리라고 생각한다. 살고 싶다, 살아남아야겠다는 생물 공통의 욕구에 근거해 중세라는 자력구제의 시대를 생각하면, 취할 수 있는 방법에는 제한이 없다. 방어기구를 짓는다는 결론도 필연적으로 도출되었으리라.

또한 무장하고 성을 구축한 농민들은 나아가 그 이상의 수단도 동원했을 것이다. 지배자가 치안의 실효력을 민간에서 구했다면, 민간은 전투의 프로페셔널, 즉 용병을 고용했을 것이다.

중세기에 마을마다 인력 징발에 대비해 평소 비생산자를 부양하는 장치가 있었음은 이미 알려진 사실이다. 서두에서 언급한 '모노구사 타로' 민화는 그런 '차출 요원'을 부양하던 실태에서 비롯됐다는 설도 있다. 그런 피부양자 중에 무장하고 농민을 대신해 싸웠던 용병이 있지 않았을까 하는 것이 필자의 상상이다.

자신의 생명과 재산을 보호해줄 시스템이 어디에도 없어, 그것을 지키기 위해서는 스스로 무장하거나 병사를 고용해야 했던 시대, 전국이라는 중세.

그러나 현대는 중세를 극복한 것이 아니다. 중세 위에 얹혀 있는 것이 현대라는 시대다. 현대에 갈라진 틈이 생기면 중세는 언제든 밖으로 흘러나올 것이다. 반경 5미터 안의 치안에 안심할 수 없게 됐을 때 우리는 또다시 무기를 들리라. '자력구제'의 세계는 영원히 사라진 것이 아니다.

5

기왕 노트북을 갖고 온 김에, 나는 펜과 종이 대신 컴퓨터에 파일을 만들고 타임테이블을 작성하기 시작했다.

2003년
8월 이전 : 사마귀와 에마 접촉.

12월 : 사마귀, 에마에게 공격 개시.

2004년

4월 초 : '듀플리케이트' 폐쇄.

4월 말 : 재개.

6월 중순 : 사마귀, '듀플리케이트'에서 모습을 감춤.

7월 초 : 사쿠라 도코, 간자키 도모노리에게 절교 선언.

7월 10일 : 이날 이전에 전입신고.

7월 들어 : '듀플리케이트' 폐쇄.

7월 31일 : 도코, '콘 구스' 퇴사.

8월 3일 : 도코의 실종이 알려짐.

8월 11일 : 도코, '장다름'과 '차링크로스'에 나타남. 그림엽서가
가쓰지에게 배달됨.

8월 12일 : 가쓰지, 조사를 의뢰하러 나타남.

"……흠."

안개가 걷혔다.

사쿠라 도코가 또다른 트러블을 동시에 겪고 있었던 게 아니라면,
그녀는 '사마귀'를 피해 사라진 것이다.

물론 도코는 직장 이름이나 집 주소를 인터넷에 올리지는 않았을
것이다. 그러나 사람의 두뇌는 무서워서, 별뜻 없어 보이는 말 한마디
에서 사실을 콕 집어 읽어내곤 한다. A는 α를 뜻한다고 해석했는데
알고 보니 그냥 착각이더라 하는 일도 결코 적지 않지만, 책임을 지고
하는 일이 아닌 이상 α가 아니면 β, β가 아니면 δ 하는 식으로 시행착

오를 거듭하다보면 언젠가 올바른 해석에 다다른다. '사마귀'는 '에마'가 '듀플리케이트'에 쓴 글에서 그녀의 직장 혹은 집 주소를 알아내 직접 찾아간 것이 아닐까. 그리고 '에마'가 사이트를 폐쇄해야만 할 트러블이 발생했다. 그뿐만이 아니라 '에마', 즉 사쿠라 도코는 직장을 그만두어야 했고, 도쿄에서 멀리 떨어진 야호까지 도망쳐야 했다……

이런……

이런 하잘것 없는 일 때문에.

눈을 감았다. 사쿠라 가쓰지에게 의뢰를 받은 이후로 나는 지금껏 한결같이 사무적으로 수색을 진행했다. 나는 내게 오는 것은 거부하지 않고, 일은 어차피 순리대로 된다고 생각한다. 부조리한 사태가 덮쳐들면 저항한들 어차피 피할 수 없으려니와, 흐름이나 상황의 분위기를 거스르는 것은 바보나 하는 짓이다. 그렇기 때문에 개를 찾을 요량으로 사무소를 열었지만 첫 의뢰로 사람을 찾는 일이 들어왔어도 별달리 반발하지 않았다. 고등학교 후배가 같이 일하고 싶다고 해도 그 자체에 이의는 없었다. 모든 일은 조건을 맞추는 게 관건이다. 그렇기에 사쿠라 도코에 관해서도 일에 필요하기 때문에 알려고 한 것뿐이었고, 그녀의 신상에는 딱히 관심이 없었다.

그러나……

반년 전, 야호로 돌아왔을 때 모든 것이 빛을 잃고 시들어가는 것 같던 심경이 한순간 되살아났다. 상상 속에서 절망감에 휩싸여 있던 사람은 나였나, 도코였나. 피부병과 사이버 스토킹. 참으로 하잘것 없는 이유 아닌가!

……아무튼 실종 이유는 대략 짐작이 갔다. 그러나 이 짐작이 옳다

면 그의 역할은 무엇인가. 검정 비틀을 탄 남자. 한페에게 '손 떼라'고 한 남자. 그가 '사마귀'인가? 그렇다면 도식은 단순하겠지만, 그가 한페에게 한 말은 경고라기보다 충고 같기도 한데……

타임테이블을 앞에 놓고, 머리 뒤로 깍지를 낀 채 소파에 몸을 깊숙이 묻었다.

"이거 성가시겠는데……"

그 중얼거림에 촉발되기라도 한 듯 전화벨이 울렸다. 휴대전화가 아니라 사무소 전화다. 여기 번호를 아는 사람은 얼마 없는데, 그중 누가 걸었든 변변한 용건은 아닐 것이다. 나는 천천히 일어나 전화기를 들었다.

"네, '고야S&R'입니다."

"여보세요, 고야, 조이치로 씨인가요?"

여자 목소리였다. 그것도 거의 울먹이고 있다. 어디서 들은 적이 있는 것 같은데 순간적으로 생각이 나지 않았다.

"네, 그렇습니다만."

"쉬는 날에 죄송합니다. 저, 와타나베입니다."

나는 약간 긴장했다. 도코가 야호 일대 어딘가에 숨어 있다면 첫 후보는 어느 호텔, 두번째 후보는 와타나베의 집이리라고 생각했기 때문이다. 그 와타나베가 뭔가 할 말이 있어서 전화를 했다. 나는 손을 뻗어 볼펜을 집었다.

"아뇨, 저희 사무소는 따로 휴일이 없으니 괜찮습니다. 무슨 일이신지요?"

결심을 굳히고 할 말을 정리한 뒤에 전화를 건 것이리라. 와타나베는 떨리는 목소리로, 그러나 주저하지 않고 이야기했다.

"네, 저, 어제 도쿄에 관해 물으셨을 때 저도 모르게 거짓말을 했지 뭐예요. 고야 씨를 의심한 건 아닌데, 사실대로 말하기가 껄끄러워서……"

그것은 태도로 알 수 있었다. 나는 상냥하게 대답했다.

"아뇨, 괜찮습니다. 초면에 전부 이야기를 해주실 만큼 신뢰받는 직업이 아니니까요."

"정말 죄송합니다. 저기, 전 도코가 왜 도쿄에서 돌아왔는지 알아요."

"……"

"그애, 도쿄에서 사귀던 사람이 있었거든요. 머잖아 결혼할 생각이었어요. 그런데 지난달에 갑자기 헤어졌다고…… 분명히 도코는 그 일 때문에 힘들어서 돌아온 거예요. 죄송합니다. 고야 씨는 도코의 가족한테서 의뢰를 받았다고 하셨는데, 이런 말이 도코네 부모님 귀에 들어가면 그애 입장이 곤란할 것 같아서, 그래서……"

놀라운 정보이기는 했지만 애석하게도 하루쯤 묵었다. 나는 그 애인이라고 자처하는 사람과 이미 대면까지 했다.

맥이 빠졌지만 목소리에는 드러나지 않게 주의를 기울였다. 나는 기운을 북돋듯 말했다.

"그렇습니까. 그런 일이 있었군요! 아이고, 참 잘 말씀해주셨습니다. 덕분에 저도 일하기가 한결 수월해졌습니다. 물론 와타나베 씨께 들었다는 말은 아무에게도 하지 않을 테니 안심하십시오. 그럼."

끊으려고 했을 때, 전화기 너머에서 날카로운 목소리가 날아왔다.

"아뇨, 저기, 저!"

"네?"

"도쿄를 봤어요!"

저런. 본론은 따로 있었던가.

책상에 걸터앉아 죽은 사람 눈을 하고 목소리만 산 사람처럼 꾸미고 있던 나는 그 한마디에 진지함을 되찾았다.

"언제 어디서 보셨죠?"

"수요일에요. 나흘 전이에요."

'장다름'과 '차링크로스'에 나타났던 날과 같다.

"말은 걸지 않으셨습니까?"

"처음에 봤을 땐 도쿄인 줄 몰랐어요. 옅은 색 선글라스를 쓴데다 이상한 무늬의 셔츠를 입고, 머리도 아무렇게나 묶고, 태도도 어쩐지 비밀스러운 게 도무지 도쿄 같지 않았거든요. 그래서 좀 비슷하다고만 생각했는데……"

수요일에 도쿄를 봤을 때의 복장에 관해서는 목격자 누구도 말하지 않았다. 그러나 분위기가 예전과 판연히 다른 옷을 입고 있었다면 '차링크로스' 점원이 한마디 했을 법한데.

"그런데 버릇이 똑같더라고요. 도쿄는 밖에서 담배를 피울 때 일단 꽁초를 바닥에 버렸다가 발로 비벼 끈 다음 몸을 굽혀 줍거든요. 그 사람도 그렇게 했어요. 그래서 혹시 도쿄가 아니었을까 싶었던 거예요."

"그런데도 말을 안 거신 겁니까?"

"하지만."

처음부터 울먹이던 와타나베가 드디어 더는 못 버티겠다는 듯 소리쳤다.

"그 사람, 로프만 사들고 갔단 말이에요! 가게에서 봤거든요. 혹시 도쿄가 실연한 충격으로 이상한 마음을 먹은 게 아닐까, 그런 생각이 드니까 겁이 나서 말도 못 걸고, 고야 씨가 처음에 물어보셨을 때도 입 밖에 내면 현실이 될 것 같아서…… 하지만 도쿄가 전화도 안 받고 메일도 답장을 안 해요! 어쩌면 벌써 어디서…… 죽은 게 아닐지……"

"……사쿠라 도쿄 씨와 같은 버릇을 가진 사람이 수요일에 도쿄 씨답지 않은 옷을 입고 어쩐지 비밀스러운 태도로 로프만 사들고 갔단 말씀이군요?"

"그래요!"

"알겠습니다. ……사쿠라 씨는 제가 반드시 찾아내겠습니다. 그런데 마지막으로 하나 여쭙고 싶은데, 그게 몇 시쯤이었죠?"

전화기 저편의 목소리가 잠깐 망설였다. 그러더니 신중하게 대답했다.

"……오후 5시경이었던 것 같아요."

도쿄는 찻집 '장다름'에서 점심을 먹었다. 그 말은 최소한 '장다름'에 얼굴을 비춘 다음이라는 소리다. 아마 '차링크로스'에서 빨간 모자 인형을 산 다음일 것이다.

"감사합니다. 주신 정보는 헛되이 하지 않겠습니다. 그럼."

나는 전화를 끊고 깊은 한숨을 쉬었다.

와타나베의 우려는 일리가 있을 듯했다.

순조롭게 대학에 진학하고, 바라던 직장에 취직.

결혼까지 임박했을 때,

취미로 운영하던 사이트에서 하찮은 말썽이 생기는 바람에,

주소가 알려져,

'무슨 일'이 생겨,

결국 애인에게 이별을 고하고 직장을 떠나,

고향에 돌아온 이유는 무엇인가.

적어도……

반년 전의 나는 무슨 일이 하나만 더 있었으면 목 정도는 매고도 남았을 것이다.

사쿠라 도코는 바야흐로 나에게 단순한 이름을 넘어서 하나의 인격으로 변해가고 있었다. 만난 적도 없지만, 그녀는 타인을 의지하지 않으며 공리적으로 살려고 하면서도 결국은 무슨 일이 있어도 무릎을 꿇지 못하는 인간이라는 생각이 들었다. 그리고 그런 점은 어딘지 모르게 나와 비슷하다.

그런 도코, 또는 내가 의지할 수 있는 것은 자신의 재능뿐이다. 유감스럽게도 재능이 빈약할 경우는 자격증이나 경력으로 어떻게든 얼버무리는 수밖에 없다. 그런 도코, 또는 내가 부조리하고 하잘것 없는 장애로 인해 지금까지 살아온 반생을 부정당했을 때 느낄 실망감은, 죽음을 부추기기에 부족함이 없다.

직장을 떠날 때 도코는 간자키에게 말했다고 했다. '돌아오고 싶다'고. 나 역시 은행원으로 돌아갈 수만 있다면 돌아가고 싶었다. 도코의 그 말은 반어가 아니었을까. 돌아오고 싶다. 하지만 이제 돌아올 일은 없을 테지……

나는 사쿠라 도코를 찾을 것이다. 그게 일이니까.

그러나 이제는 그 이유만이 아닌 것 같다.

이번에는 휴대전화가 울렸다. 메시지가 온 것 같다.

열어보니 발신자는 GEN이었다. 용건은 간략했다.

로그를 구할 수 있겠습니다.

저쪽에서 준비되는 대로 보낼 겁니다.

메일을 수시로 확인해보세요.

전화선을 뽑아 노트북에 연결했다.

6

심경이 복잡했다.

하나는 기쁨이었다. 탐정으로서 맡은 첫 일을 완수했다는 기쁨이다. 에마 쓰네미쓰의 글은 의뢰인 모모치의 요구에 완벽하게 부응했다. 이제 이 내용을 보고서로 정리하기만 하면 된다. 정 뭐하면 『전국이라는 중세와 고부세』 제4장을 복사해 건네기만 해도 충분하다. 당초에는 실마리가 전혀 없어 해결이 불가능해 보였던 의뢰를 단 사흘 만에 해결한 것이다. 나는 그 성취감에 기뻐했다.

한편으로 화도 났다. 아무리 고문서의 존재를 비밀로 하고 싶었어도 그렇지, 제대로 조사도 하지 않고 남에게 부탁하러 오다니, 하고 분개하는 마음도 분명히 있었다. 이미 누가 다 해놓은 것을 조사했다는 생각이 도무지 머리를 떠나지 않았다. 고야 부장 같으면 편하게 일하고 보수를 받을 수 있으니 다행 아니냐고 할지도 모른다. 그러나 나는 이보다 탐정다운 일을 하고 싶었다. 지혜를 짜낼 필요도 없고 위험에 직면하는 일도 없이 책이나 빌려 읽고 끝이라니, 나로서는 무척 불만이었다.

그리고……

그와는 별도로 기이한 감개가 끓어오르는 것을 나는 자각하고 있었다.

나는 쓸데없는 생각을 하는 버릇이 있다. 그 버릇의 결과로 내가 가장 싫어하는 일은 타인이 내 운명을 쥐는 일이며, 그다음으로 싫어하는 일은 내가 타인의 운명을 쥐는 일이라는 결론이 났다. 그 결론에 속박된 나는 남에게 부려지는 입장이 될 수 없었으려니와, 또 남을 부리는 직업도 갖지 않았다. 이 거지 같은 결론을 진즉에 버렸으면 제대로 대학을 나와서 조용히 제대로 된 곳에 취직할 수도 있었을 텐데. 그렇게 타인이 싫으면 산속에라도 틀어박혀 조용히 자급자족을 하든지, 아니면 일찌감치 세상을 하직하는 방법도 있으나, 유감스럽게도 그렇게까지 뜻을 밀어붙일 수는 없었다. 그게 내 어정쩡한 점이다.

그리고 그 때문에 탐정이 되고 싶었다. 서로의 운명을 손에 쥔 인간들, 고용자와 노동자, 남편과 아내, 원한을 주는 자와 원한을 품는 자. 그런 인간들이 벌이는 운명의 줄다리기에서 부산물로 발생하는 성가신 사건에 제3자로 관여하고 돈을 받는다. 이것이라면 나도 어찌어찌 납득할 수 있으리라고 생각했다.

나는 또 이 결론 때문에, 타인에게 운명을 쥐인 채 몸을 내맡기기만 하는 자의 존재를 받아들이지 못한다. 그들을 경멸하지는 않지만, 용케 그런 상황을 참고 산다 싶어 어이가 없어진다. 나는 다 자라서도 부모 형제의 수입에 의존하는 어른과 자원병을 같은 논리로 거부한다. 부모 형제에 대한 절대적 의존과, 상관에 대한 절대적 복종. 어느 쪽이든 존재를 부정하지는 않지만, 나 자신은 절대 사절이다.

봉건시대의 피지배층은 일곱 번 다시 태어나도 되고 싶지 않은 것 중 가장 첫번째라 해도 좋다. 무력을 가진 지배자의 뜻에 종속되어 그저 한결같이 수탈당하는 존재……

그러나 에마 쓰네미쓰의 저서는 그런 내 편견을 완전히 깨뜨렸다. 그 책에 그려진 것은, 살아남기 위해 무기를 들고 그것을 사용했을 때 맞닥뜨릴 상황까지 계산해 미리 돈으로 목숨을 거래하는, 대단히 강인한 사람들이었다.

이런 것이라면.

이런 것이라면 납득할 수 있다. 이런 것이라면 오케이다.

그런 그들을 에마 쓰네미쓰가 나름대로 기념한 것이 그 불쾌한 오카게 춤이었으리라. ……그런가.

나는 모든 일에 어설프고 어떤 분야에서나 어중간한 놈이다. 대부분의 일은 구태여 배우지 않아도 할 수 있었기 때문에 깊이 파고든 적이 없었다.

그래서일 것이다. 과거에, 그야말로 이십삼 년 동안, 이런 경험을 한 적이 없었던 것은.

즉, 지식이 인식을 바꿔놓는 체험을.

"……이거 재미있는걸."

그렇게 중얼거리며 『전국이라는 중세와 고부세』를 한 페이지 더 넘겼다가 문득 정신을 차리고 손을 들었다.

"네."

웨이트리스가 바로 달려왔다. 나는 'D&G'에서 책을 읽는 중이었다.

"블렌드, 리필해주세요."

"네, 블렌드 하나요!"

에마 쓰네미쓰의 다른 책에도 의뢰와 연관된 부분이 있을지 모른다. 『전국이라는 중세와 고부세』를 다 읽으면 다른 책도 찾아보자.

인식이 개조되는 쾌감에 몸을 내맡기고 있는 것뿐이라는 생각도 없지는 않으나.

7

액셀을 밟아도 시속 60킬로미터 이상은 속도가 나지 않는다. 고물 경차인데다 이런 고갯길이니, 이 정도면 꽤 노력하는 편이라 해야 할까.

나는 고부세 정으로 가는 길이었다. 사쿠라 도코 수색에 관한 경과 보고는 사흘에 한 번 하기로 약속했다. 원래는 전화로 끝낼 생각이었는데, 로그를 받아보고 생각이 바뀌었다.

길은 한산해서 반대편에서 오는 차도 사람도 거의 없다. 운전에 필요한 주의력이 감소하니 생각이 자꾸만 도코의 사이트 '듀플리케이트' 로그로 향했다.

도코가 '듀플리케이트'에 썼던 일기는 그녀의 심정을 있는 그대로 표현한 것이라 보기는 어려웠다. 담담하게 쓴 글은 이따금 흠칫하게 만드는 부분이 있기는 해도 깊은 내용은 아니었다. 게다가 나는 로그를 꼼꼼하게 읽고 도코의 속마음을 해독하고 있을 여유는 없었다. 대충 훑어보며 '사마귀'가 그녀를 발견하는 단서가 됐을 부분을 찾았다.

'에마'가 시스템 엔지니어라는 것은 처음부터 프로필에 쓰여 있었다. '점심을 먹으러 신주쿠 3가까지 가다'라는 말이 있으니, 그녀의 회사는 지하철 신주쿠 3가 역에서 몇 정거장 범위 내에 있으리라는 것을 알 수 있다. 또 '엘리베이터가 고장 났다. 5층까지 계단으로. 어렸을 때는 산도 뛰어올라갔는데 지금은 힘들다'는 말이 있었다. 도코의 직장은 5층 이상 되는 건물의 5층에 있음을 알 수 있다. '직장에서 아이디어를 정리하는데 굉음이 들렸다. 창문으로 내려다보니 트럭과 라이트밴이 넘어져 있었다. 어떻게 부딪치면 저렇게 쓰러지는지 신기하다'는 말이 있으니 그날 트럭과 라이트밴의 충돌 사고가 발생한 지점을 찾아내면 도코의 직장을 알아내기는 어렵지 않다.

'사마귀'가 '듀플리케이트'의 일기를 단서로 사쿠라 도코를 찾아냈으리라고 예측했으므로 로그에 이런 말이 남아 있는 것은 딱히 뜻밖이 아니었다. '아아, 아니나 다를까' 싶은 정도다.

그러나 그와는 별개로 주의를 끄는 말이 몇 군데 발견되었다.

SOHO라는 게 서민적인 동네와 관련된 말인 줄로만 알았더니 스몰 오피스·홈 오피스의 약어라고 한다. 네트워크에 의거해 정보만을 재료로 생산 활동을 하는 스타일은, 소호라는 지명에서 연상되는 분위기와 무척 동떨어져 있다. 내 고향에도 런던의 지명을 사용한 가게가 있었다. 얼마나 분위기 있는 가게일까 하고 들어가보니 흔히 볼 수 있는 팬시 상품이 산더미처럼 진열되어 있었다. 이름과 실태의 갭에서 발생하는 웃음은 솔직해서 즐겁다. (2001년 5월 4일)

'차링크로스' 이야기라고 봐도 문제없을 것이다.
전화번호부를 뒤져 '팬시점' 아니면 '소품 가게' 같은 항목에서 상호가 런던 지명인 곳을 찾으면, '차링크로스'를 발견할 수 있을 것이다.

　평온한 기분을 되찾기 위한 장소를 확보하는 일은 대단히 중요하다. 내 집에서는 정보를 분류해 늘어놓아야 하는데, 그런 곳에서는 까칠해진 기분을 진정시킬 수 없다. 감정을 평평하게 고를 장소는 집 밖에 마련해야 한다. 최근은 '비바크'라는 찻집이 그런 곳이다. 그렇게 맛있는 집도 아닌데 어째서 마음에 들었는지 스스로 생각해도 이상했는데, 보아하니 고등학교 때 자주 갔던 가게와 분위기가 똑같아서 그런 모양이다. 입구의 문도 판박이다. 기시감에 마음이 평온해지다니 어쩐지 옛 시절을 그리워하는 노인네 같지만, 긴장을 풀고 편히 있을 수 있다면 그만이다. (2002년 6월 6일)

　'비바크'라는 집은 물론 모르지만, 그것을 찾아 문의 형태를 기억하고 야호로 오면 '장다름'에 다다를 수 있을지도 모른다.
　그 밖에 이런 말도 있었다.

　중학교 근처에 '마치 헤어'라는 중고 옷집이 있었다. 미장원이라고 믿어 의심치 않았던 나는 어느 날 머리를 자르러 그곳에 들어갔다. 옷만 진열되어 있기에 놀라 점원에게 묻고서야 이유를 알았다. 그리고 가게 간판에 토끼가 그려져 있는 연유도 비로소 알았다. 그 이래로 나는 그곳에서 곧잘 옷을 사곤 했다. 결국 내 패션 센스는 그 가게 것 그대로 머물고 말았다. 그곳이 만약 고딕 롤리타 의상 전문점이었으면 나도 그런 옷을 입었을 것이다. (2003년 5월 22일)

즉, 이들은 모두 야호에서 사쿠라 도코가 갈 만한 곳들이라는 뜻이다. 만약 '사마귀'도 로그를 저장해두었다가 꼼꼼히 살폈으면 이 가게들도 찾아냈을 가능성이 있다.

그러나 이 가게들이 '야호 시'에 있다는 말은 어디에도 없다. 어느 현인지조차 확실히 알 수 없으니 괜찮겠다고 생각했는데, 그렇지도 않았다.

닉네임의 유래에 대한 질문을 받았다. 게시판에서 이런저런 추측이 나왔는데 전부 틀렸다. 아니, 사실 맞힐 수 있을 리가 없다. 에마 쓰네미쓰라는 사람의 이름에서 딴 것이기 때문이다. 시골에서 자비 출판으로 책을 내던 영감님인데, 어쩌면 나는 이 사람이 쓴 책에서 영향을 가장 많이 받았는지도 모르겠다. (2002년 9월 30일)

처음 듣는 이름이기에 인터넷으로 검색해보니 여섯 건이 나왔다. 그에 따르면 에마 쓰네미쓰는 고부세 정의 향토사가인 것 같다. 고부세까지 오면 야호는 바로 옆이다. 에마 쓰네미쓰의 저서 중에 『마을의 관습—로쿠쿠와·고부세·야호』라는 책이 있는 모양이다. 그리고 로그에는 이런 말이 있었다.

중학교는 시립이었으므로 부담을 주지 않았지만, 고등학교, 대학교는 사립을 가고 말았다. 눈앞의 일을 생각하는 것만으로 벅차 부모님의 재정적 부담을 생각하지 못했다. 입학한 뒤 장학금을 받았지만, 다 갚으려면 아직 멀었다. (2002년 8월 19일)

'사마귀'가 이 글에서 도코는 '정'이나 '촌'이 아니라 '시'에 살았음을 간파한다면, 에마 쓰네미쓰의 저서로부터 '야호 시'라는 답을 얻어낼 수 있을지도 모른다.

모든 것은 '사마귀'의 집념에 달렸다. 그는 어디까지 파고들 작정일까.

이런 생각이 들었다. 지금까지의 경위를 제3자의 입장에서 보건대 '사마귀'는 야호까지 올지도 모른다. 도코가 도망쳐온 야호로.

그런 생각을 하는데 마지막에 뜻밖의 말을 발견했다.

여름방학이면 친할아버지 댁에 가는 게 즐거운 일이었다. 부모님이 데려가주지 못할 때는 돈을 받아서 혼자 버스를 타고 가곤 했다.

원래부터 대도시에 살았던 게 아니니 산들이나 논밭이 신기했던 것은 아니다. 할아버지 할머니를 특별히 좋아했던 것도 아니다.

다만 어린애 눈에는 할아버지 할머니가 사는 시골 단독주택이 광대하고 비밀로 가득 찬 것처럼 보였다. 집 안에 은신처를 만들 수 있다는 게 어린 시절의 나에게는 믿기지 않는 일이었다.

지금도 나는 돌아갈 곳이라 하면 내가 나고 자란 방 세 개짜리 연립이 아니라, 그 집의 비밀 은신처가 생각난다.

묘한 일이다. 산 적도 없는데 향수라니. (2004년 7월 2일)

이 부분을 읽으며 생각난 게 한페의 말이었다. 한페는 야나카 지구를 이렇게 평했다.

'완전 깡촌이던데요. 전 로쿠쿠와 출신인데 거기랑 우열을 가리기가 어렵겠더군요. 아마 밤이 되면 돌아다니는 사람이 아무도 없고 캄

캄할 겁니다.'

　나도 물론 그러리라고 생각한다.

　사쿠라 도코가 만약 아직 살아 있고 어딘가에 숨어 있다면 사쿠라 가쓰지의 집이 은신처로 안성맞춤이 아닐까. 돈도 들지 않고 비바람과 밤의 냉기도 피할 수 있다. 밤중에 행동하면 아무에게도 들키지 않을 것이다. 그러다 '사마귀'가 포기한 것을 확인한 뒤 천천히 모습을 드러낸다……

　그러나 만약 그렇다면 도코는 분명히 위기에 처해 있다. '사마귀'는 '듀플리케이트'의 로그를 조사해 사소한 단서로 도코에 관한 정보를 알아냈을 가능성이 높다. 그런 사마귀가 이 부분에 주목하지 않았을 리 없다.

　사쿠라 도코는 직장을 그만두고 도쿄를 떠난 것 때문에 일종의 쇼크 상태에 빠진 게 아닐까. 나 자신과 과하게 겹쳐 보는 건지도 모르지만, 그 점을 감안해도 가능성은 낮지 않아 보였다. 아니면 이로써 '사마귀'로부터 달아나는 데 성공했다고 방심하는 건지도 모른다. 그렇지 않으면 추적될 가능성이 있다는 것을 알면서 '장다름'이나 '차링크로스'에 나타났을 리가 없다.

　'친할아버지 댁'이 고부세 정에 있다는 말은 어디에도 없지만, 그것만으로 안심할 수 있을까. 만약 내가 '사마귀'라면 야호 인근에 있는 '사쿠라'의 집에 죄 전화를 걸어볼 것이다. '와타나베' 때는 고생했지만 '사쿠라'라면 수가 적어 간단할 것 같다.

　액셀을 밟았지만 이미 발이 바닥에 닿을 만큼 꽉 밟은 상태였다. 시속 60킬로미터. 경사가 가팔라졌는지 속도가 점점 떨어졌다.

방문하겠다고 미리 전화를 했는데도 사쿠라 가쓰지는 집에 없었다.

"우리 손녀 일로 애를 써주신다지요? 정말 감사합니다."

나를 맞이해준 노부인은 가즈코라고 이름을 밝히고는 온화하게 인사하며 깊숙이 머리를 숙였다. 웬만한 예의범절은 그러려니 하고 무의식중에 넘길 수 있는 나도, 이렇게까지 공손하게 나오면 조금 당황스럽다.

"아, 아닙니다. 저야말로 일을 맡겨주셔서 감사합니다. 저…… 가쓰지 씨는 어디 가셨는지요?"

"네, 오늘은 저거예요."

그녀는 팔을 들어 산을 가리켰다. 그 방향을 자세히 보니 국도 너머 동쪽 산기슭으로 장대에 꽂힌 깃발이 여럿 보였다.

"무슨 축제가 있습니까?"

"그래요, 요새는 춤도 추기 때문에 꽤 떠들썩하답니다."

"안 가십니까?"

"난 무릎도 안 좋고, 그 뭐냐, 손님들 대접할 준비도 해야 하니까요. 이젠 늙어서 직접 음식을 준비하기 힘들어서 주문을 하지만, 그것만으론 허전하거든요."

그녀는 생긋 웃었다.

"총각, 배고프지 않아요? 조림 맛 좀 보지 않겠어요?"

향응을 받아들이는 것도 지켜야 할 예의지만 묘하게 관계가 깊어지는 것도 좋지 않다. 사양하자.

"죄송합니다. 먹고 와서요."

"아아, 그래요."

"그런데 하나 여쭙겠습니다만."

"네?"

"최근에 집 주위에서 인기척이 느껴진 적 없습니까? 밤중에 소리가 들린다든지요."

가즈코는 미간을 찡그렸다.

"없는데요. 우리는 밤에 일찍 자니까, 뭐가 있어도 모를 거예요."

"그렇습니까……"

사쿠라 가를 다시금 살펴보았다.

2층집이었다. 2층이 1층보다 작고, 1층 지붕을 꽤 널찍이 잡았다.

어린 도코에게는 '광대'하게 보였던 사쿠라 가. 현재 내 눈에도 광대까지는 아니어도 퍽 큰 집이다. 하지만 대저택은 아니다. 특별한 점이 없는 평범한 가정집일 뿐이다. 땅이 있어서 집을 좀 크게 지어봤다, 하는 느낌이랄까. 크기 외에도 내 시선을 끄는 특징이 있었다. 지붕이 낮다. 그 때문에 집 전체가 납작하게 보인다. 요새 짓는 2층집은 이보다 20퍼센트 정도는 더 높지 않을까. 창문으로 보건대 1층 천장 높이는 보통인 것 같으니, 2층이 그만큼 낮다는 뜻이리라.

대충 본 것만으로는 뭐라 말을 못 하겠다. 역시 안에 들어가봐야 알 것 같다.

"저, 원래는 가쓰지 씨께 부탁드리려고 했는데, 좀 급한 일이라 말입니다."

"어머, 뭐죠?"

"집 내부를 조사해보고 싶습니다. 그…… 도코 씨 문제로 좀 살펴보고 싶어서요."

그러나 가즈코는 말을 흐렸다.

"그런 건 영감이 오기 전에는 모르겠네요. 탐정 선생님에 관한 일은 난 잘 모르니까요."

사정을 설명해도 상관없지만, 가쓰지에게도 같은 이야기를 해야 할 테니 두 번 수고해야 한다.

"저, 그럼 가쓰지 씨는 몇시쯤 돌아오십니까?"

"4시엔 일단 돌아올 거예요. 술을 가지러 온다고 했으니까."

손목시계를 보니 3시 50분.

"금방 오시겠군요. 그럼 그때까지 밖에서 기다리겠습니다."

그렇게 말하고는 발길을 돌렸다.

사쿠라 가 주위를 한 바퀴 빙 돌았다.

집 바로 뒤가 산이었다. 기슭을 조금 깎아 계단식 밭을 만들었다.

출입구는 네 군데에 있었다. 현관. 뒷문. 예전에는 빨래터였던 듯한 곳을 통해서도 안으로 들어갈 수 있다.

어디로 통하는지 알 수 없는 문이 하나 더 있는데, 새어나오는 냄새로 보건대 화장실 같았다. 어째서 화장실에 바깥으로 통하는 출입구가 나 있는지 이상하게 생각했다가 바로 깨달았다. 밭일을 하다가 볼일을 보고 싶을 때의 편리성을 생각한 것이리라.

그리고 창문. 툇마루가 딸린 방이 있으니 그리로 간단히 들어갈 수 있을 것이다. 다른 창문으로 개킨 이불이 보이는 바람에 잠깐 민망한 느낌이 들었다. 침실인가보다. 그렇다면 사쿠라 부부는 1층에서 잔다는 말이다. 가즈코는 무릎이 좋지 않다고 했으니 그 편이 자연스러울 것이다.

차고가 있다. 안에 든 것은 캐터필러가 달린 기계. 모종에 쓰는 건지, 추수에 쓰는 건지, 아니면 경작에 쓰는 건지, 나는 봐도 모르겠다. 차고가 하나 더 있는데, 이쪽에는 아무것도 없지만 땅에 타이어 자국이 남아 있다. 평소에 오토바이를 두는 곳 같다. 가쓰지는 어떤 오토바이를 탈까. 상상해보았다.

십중팔구 혼다에서 나온 컵이리라.

그런 생각을 하며 바라보다가, 차고 바닥에 놓인 긴 장대를 발견했다.

내 손목 굵기쯤 되는 꽤 긴 장대다. 3미터쯤 될까. 쭈그리고 앉아 자세히 보았다.

"……"

이건 혹시, 싶었을 때 느닷없이 뒤에서 고함 소리가 들려왔다.

"게서 뭘 하는 거야!"

순간 숨이 멎을 만큼 놀랐으나, 조용히 심호흡을 해서 마음을 진정시킨 다음 웃는 얼굴로 돌아보았다.

"아, 잠깐 댁을 둘러보고 있었습니다. 바쁘신 날에 찾아뵈서 죄송합니다."

"……뭐요, 탐정 선생입니까."

사쿠라 가쓰지가 가문家紋을 넣은 예복을 입고 떨떠름한 표정으로 서 있었다.

"이 근처에서 너무 눈에 띄는 일은 하지 말아달라고 부탁했잖습니까."

"아뇨, 아무것도 안 했습니다."

"이웃 사람이 처음 보는 젊은이가 댁네 집 부근을 얼쩡거린다고 합디다. 부탁이니 이쪽엔 너무 자주 오지 마요."

으음. 동네 사람들 눈은 역시 무섭다. 손목시계를 보니 겨우 십오 분간 사쿠라 가를 둘러봤을 뿐인데.

누를 끼쳐 죄송하다고 사과한 다음, "그런데"라고 말하며 발치의 장대를 가리켰다.

"이건 뭡니까?"

"뭐라뇨, 장대죠."

"아뇨, 어디 쓰는 건가 해서요."

가쓰지는 눈살을 찌푸리면서도 가르쳐주었다.

"겨울에 고드름을 떨어뜨리는 데 씁니다. 벌써 수십 년 전부터 있던 물건이죠. 아버지 대부터 있었으니, 처음에 어디 썼는지는 모르겠군요."

"그렇습니까."

몸을 굽히고 장대의 한쪽 끝을 들었다.

"이 구멍은 전부터 있었습니까?"

"구멍?"

가쓰지는 어리둥절한 목소리로 되물었다.

"무슨 소리입니까?"

"여기를 보시죠."

장대 여기저기를 가리켰다. 못을 박은 듯한 구멍이 뚫려 있었다.

가쓰지는 고개를 갸웃했다.

"글쎄요. 그런 건 없었던 것 같지만, 그냥 장대니까요. 누가 장난으로 그랬는지도 모르죠."

"그럴지도 모르지만……"

나는 그 장대를 차고에서 꺼내 바로 세웠다. 3미터쯤 되리라는 예측은 보아하니 크게 틀리지 않을 듯했다. 176센티미터인 내 키에 대보니 대략 3미터쯤 될 것 같다. 그리고 그 장대는 집 1층 처마보다도 높았다.

"구멍이 있는 부분에 굵은 나사를 박으면 사다리가 될 겁니다. 이걸 이용하면 1층 지붕에 올라갈 수 있어요."

심상치 않은 화제에 가쓰지는 잠자코 있지 않았다.

"무슨 소리입니까, 탐정 선생. 난 댁한테 도코를 찾아달라고 부탁한 겁니다. 우리집 방범 문제에 쓸데없는 참견은 하지 마요."

클라이언트가 언성을 높이게 해서는 안 된다. "죄송합니다" 하고 고개를 숙였다.

"이거 이야기 순서가 이상해졌군요. 의뢰를 하신 지 나흘째, 일을 시작한 지 사흘째라 약속대로 진행 상황을 보고드리러 찾아뵌 겁니다.

조사 결과, 사쿠라 도코 씨는 도쿄에서 이상한 녀석에게 쫓겨 야호로 도망쳐왔을 가능성이 높다는 사실을 알아냈습니다."

"이, 이상한 녀석?"

놀라 소리를 지른 가쓰지를 무시하고 바로 말을 이었다.

"그러나 도코 씨는 야호에 자리를 잡지 않고 다시 이동했습니다."

"도코는 지금 어디 있습니까?"

"지금은 모르겠습니다. ……하지만 최근까지는 이 댁에 있었을지도 모릅니다."

가쓰지는 무슨 말을 들은 건지 알 수 없다는 표정으로 입도 벙긋하지 못했다. 다시 고쳐 말했다.

"도코 씨는 사쿠라 씨 댁 2층에 숨어 있었을 가능성이 있습니다. 저도 여기 오기 전에는 반신반의했습니다만, 집 구조와 이 장대를 보고 그 가능성이 꽤 짙다고 판단했습니다. 가쓰지 씨와 부인, 두 분 다 연세가 있으시죠. 실례되는 말씀입니다만 침실은 1층에 있는 것 같고요. 게다가 부인께선 무릎이 좋지 않으십니다. 하나 여쭤보고 싶습니다만, 가쓰지 씨나 부인께서는 밤중에 2층에 올라가시는 일이 많습니까?"

가쓰지는 으음, 하고 짤막하게 신음하더니 입을 다물었다.

"이 야나카 지구는 집과 집 사이가 멀리 떨어져 있고 가로등도 많지 않습니다. 야음을 틈타 집 뒤쪽으로 돌아가면 바로 산이니 남의 눈에 띄지 않습니다. 도코 씨는 이 장대를 사다리 삼아 이 댁 2층에서 밤이슬을 피했을 가능성이 있습니다."

"무슨 그런…… 그랬으면 한마디 했을 만도 한데……"

가쓰지는 그렇게 중얼거리고는 뒷말을 잇지 못했다.

"그럴지도 모릅니다. 이 구멍은 오래전에 난 건지도 모르죠. 그런 것치고는 구멍 안이 깨끗한 것 같습니다만, 우연일지도 모릅니다. 사쿠라 씨, 확인하게 해주십시오. 댁 2층을 보고 싶습니다."

가쓰지는 예복 차림으로 신음했다. 나를 집 안에 들이기 싫다기보다, 탐정을 찾아갈 만큼 걱정했던 손녀가 자기가 지내는 집 2층에 숨어 있었다는 이야기를 믿고 싶지 않은 것이리라.

가쓰지가 끝내 거절하리라고 생각하지는 않았다. 그러나 이왕 승낙할 거면 빨리 해주면 좋겠다고 생각했다. 나는 한페가 생각하는 것처럼 의욕이 없지는 않다. 그러나 체력은 확실히 별로 없다. 직사광선 아래에서 땀이 뺨을 타고 흘러내렸다.

8

두 잔째 블렌드를 다 마시고 둘째 권인 『마을의 관습─로쿠쿠와 ·

고부세 · 야호』를 2장까지 대충 훑어봤을 때 퍼뜩 정신이 들었다. 책에 빠져 있을 때가 아니다. 결론이 나왔으면 보고서를 써야 한다. 양식은 어떻게 하면 좋을까. 고야 부장이 정해놓았을 것 같지는 않지만, 어쨌든 '고야 S&R' 명의로 보고하는 것이니 의논하는 게 좋겠지. 휴대전화로 연락해보자 싶어 자리에서 일어선 내 앞을 어떤 남자가 가로막았다.

무슨 일인가 싶어 올려다보니, 선글라스에 카키색 코트 차림이었다. 더운지 이마에 가볍게 땀이 맺혀 있다. 이런 인간을 둘씩이나 알지는 못한다. 검정 비틀 남자다.

남자는 말했다.

"고야 씨?"

나는 대답했다.

"아닌데."

남자는 침묵했다. 선글라스가 없었으면 어쩌면 거센 동요의 빛을 볼 수 있었을지도 모르는데. 그리고 보니 입가가 묘하게 굳었다.

일어나던 중에 남자가 말을 거는 바람에 엉거주춤한 자세였다. 그대로 있기도 피곤해서 도로 앉았다. 남자는 자세를 바로잡고 다시금 억누른 목소리로 말했다.

"거짓말 마. '고야 S&R'에 드나드는 것 다 안다. 사쿠라 도코를 알고 있겠지?"

사쿠라 도코?

알 거라는 말을 들으니 어쩐지 아는 것 같은 기분이 든다. 아니, 기분 탓이 아니다. 어디서 들은 적이 있는데. 틀림없다. 누구더라……

"아, 잠깐. 아직 말하지 마. 사쿠라, 도코? 들어본 적은 있는데. 그래, 있어."

"……고야 씨가 아닌가?"

"아니라고 했잖아. 나도 탐정이지만 고야 부장은 아냐."

"……"

"젠장, 거의 생각날 뻔했는데. 뭐냐? 사쿠라 도코가 누군데?"

남자는 느닷없이 다가와 내 멱살을 잡는…… 척했을 뿐 손은 대지 않고, 대신 한층 으름장 놓는 목소리로 말했다.

"시치미 떼지 마. 사쿠라 도코의 사이트 로그를 찾아다닌 녀석이 있어. 네놈이지?"

"아—"

나는 아랑곳하지 않고 떠오르지 않는 기억과 격투를 계속했다.

……그러는 척하면서 테이블 밑으로 오른손에 동전을 쥐었다. 남자가 누구인지는 모르지만, 태도는 우호적이지 않다. 박력 있게 보이고 싶은 건지 약간 치켜든 남자의 턱에 여차하면 어퍼컷을 먹여줄 생각이었다. 일은 전혀 탐정답지 않은데 쓸데없는 부분만 격하다니 좀 납득할 수 없다. 나는 태연한 목소리로, 그러면서도 신중하게 말했다.

"그렇군. 컴퓨터라면 부장이 보고 있었는데. 무슨 재미있는 사이트를 발견했다면서……"

"손님, 잠깐만요."

갑자기 날카로운 목소리가 끼어들었다. 웨이트리스, 부장의 여동생이다. 그녀는 선글라스를 낀 남자의 목소리보다 훨씬 간담을 서늘케하는 눈초리로 힘껏 남자를 노려보며, 나를 가리키고 말했다.

"가게 안에서 문제를 일으키시면 곤란합니다. 그리고 이 사람은 고야 조이치로가 아니라 그 부하예요. 이름은 모르지만."

어라? 이름을 말 안 했던가?

"뭘 어떻게 착각했는지는 모르지만, 시비만 걸 생각이시라면 나가 주세요."

증인의 등장에 남자는 웨이트리스를 보고, 나를 보고, 다시 한번 웨이트리스를 보았다. 그러더니 딴 사람이 된 양 힘없는 목소리로 말했다.

"정말 고야 씨가 아니라고? 사쿠라 도쿄…… 그러니까 도쿄에 살던 여자 시스템 엔지니어 찾는 사람이."

"아, 그거라면 아마 우리 부장 맞을걸."

선글라스를 쓰고 있어도 알 수 있었다. 남자의 얼굴에서 핏기가 가셨다.

"그래서 댁은 누굽니까?"

나는 싸늘하게 물었다. 맞은편에 앉은 남자는 완전히 위축되어 있었다. 코트를 벗자 멀쩡한 양복과 넥타이가 나타났다. 선글라스는 벗지 않았다. 남자는 손수건을 꺼내 이마를 훔쳤다. 사람을 착각했다는 것을 알고 식은땀이 나는 건지, 아니면 역시 코트 때문에 더웠는지. 그 심정을 모르는 것은 아니다. 나도 가죽 재킷 때문에 죽을 것 같다. ……의미도 없이 입고 싶다는 생각은 하지 않지만.

"저…… 긴급히 고야 씨와 연락을 취하고 싶은데, 도와주실 수 없겠습니까?"

"그러니까 이름 정도는 밝혀요. 지금 상태로는 연락을 하려고 해도 수상쩍은 남자가 와 있단 말밖에 못 한단 말입니다."

"그렇군요. 이거 제가 계속 실례를."

남자는 주머니에서 어둡게 빛나는 은색 케이스를 꺼내더니 명함을 빼서 내밀었다. '아베 조사 사무소 다나카 고로'. 회사 소재지는 도쿄 도 네리마 구다.

"다나카라고 합니다."

본명이 맞나 싶어 의심에 찬 눈초리로 쳐다보면서 나 역시 명함을 내밀었다. '고야 Search&Rescue 탐정 한다 헤이키치'. 부장에게 사무소에서 일하게 해달라고 부탁한 그날 짬을 내서 주문했다. '탐정' 은 글자 크기를 키웠다. 전체적으로 단순하면서도 존재감이 있는 제법 훌륭한 명함이다.

"한다입니다."

"감사합니다."

웨이트리스가 다가와 "주문은요?" 하고 물었다. 역시 어쩐지 쌀쌀 맞다. 다나카는 연방 쩔쩔매며 블루마운틴을 시켰다.

눈앞의 남자는 보아하니 진짜 탐정인 모양이다. 조사 사무소의 조사원이니 뭐, 탐정은 탐정이다. 그러나 눈앞의 남자에게는 영 동경하는 마음이 생기지 않았다. 첫 인상이 너무 나빴으니 당연한가.

다나카는 또다시 손수건으로 이마를 찍더니 용기를 내어 말했다.

"정말 죄송합니다. 조사를 통해 사쿠라 씨 할아버님께서 '고야 S&R'에 의뢰를 하신 것까지는 확인했습니다만, 저, 그만 한다 씨가 그 조사를 맡으셨다고 착각하는 바람에."

퉁명스러운 표정을 지으면서도 속으로는 그 말이 싫지만은 않았다.

"즉, 내가 부장보다 더 탐정처럼 보였다는 말이군요."

다나카는 고개를 설레설레 흔들었다.

"아뇨, 말씀드리기 부끄럽습니다만, 저희는 그 부장이란 분을 본 적이 없습니다."

아닌 게 아니라 부장은 늘 눈에 띄지 않는 차림새이긴 하지만……
부장의 모습을 떠올렸다가 진짜 이유를 깨달았다. 부장은 언제나 뒷
문으로 드나든다. 그래서 그랬나. 깨닫고 나니 묘하게 부아가 치밀어,
검지로 테이블을 탁탁 두드렸다.

"이거 보세요. '아베 조사 사무소'라고 했던가요? 신원 확인을 맨
먼저 해야 하는 거 아닙니까? 누가 탐정 사무소를 찾아왔다, 거기에
드나드는 남자가 있다, 그러니 그 남자가 의뢰를 받은 탐정일 것이다,
라니. 그거 너무 안이한 거 아닌가요? 우린 규모는 작지만 댁네 '아베
조사 사무소'보다는 교육이란 걸 좀더 확실하게 한다고 생각합니다."

"그저 부끄러울 따름입니다…… 부하에게 감시를 맡기고서, 그 보
고를 확인도 하지 않고 그냥 믿은 제 책임입니다. 한다 씨께 불편을
끼쳐 뭐라 사과 말씀을 드려야 할지."

다나카는 머리를 꾸벅꾸벅 숙였다.

어어, 기분 좋다.

그러나 계속 다나카를 구박하고 있어봤자 소용없다. 나는 도량이
넓은 사람이다. 웃음을 띠었다.

"……뭐, 말씀은 잘 알았습니다. 그래서, 부장한테 연락을 하면 되
는 거죠?"

"네, 그래주시면 감사하겠습니다."

선글라스 때문에 잘 알 수는 없지만, 보아하니 다나카는 안도한 표
정을 지은 듯했다.

"용건은 뭐라고 전할까요?"

"아, 사쿠라 도코 씨 문제로 긴급히 연락드리고 싶은 일이 있다고

전해주시면 아마 아실 겁니다."

"아, 그래요. 그럼 밖에서 전화하고 오죠."

나는 자리에서 일어나 테이블 위에 놓여 있던 다나카의 명함에 손을 뻗었다.

명함을 든 채 나도 참 재치가 있다고 만족감에 젖었다. '아베 조사 사무소'라는 곳이 실재하며, 다나카는 정말로 그곳 조사원인가. 부장에게 연락하는 것은 그것을 확인한 다음에 해도 늦지 않을 것이다.

9

예상대로 가쓰지는 뜻을 굽혔다. 마음껏 찾아보라고 해주었다. 그러나 나중에 문제가 생겼다가는 양쪽 다 곤란하니 같이 가달라는 내 제안은 받아들이지 않았다.

"아니, 그 점에 있어선 댁을 믿습니다. 게다가 술을 갖고 빨리 가봐야 해서 말이죠. 봐요, 저기 기다리게 해놨거든."

'당신을 믿는다'라는 가장 순박한 책임 회피에 나는 미적지근한 웃음으로 답했다. 가쓰지가 가리킨 곳에는 하얀 경트럭 한 대가 있었다. 운전석에서 얼굴이 불그스레한 남자가 나를 미심쩍은 눈초리로 보고 있다. 눈이 마주쳤기에 나는 웃으며 머리를 숙였다.

그것을 보던 가쓰지가 목소리를 낮추어 말했다.

"오늘은 축제날이라 타지 사람도 많이 와 있습니다. 댁도 그렇게 눈에 띄진 않을 겁니다. 하지만 밤엔 집에 손님이 올 테니까 그전에 끝내주세요."

지금이 4시. 모임이 아무리 일찍 시작돼도 5시는 아니리라. 시간은 충분할 듯했다.

"알겠습니다. 2층을 살펴보는 대로 바로 가겠습니다."

"부탁합니다."

가쓰지는 한 되들이 술병을 한 손에 네 병씩, 모두 여덟 병을 들고 나갔다. 경트럭이 떠나는 것을 지켜본 뒤 당당하게 현관으로 들어갔다. 뒷문으로 들어갈까도 생각했지만, 아직 날이 환하고 드문드문 사람들도 보인다. 괜히 이상하게 슬금슬금 행동했다가는 되레 수상해 보일 것이다.

내가 들어가자 가즈코는 "아, 우리집 양반이 괜찮다던가요?"라는 한마디만 하고는 술자리 준비에 매달렸다.

집 안은 천장과 바닥 모두 황갈색으로 변색된 나무에, 벽에는 화장판이 붙어 있었다. 가즈코가 사라진 쪽에서 간장 냄새가 진하게 풍겼다.

현관으로 들어서자마자 바로 앞에 계단이 있기에 1층은 거들떠보지도 않고 그쪽으로 갔다. 1층에 훌륭한 장식품과 골동품 시계가 있었던 것도 같은데 눈에 전혀 들어오지 않았다. 전에 에어컨 설치 공사를 할 때 기사가 실내 모습에 무관심한 듯하기에 이상하게 생각했던 적이 있다. 생판 남의 집 안은 그렇게 간단히 볼 수 있는 게 아니니 좀더 관심을 보일 법도 한데. 지금 이해했다. 그럴 경황이 없었던 것이다.

계단은 경사가 매우 가파를뿐더러 한 단의 높이도 높았다. 난간도 없는 것이 좀 위험하다. 계단참 없이 2층으로 바로 올라간다.

계단을 다 올라가니 왼편에 복도가 곧장 뻗어 있었다. 좁은 복도 좌우로 맹장지와 유리문, 명장지가 줄줄이 늘어서 있다. 복도 막다른 곳은 창문이었다. 바깥에서 본 대로 천장이 낮다. 보기만 해서는 방이 몇 개나 되는지 알 수 없었다.

"……응?"

뭔가 있을 것이라고 예상했기 때문일까. 이질감이 느껴졌다. 계단 마지막 단에 한 발을 얹은 채 신경을 집중했다. 뭐가 이상했을까. 직선으로 뻗은 복도. 맹장지, 명장지. 소리는 들리지 않는다. 축제가 한창일 테지만 그것은 국도 건너편 이야기라, 떠들썩한 소리가 여기까지는 들리지 않았다. 복도에 얹은 한쪽 발에 체중을 실었다. 어렴풋이 삐걱거린다. 별로 이상한 일은 아니다. 전혀 이상할 것 없다. 아래층에서 올라오는 간장 냄새. 노부부 둘이서 구석구석까지 꼼꼼히 청소하기 힘든지 먼지내도 난다. 그리고 또……

……알았다.

희미하게 카레 냄새가 나는 것 같다. 기분 탓인가?

가까운 맹장지를 열어보았다.

두 평이 조금 넘는 작은 방이다. 불투명 유리 밖으로 여름 햇살이 비친다. 양탄자가 깔려 편안해 보이기는 하는데, 캐비닛 하나 말고는 아무것도 없다.

그 옆의 명장지를 열었다.

낡은 오디오가 보였다. 바닥은 마룻바닥. 방 한가운데에 안락의자 하나가 있다. 코를 벌름거렸지만 먼지내가 날 뿐이었다.

그 옆은 유리문.

책꽂이가 있었다. 꽂힌 건 죄 오래된 만화책이다. 사쿠라 도코의 아버지나 그 형제가 모았을까. 책꽂이에나 만화책에나 먼지가 살짝 앉았는데, 자세히 보니 고르게 앉지는 않았다. 한구석만 먼지가 얼마 없다. 그것을 근거로 최근에 누군가 만화책을 꺼냈다고 할 수 있을지는 모르겠지만. 또 설사 그렇다 한들 그래서 어쨌다는 말인가 싶기도 하다.

반대편 방들을 살펴보기 시작했다. 첫째 방, 둘째 방, 셋째 방, 넷째 방. 그러나 어느 방에나 특별히 이렇다 할 흔적은 없었다. 이불을 넣어둔 방이 있으니 도코가 몰래 쓸 수 있었는지도 모르지만, 증거는 없었다.

복도에 서서 팔짱을 끼었다. 방은 전부 살펴본 것 같다. 그러나 아무것도 찾아내지 못했다. 처음부터 도코가 여기 있다는 분명한 확신이 있었던 것도 아니다. 사이트의 로그와 사다리로 쓰일 수 있는 장대가 상황증거로 존재할 뿐이다. 설사 도코가 실제로 여기 있었다 해도, 흔적을 깨끗이 없앴다면 나는 아무것도 찾아낼 수 없다. 나는 감식관이 아니려니와, 애초에 탐정도 아니다.

허탕을 쳤나? 그렇게 생각하며 계단으로 돌아갔다.

"……"

정면, 복도 막다른 곳의 벽. 그 벽에서 손잡이로 볼 수도 있을 것 같은, 작게 움푹 팬 곳을 발견했다. 그 구멍에 손가락을 걸었다. 깊이가 너무 얕아 손끝을 걸치는 게 고작이다. 힘을 주어 옆으로 당겼다.

벽이 열렸다. 아니, 사쿠라 가 사람들에게는 벽이 아니라 어엿한 미닫이문이겠으나 나에게는 그저 벽으로만 보였다.

안은 어둑어둑하고 습했다. 그리고……

"여기군……"

카레 냄새가 어렴풋이 짙어졌다. 그곳은 헛방이었다. 신문지로 싼 물건, 뭔가가 가득 든 상자 같은 것들이 쌓여 있었다. 조명은 내가 연 문으로 비쳐드는 빛뿐인 듯했다. 발치를 조심하며 안으로 들어갔다.

이 방에서 지낸 흔적으로 보이는 것은 없었다. 그러나 벽에 붙은 사다리를 발견했다. 위는 천장이고 밑은 바닥. 그런데 사다리라.

사다리에 손을 얹으려다가 퍼뜩 무언가 떠올라 손가락으로 살짝 쓸어보았다.

손가락에 먼지가 거의 묻지 않았다.

최근에 누군가 사용했다.

사다리에 발을 얹고 천장을 손바닥으로 밀었다.

천장널 한 장이 소리 없이 위로 열렸다.

위는 다락방이었다. 좁다. 어둡다. 손전등이 있으면 좋았을걸. 하는 수 없이 휴대전화를 꺼내 액정 화면 불빛으로 비추었다. 카레뿐 아니라 다른 음식물 냄새도 났다. 우스터소스인가. 천장이 낮다. 똑바로 서면 머리를 부딪칠 것 같아 허리를 굽혔다.

천장에 알전구가 매달려 있었다. 손을 뻗어 스위치를 켰다.

이부자리가 깔려 있었다. 작은 서안書案이 있었다. 핸드백이 뒹굴고 있었다. 미안하지만 핸드백을 열어보았다. 립스틱, 파운데이션 등등. 아주 최근 것으로 보였다.

혹시나 싶어 이불에 손을 대보았다. 살짝 온기가 느껴진다. 단순히 지금이 여름이고 이 다락방에 열기가 차 있기 때문이리라. 베개에 머리카락이 붙어 있었다. 집어서 전구 불빛에 비춰보니 길이는 약 20센티미터였다.

방구석에 먼지 무더기가 있고 쓰레기가 몇 개 흩어져 있었다. 그중에서 인스턴트 카레 팩을 발견했다. 코를 갖다대보았지만 특별히 냄새가 진하지는 않았다. 내가 생각해도 벽과 천장 너머에서 나는 냄새를 용케 분간했다 싶다.

인스턴트 카레를 먹었다는 이야기는 여기에 가열기를 들여놓았다는 뜻이다. 휴대용 가스레인지 같은 것을 준비했을 것이다.

그 밖에는 볶음국수를 담았던 플라스틱 접시와 빵 봉지, 생수 페트병 등. 편의점 영수증도 떨어져 있었다. 날짜는 8월 11일이다.

나는 중얼거렸다.

"틀림없군……"

사쿠라 도코는 이곳에 있었다.

주머니에서 손수건을 꺼내 목덜미에 갖다댔다. 후덥지근해서 힘들다. 다락이니 어딘가에 환기구가 있겠지만 바깥 공기를 마시고 싶었다. 창문이 없나 찾아보니 쪽문이 보였다. 꽉 닫혀 있다. 문을 열자 바람이 약간 불어들었다. 막대기를 받쳐 열어두었다. 여름 바람이다보니 시원하지는 않았지만, 숨 막히는 것은 한결 덜했다.

햇빛이 비쳐들어 다락방을 환히 밝혔다. 그 덕분에 발견했다. 서안 밑에 공책이 있다. 새것이다. 공책을 집어 몸을 약간 숙인 채로 폈다. 일기 같은데, 날짜는 없다.

갈겨쓴 것처럼 거친 글씨가 이어졌다.

*

결국 직장을 그만두었다. 힘든 일, 수긍할 수 없는 일도 많았지만 나는 이 일이 좋았다.

그러나 직장이 알려진 이상 어쩔 수 없다.

건물에서 나오면서 울었다. 몇 년 만에 운 걸까.

*

집도 뺐다. 이제 쫓아오지 못하겠지만…… 아직 불안하다.

새로 살 곳을 찾고 새 직장도 찾아야 한다. 다시 태어나야 하는데 도무지 기력이 나지 않는다.

할 수 있는가, 없는가가 아니라 어떻게 할 것인가…… 내 신조가 가슴 아프게도 사무친다. 나는 무서워하고 있는가? 아마 그런 것 같다. 그는 어제 퇴원했을 것이다.

*

호텔 생활도 사흘째.

저금은 아직 남아 있지만 언제까지고 이러고 있을 순 없다.

일단 돌아가자.

나고야로 돌아갈 순 없다. 아버지 어머니께 걱정을 끼치기 싫다. 야호로 돌아가자.

지금껏 한 번도 고향을 그리워한 적이 없었는데, 이상하게도 마음이 불안할 때면 생각난다.

한동안 할아버지 댁에서 신세 지자. 아마 사태가 진정될 때까지 부모님 모르게 있게 해주실 것이다.

야호까지 돌아와 비로소 깨달았다.

야나카 같은 곳에 몸뚱이 하나만 가지고 굴러들었다간 소문이 나는 걸 피할 수 없을 것이다.

간신히 그에게서 달아났는데, 여기서 또 이야기가 꼬였다간 견딜 수 있을지 자신이 없다.

자신이 없다고? 아아, 안 되겠다. 난 정말 어떻게 됐나보다!

좋은 생각이 났다.

할아버지 댁에 분명 다락이 있었다.

할아버지께는 비밀로 하고, 거기서 얼마 동안 숨어 지내자.

준비만 잘 하면 어떻게든 될 것이다.

*

무사히 다락방에 숨어들었다. 고드름 떨어뜨리는 장대가 이런 데 쓸모가 있을 줄이야.

그는 나를 뒤쫓고 있을까? 퇴원하고서 우선 내 사이트를, 그리고 내 집을, 그다음으로 내 직장을 찾아갔을 것이다.

그가 단념할 때까지는 도쿄로 돌아갈 수 없다.

*

어떻게 이런 실수를!

오늘 노트북으로 사이트 로그를 다시 읽어보았다. 군데군데 부주의한 발언이 있었다. 그가 이 일기로 내가 있는 곳을 찾아냈다는 걸 다시금 실감했다.

그런 건 이미 알고 있었으면서!

자세히 읽으니 도쿄에서의 생활뿐 아니라 야호 생활에 관해서도 몇 번 언급한 적이 있었다.

내가 살던 집을 찾아낸 그가 내 고향에 도달하지 못하리란 보장은 없다!

……그럴 리 없다, 분명히 오지 않을 것이다, 그렇게 스스로를 안심시키려 해도, 지금도 펜을 든 손이 떨린다.

그가 또 온다고?

*

그는 야호뿐 아니라 고부세에까지 찾아올지도 모른다. 일기에 할아버지 댁 이야기를 쓰고 말았다. 한 번이라도 일기에서 언급한 이상 여기도 안전하지 않을지 모른다. 그는 문장을 있는 그대로 읽지 않고, 자기가 읽고 싶은 걸 확실하게 집어내 그것만 읽는다. 바로 그렇기 때문에 별뜻 없는 사소한 문장에서도 나를 추적할 수 있었던 것이다. 이번에도 분명히 쫓아올 것이다.

설마 이 방에까진 못 오겠지만, 그가 왔다간 할아버지 할머니께 폐를 끼칠 것이다.

아니, 아니다. 그가 이 집에 찾아올지도 모른다는 생각만으로도 도저히 더는 여기 못 있겠다. 할아버지 할머니의 안전이 걱정돼서가 아니라 나 자신이 걱정인 것이다.

도망치자.

하지만 어디까지 도망치면 되는 걸까.

내가 당당하게 정면 현관으로 이 집에 돌아올 수 없었던 것처럼, 그도 야나카에 오래 있진 못할 것이다.

그는 무척 신중하다. 타지 사람이 지나가면 바로 눈에 띄는 야나카에서 나를 언제까지고 찾진 않을 것이다. 그런 점에서 나는 그를 믿는다. 그의, 표면적으로는 철저하게 신사인 척하는 치사함을.

그렇다면, 얼마 동안 피신해 있으면 그도 물러날 것이다.

좋은 곳이 있다. 야나카 성.

거기라면 그도 절대 발견하지 못한다.

그가 단념할 때까지 거기 숨어 있자.

그나저나 얄궂은 일이다.

나는 야나카 성을 세운 사람들을, 도망치고 숨기밖에 못 하는 힘없고 불쌍한 사람들이라고 생각했다. 내심 업신여기기까지 했는지도 모른다.

그러나 지금 나는 도쿄에서 도망치고, 야호에서 도망치고, 고부세에서도 도망쳐 오래전에 그들이 남긴 성에 숨으려 하고 있다.

힘을 갖지 못한, 도망치기만 하는 약자란 점에서 나나 그들이나 마찬가지다.

목을 움츠리고 부들부들 떨며 폭풍이 지나가기만을 기다리는 나는 그들과 뭐가 다를까.

필요 없는 짐은 두고 가자.

야나카 성에선 살아 있을 수만 있으면 된다.

하지만……

나는 불안하다. 내 마음에 그래도 살려는 힘이 아직 남아 있을까?

산속에서 혼자 지내는 밤. 이제 그만 모든 걸 끝내고 싶은 충동에 시달리지 않을 자신이 전혀 없다.

아니다. 지금, 이 일기를 쓰는 지금도 모든 걸 끝내고 싶다는 생각이 끊임없이 치솟는다.

가자.

공책을 덮고 쪽문을 닫았다.

알전구를 끄고 사다리를 타고 내려와 계단을 내려갔다.

도코의 공책은 손에 들었다.

부엌에 있는 가즈코에게 붙임성 있게 말을 걸었다.

"실례 많았습니다. 용건을 마쳤으니 그만 가보겠습니다."

가즈코는 국자를 든 채 돌아보고 미소를 지었다.

"어머, 그래요? 대접도 못 해드려 죄송합니다."

"아뇨, 저야말로 바쁘신데…… 그런데."

아무것도 아닌 척 물었다.

"야나카 성이 어디쯤입니까?"

나는 야호 출신이지만 주변 지역은 고사하고 야호의 사적도 잘 모른다. 야나카 성이라는 곳도 당연히 모른다._하지만 지역 주민은 물론 알 것이다.

그러나 가즈코는 국자를 내려놓고 대답했다.

"야나카 성이요? 글쎄요, 이 부근에 성이 있었단 이야기는 처음 듣는데요."

"처음 들으셨다고요? 성이 없습니까?"

되묻는 내 목소리가 약간 긴장한 것을 알아차렸는지 아닌지, 가즈코는 기억을 더듬는 듯 잠깐 말이 없었지만 대답은 역시 같았다.

"역시 모르겠네요. 고부세로 내려가면 고부세 성터가 있긴 한데."

마을 한복판의 성터에 숨는 바보는 없으리라.

나는 미간을 세게 찡그렸다. '야나카 성'이 존재하지 않는다면, 도쿄의 공책에 있었던 그것은……

"……암호인가?"

"아아, 그런데."

"아, 네."

"성산은 있어요. 하지만 성은 없답니다."

나도 모르게 공책을 펴고 확인하고 싶은 마음이 들었다. 그러나 구태여 그러지 않아도 '성산'이 아니라 분명히 '야나카 성'이라고 적혀 있을 것이다.

석연치 않았지만 일단 들어나 보자 싶어 물어보았다.

"그 성산은 어디쯤입니까?"

"글쎄요. 난 다른 데서 시집와서 확실히는 모르지만……"

가즈코는 그렇게 운을 떼더니 한 방향을 가리켰다.

"하치만 신사 뒤쪽을 성산이라고 하는 모양이더군요. 그 근방에 산

이 첩첩이 있으니 그중 하나가 성산일 거예요. 영감은 알지도 모르는
데…… 좀 있으면 돌아올 텐데 기다리시겠어요?"

손목시계를 보았다. 이제 곧 5시다. 서둘렀다고 생각했는데 결국
한 시간 가까이 조사한 셈이다.

나는 생각했다.

이대로 가쓰지가 돌아오기를 기다린다면, 행여 가쓰지가 '야나카
성'을 안다 해도 산에는 빨라봤자 5시 반에나 들어갈 수 있다. 평범하
게 생각하면 6시 넘어서일 것이다. 오늘 내 복장은 양복에 구두 차림
이라 산을 오르기에는 매우 적합지 못하다. 아무리 여름이라 낮이 길
다 해도 7시면 어두워지기 시작한다. 동서로 산이 둘러싼 야나카에서
는 일몰이 더욱 이를 것이다. 해가 떨어지고 나면 수색이 불가능하다.
하물며 둔해질 대로 둔해진 이런 몸으로는, 다치지나 않고 야영을 하
는 게 고작일 것이다.

서두르고 싶은 마음은 굴뚝같지만 지금은 이미 늦었다.

……아니, 그래도 역시 가쓰지를 기다려 위험을 무릅쓰고 밤을 새
워서라도 찾아야 하나?

분명히 사쿠라 도코는 위기에 처해 있다. 구하러 갈 수 있는 사람은
현 시점에서 아마도 나뿐일 것이다.

그녀와 나는 비슷하다. 도코의 일기에 있던 '할 수 있는가, 없는가
가 아니라 어떻게 할 것인가'라는 그녀의 신조는 내 신조이기도 했다.
그 신조가 칼날이 되어 어떻게도 할 수 없는 사태에서 자기 자신을 찌
른 경험은 나에게도 있다.

그러나 나는, 일단 덤벼들면 모든 일이 잘 풀리리라고 생각할 만큼
냉정함을 잃지는 않았다.

생각하다 지쳤을 무렵 갑자기 휴대전화가 울렸다.

"잠깐 실례하겠습니다."

주머니에서 전화기를 꺼냈다. 전화를 건 사람은 한페였다.

한페는 오늘은 진전이 있을 듯하다고 했다. 성공했다는 보고인가 하고 생각하며 전화를 받았다.

"한다 씨입니까? 무슨 일이시죠?"

"부장, 누가 부장을 만나고 싶다고 와 있는데요."

"간자키 씨입니까?"

"아뇨? 그게 누굽니까?"

"아니군요. 어느 분이시죠?"

"다나카라고, 도쿄에 있는 조사 사무소 사람입니다. 사쿠라 도코 문제로 긴급히 연락하고 싶은 일이 있다고 하면 부장이 아실 거라던데요."

어제 말했던 검정 비틀 남자라는 것은 짐작할 수 있었다. 문제는 한페와 나를 착각하는 멍청이의 '연락하고 싶은 일'이 그 정도로 중대할까 하는 것이다. 오늘 밤 사쿠라 가에서는 술자리가 벌어지는 모양이다. 지금 야호로 돌아가면, 전화를 건다고 해도 가쓰지와 통화할 수 있다는 보장은 없다.

전화기 저편에서 한페가 목소리를 낮추었다.

"아, 그리고…… 저쪽에서 준 명함에 있던 번호로 전화를 걸었더니 조사 사무소로 연결되긴 했습니다."

"그렇습니까."

……역시 돌아가야겠다.

의뢰인은 야나카에서 눈에 띄는 행동을 하지 말라고 했다. 여기 남아서, 아마도 손님들을 데리고 돌아올 가쓰지를 붙잡아봤자 변변히 이야기를 나눌 수 없을 가능성이 높다. 간신히 정보를 얻어낸다 한들 이런 차림새로 산에 들어가 뭘 할 수 있을 것 같지도 않다. 여기서는 물러나는 게 수다.

"알겠습니다. 바로 돌아가죠. 다나카 씨께 잠시 기다려주십사 잘 말씀드려주십시오."

"잠시라고 해봤자 부장 차론 한 시간 갖고 안 되잖습니까. 그렇게 전하겠습니다."

나는 전화를 끊고 말했다.

"급한 볼일이 생겼습니다. 축제를 방해하는 것도 그러니 전 이만 실례하겠습니다."

그러고는 떠났다.

고물 경차의 시동을 걸며 내일 아침 일찍 다시 오기로 결심했다.

어떻게든 도코가 말하는 '야나카 성'을 찾아……

그곳에서 무엇을 발견할지는 실제로 가보기 전에는 뭐라 말할 수 없다.

그러고 보니 와타나베는, 도코가 사람들의 이목을 피해 샀다고 했다.

로프를.

10

내가 'D&G'의 문을 밀고 들어선 것은 결국 6시가 훨씬 넘어서였다. 배가 조금 고팠지만 지금은 그게 문제가 아니라는 생각이 들었다. 식사나 수면을 '그게 문제가 아니다'라며 뒷전으로 미룬 적은 지난 반년간 한 번도 없다. 나는 문득 그 사실을 깨닫고 혼자 조용히 웃었다.

"……왜 웃으십니까?"

혼자 조용히 웃은 줄 알았는데, 한페가 보고 있었다.

"아니, 그냥."

"이분이 다나카 씨입니다."

한페가 소개했다.

첫눈에 일반인이 아님을 알 수 있었다. 왜냐하면 일반인은 여름에 코트를 갖고 다니거나 일과 관련된 이야기를 할 때 선글라스를 쓰고 있지는 않기 때문이다. 특수 직업을 가진 사람은 여름에 코트를 입느냐 하면 그건 또 다른 문제이지만.

"안녕하십니까. '아베 조사 사무소'의 다나카라고 합니다."

인사에는 이상한 점이 없었으므로 나도 평범하게 응했다.

"'고야 S&R' 소장 고야라고 합니다. 멀리서 오느라 수고 많으셨습니다. ……앉으시죠."

다나카를 앉히고 나는 한페 옆에 앉으려 했다. 그런데 한페가 일어나며 손짓으로 나를 제지했다.

"부장, 죄송하지만 전 야간 아르바이트가 있어서 이만 가봐야 하는데요."

"아, 그래라."

"저, 그 전에 오늘 경과 보고를 하고 싶습니다. 간단하게 마칠 테니 다나카 씨한테 조금만 더 기다려달라고 해주시면 안 될까요?"

다나카에게 시선을 돌렸다. 가볍게 고개를 끄덕이기에 한페를 데리고 다른 테이블로 자리를 옮겼다. 한페는 자기 토마토주스를 들고 따라왔다.

자리에 앉기 무섭게 아즈사가 빠른 걸음으로 다가와 물잔을 놓았다.

"어서 오세요. ……자주 이용해주셔서 감사합니다."

해맑게 웃는 얼굴이다. 그러나 손님을 데리고 와줘서 고마워하는 건지, 이상한 사내만 끌고 온다고 비아냥거리는 건지 알 수 없었다.

그러고 보니 오늘은 아직 커피를 마시지 않았다. 잠시 생각했다.

"에메랄드 마운틴."

평소 마시는 칼로시보다 쓴맛이 강한 원두로 주문했다. 어쩐지 부드러운 맛으로는 모자랄 것 같은 기분이었다.

커피를 기다리지 않고 한페를 재촉했다. 한페는 고개를 끄덕이더니 책 한 권을 테이블 위에 내놓았다. 제목은 『전국이라는 중세와 고부세』.

"모모치 씨의 의뢰는 야나카 하치만 신사에 보관된 고문서의 유래를 조사해달라는 거였죠. 이 책, 좀 오래된데다 발행 부수도 진짜 적지만 그 고문서는 확실하게 다루었더군요."

나는 크게 고개를 끄덕였다. 모모치에게 의뢰를 받은 당초에는 일이 어떻게 되려나 싶었는데 무사히 조사에 성공했으니 이렇게 기쁜 일이 없다. 하지만 일단 다짐을 두었다.

"모모치 씨를 납득시킬 만한 내용 맞겠지? 문헌을 잘못 봤다든지 한 건 아니고?"

한페는 자신 있다는 듯 웃었다.

"괜찮습니다. 저, 흘림체는 못 읽지만 번역해놓은 게 있으면 그게 원본에 있는 문장하고 같은 건지 아닌지 비교하는 것 정도는 할 수 있거든요. 고부세 정의 역사 연구 하면 맨 먼저 이름이 거론되는 사람 책이니까 굳이 내용에 이의를 제기하진 않을 겁니다. 고부세 도서관에서 역사를 전공하는 학생을 만났는데, 이 저자를 꽤 높이 평가하면서 이 책을 구하고 싶어하던데요."

호, 뜻밖이다.

이름 있는 연구자의 연구이니 옳으리라고 추정하기는 쉽지 않은 일이다. 오히려 그런 연구자의 연구라고 해서 옳으리라는 보장은 없다는 자세를 취하는 편이 몇 배는 더 편할뿐더러 귀찮게 생각할 필요도 없다. 한페라면 당연히 학술적 권위에 반사적으로 반발할 거라고 생각했는데, 보아하니 그렇지만도 않은 모양이다. 물론 책의 내용을 수용한다는 한페의 결론에 나도 이의는 없었다.

"그럼 보고서를 써. 모모치 씨가 읽고 납득할 수 있는 형태로 완성되면 보수를 받고 끝이다."

그 순간 한페는 씁쓰름한 얼굴이 되었다.

"역시 보고서를 써야 합니까."

"당연하지."

"글을 쓴 지 한참 돼서요. 쓸 수 있으려나……"

"그럼 넌, 탐정으로서 거둔 성과를 의뢰인에게 어떻게 전달할 생각이었냐?"

탐정이라는 말을 꺼내자 한페는 마지못해 고개를 끄덕였다.

"안 하겠다고는 안 했습니다. 구두로 해도 된다면 그게 편할 텐데, 하는 거죠."

"돈을 받는데 그럴 순 없지. A4 용지만 쓰면 양식은 아무래도 상관없어. 구태여 날짜별로 보고하진 않아도 되고, 청구서도 나중에 내가 작성할 테니 경비가 들었으면 영수증을 책상 위에 놔둬라. 모모치 씨에게 제출할 것과 사무소에서 보관할 것 해서 두 부가 필요한데, 너도 한 부 갖고 있는 편이 두고두고 좋을지도 모르지."

한페는 깊은 한숨을 쉬더니 토마토주스를 가리키며 말했다.

"……이거 다 마시면 가겠습니다."

"뭐, 몸 상하지 않을 정도로 해둬라. 넌 성과급이니까 며칠 걸려도 돼."

그런 말을 남기고 다나카가 기다리는 테이블로 돌아갔다. 아즈사가 딱 붙어 따라왔다. 아까까지 한페가 앉아 있던 위치에 자리를 잡자 그 앞에 커피를 살며시 놓고 생긋 웃었다.

"손님, 주문하신 뒤에 자리를 이동하시는 건 되도록 삼가주셨으면 합니다."

나는 순순히 고개를 숙여 사과했다.

오늘의 첫 커피에 입을 대기 전에 나는 다나카의 선글라스를 똑바로 응시했다.

"기다리시게 해서 죄송합니다."

"아닙니다."

"사쿠라 도코 씨 문제로 긴급히 하실 말씀이 있다고요?"

"……네."

대답이 중후하긴 한데, 선글라스란 대단히 난감한 물건이다. 정말로 진지하게 대답하는 건지, 장난으로 엄숙한 척하는 건지 판단이 서지 않는다.

다나카는 목소리를 낮추었다.

"고야 씨는 사쿠라 씨에 관해 어디까지 아십니까?"

'글쎄요, 예컨대' 하고 입을 떼려다가 말을 삼켰다. 정체를 모르는 사내에게 쉽게 할 이야기가 못 된다.

"대답할 수 없겠는데요. 그걸 물으시려면 우선 다나카 씨와 사쿠라 도코 씨의 관계부터 설명해주셔야겠습니다."

"그렇군요. 지당하신 말씀입니다."

다나카의 입가에 웃음이 떠올랐다. 나를 시험했는지도 모른다.

다나카는 헛기침을 한 번 하더니 자세를 바로 했다.

"이건 동업자끼리 하는 이야기입니다. 아시겠지만 외부에 발설하시면 안 됩니다.

사쿠라 도코 씨는 모종의 사정으로 신변에 위험을 느껴 저희 조사 사무소에 개인 경호와 트러블 해결을 의뢰하셨습니다."

그렇군.

도코가 인터넷상에서 '사마귀'에게 찍혔고, 사태가 현실로까지 확대됐다는 것은 이제 의심의 여지가 없다. 그러나 도코가 야나카로 도망쳐올 때까지 아무 대책도 세우지 않았다고 생각할 이유는 없었다. 도코는 나름대로 '사마귀'로부터 자신을 지킬 대책을 세운 것이다. 뭐, 당연하다면 당연한 일이다. 나도 병이 난 뒤로 이 년은 버텼다.

그러나 도코는 결국 직장을 그만두고 집을 옮겼다. 나는 보일 듯 말 듯 웃었다.

"그 말씀은, 다나카 씨의 일이 잘 안 된 모양이군요."

"……역시 어느 정도 사정을 아시는 것 같군요. 뭐라 드릴 말씀이 없습니다. 아닌 게 아니라 저희는 사쿠라 씨의 의뢰를 완벽히 수행하지는 못했습니다."

"'사마귀'의 습격을 받았군요?"

"네."

다나카는 천천히 고개를 끄덕였다.

"본명은 마카베 료타로입니다. 나이는 스물한 살. 겉보기에는 멀쩡한데, 독선적인 면이 심해서 자기 기준으로 볼 때 도리에 어긋나는 것 같으면 언동이 과격해집니다. 그 사람 홈페이지는 보셨습니까?"

고개를 흔들었다.

"닉네임인 '사마귀'는 「사마귀의 도끼」란 옛날이야기에서 딴 겁니다. 비록 힘은 없어도 불의에는 팔을 치켜들겠다는 의미를 담아 붙였다는군요. 하기야 그 사람이 사이트에서 규탄하는 악이란 죄다 전철에서 노인에게 자리를 양보하지 않았다든지, 담배를 피우며 길을 걷는 사람을 목격했다든지 하는 수준입니다만. 그런 만큼 그 사람에게 찍힌 사쿠라 씨는 대단히 운이 없었습니다."

나는 작게 고개를 끄덕였다. 운이 없었다고 생각한다.

"그 사람의 행동은 매우 신중하고 교묘합니다. 저희는 사쿠라 씨가 퇴근할 때를 중심으로 경호를 했는데, 마카베는 모습을 전혀 드러내지 않았습니다. 그런데도 그 시간대에 사쿠라 씨에게 접근한 적도 있었던 모양입니다."

조용히 물었다.

"퇴근할 때라고요? 24시간 경호가 아니었습니까?"

다나카는 약간 장난스럽게 어깨를 으쓱했다.

"사쿠라 씨도 예산에 한계가 있었으니까요."

"경찰에 상담해보라고 권하지는 않으셨습니까?"

"했습니다. 실제로 사쿠라 씨 자신도 두 번쯤 상담하러 갔던 모양입니다. 하지만 겉으로 드러나는 스토킹 행위가 아니었기 때문인지, 경찰은 별로 움직이지 않았던 것 같습니다. 게다가……"

그다음 말은 막연히 알 듯했다. 지난 며칠간 도코를 아는 사람들과 이야기를 나누고 그녀에 관해 쓴 글과 그녀가 남긴 글을 읽었다. 도코는 경찰을 의지하기보다는……

"사쿠라 씨는 경찰을 의지하기보다는 저희 조사 사무소에 강한 기대를 거셨던 것 같습니다."

그랬을 것이다. 더 정확하게 말하자면 자기 자신의 판단과 자금력에.

다나카는 약간 뉘우침이 어린 목소리로 덧붙였다.

"기대에 부응하지 못해 대단히 유감입니다. 좀더 일찍 마카베에 관해 상세한 정보를 알아낼 수 있었다면 두번째 습격은 없었을지도 모릅니다."

나는 두번째라는 말의 의미를 생각했다.

"첫번째는 '아베 조사 사무소'에 의뢰하기 전이었군요."

"네."

"그때 마카베는 사쿠라 씨께……?"

"……그건 말씀드릴 수 없습니다."

미루어 짐작하라는 말인가.

"신고는 안 하셨습니까?"

"친고죄이니까요. 고발했을 때 당하는 불이익도 적지 않으니 저희도 적극적으로 권하지는 않았습니다."

그 말로 무슨 일이 있었는지 대략 상상할 수 있었다.

"두번째도 역시 말씀하실 수 없습니까?"

대답을 기대하지 않고 물었건만, 다나카는 몸을 약간 앞으로 내밀었다.

"그게 문제입니다. 두번째로 습격을 받았을 때, 사쿠라 씨는 보아하니 거세게 저항한 모양입니다."

"보아하니?"

"두번째 습격은 저희가 경호를 의뢰받은 시간대가 아닐 때 벌어졌습니다. 장소도 사쿠라 씨의 평소 행동반경에서 약간 벗어난 곳이라, 저희가 사태를 파악한 건 사쿠라 씨께 연락을 받고 난 다음이었습니다."

다나카는 거기서 일단 말을 끊었다. 선글라스에 감추어진 시선이 어디를 보는지 한동안 침묵하더니 갑자기 말했다.

"한 번 더 말씀드리지만, 외부에 발설하시면 안 됩니다."

"물론이죠."

"사쿠라 씨는 저항하다가 마카베의 배를 찌른 것 같습니다."

찔렀다는 말의 의미가 처음에는 잘 와닿지 않았다. 그 탓에 꽤나 한심한 질문을 하고 말았다.

"찔렀다니, 칼로 말씀입니까?"

다나카는 어이없다는 듯 대꾸했다.

"그야 그렇죠. 아니면 뭐라고 생각하신 겁니까?"

"아뇨……"

찌르려고 마음만 먹으면 볼펜이나 우산으로도 찌를 수 있을 것이다. 꼭 그렇게 말할 것은 없지 않나.

"……아무튼 마카베는 중상을 입었습니다. 생명에 지장은 없었던 모양입니다만, 한 달간 입원해야 했습니다."

생각지도 못한 이야기에 한순간 혼란에 빠졌지만, 이럭저럭 다나카의 이야기에 담긴 모순을 알아차릴 수 있었다. 나는 언성을 높였다.

"그건 이상하군요. 마카베는 병원에 실려갔다면서요. 그럼 사쿠라 씨는 체포됐을 텐데요. 그런 이야기는 어디서도 못 들었습니다."

정당방위였다고는 하나 전치 1개월의 중상을 입혔는데 송청送廳은 고사하고 체포되지도 않았다니, 그런 일은 있을 수 없다. 다나카는 천천히 고개를 저었다.

"그러니까 말씀드리지 않았습니까. 찌른 '것 같을' 뿐입니다. 병원에서 마카베는 혼자 넘어지면서 우연히 칼에 찔렸다고 한 모양입니다."

"사건이 아니라고요?"

"피해자가 계속 그렇게 주장했기 때문에 그런 식으로 처리됐습니다. 사쿠라 씨는 심지어 조사도 받지 않았답니다."

나는 팔짱을 끼었다. 눈앞에서는 도모하루가 솜씨를 발휘해 끓여준 커피에서 김이 모락모락 오르는데 손을 댈 마음도 나지 않았다. 마카베는 어째서 사고라고 주장했을까.

"……사쿠라 씨를 감싸준 겁니까?"

"오히려 약점을 잡으려고 그랬던 게 아닐까요."

다나카의 말투는 달라지지 않았다.

"은혜를 베풀면 다음부터는 사쿠라 씨를 마음대로 할 수 있으리라고 생각했겠죠."

그렇군.

다나카에게 말해봤자 소용없지만, 한마디 하지 않을 수 없었다.

"마카베에게는 그것도 불의와의 싸움이었을까요."

다나카는 작게 웃으며 "그럴지도 모르죠"라고 했다.

그렇다고 도코가 약점을 잡혔다거나 은혜를 입었다고 생각할지는 의심스러웠지만, 마카베는 이로써 우위에 섰다고 한층 기세등등해졌을 것이다. 그러고 보니 야나카에서 발견한 도코의 공책에 '그는 어제 퇴원했을 것이다'라는 말이 있었다.

도코는 버틸 수 있을 때까지 천직이라 생각했던 일을 계속하다가 마카베의 퇴원에 맞춰 도쿄를 떠난 것이다.

이제 대강 알았다. 남은 것은 단 하나.

"그런데 다나카 씨는 야호에 왜 오신 겁니까?"

다나카는 어쩐지 부끄러워하듯 웃었다.

"계약 시간 외에 벌어진 일이라곤 해도 사쿠라 씨에 대한 두번째 습격을 허용한 건 사실입니다. 받은 보수만큼 일했다는 생각이 들지 않아서 말이죠."

"저런."

"병원에서 퇴원한 마카베는 바로 자기 집으로 가더니 얼마 있다가 짐을 꾸려 나왔습니다. 전치 1개월의 중상을 입고 입원했다가 퇴원한 바로 그날 말입니다. 대단한 집념이다 싶어 솔직히 소름이 끼치더군요. 이건 넘겨드릴 수는 없습니다만……"

다나카는 그렇게 운을 떼고는 주머니에서 구겨진 엽서를 꺼냈다.

"마카베가 쓴 겁니다. 사쿠라 씨께 보내려고 썼겠지만, 부치면 훗날 증거가 될지도 모른다고 생각했는지 결국 버렸더군요."

다나카는 겉면을 잠깐 보여주었다. 받는 사람 주소도, 보내는 사람 이름도 쓰여 있지 않다. 다나카는 내용이 보이게 엽서를 테이블에 올려놓았다.

이렇게 쓰여 있었다.

  나는 당신이 나한테 한 일을 용서하겠습니다. 단, 당신이 진심으로 뉘우
치고 사과해야 합니다.
  병원으로 오세요. 안 오면 나중에 내가 가겠습니다.
  이번에야말로 당신이 양식 있는 대응을 하기를 바랍니다.

  글씨는 꽤 단정했다. 그 단정함이 묘하게 불쾌했다.
  "그 사람이 또다시 사쿠라 씨와 접촉했다가는 최악의 사태가 발생
할 수도 있습니다. 저희는 그것만은 피하고 싶었습니다. 그래서 그 사
람을 추적하다가 이 지역에 이른 겁니다."
  나는 표정이 굳는 것을 자각했다.
  그렇지 않을까 하는 예감도 있었으려니와, 이렇게 다나카가 나타난
것으로 보건대 가능성이 짙다고는 생각했다. 그러나 마카베가 정말로
여기에 와 있다는 말이 주는 충격은 작지 않았다.
  마카베는 도코를 몰아넣었다. 야호로, 조부모의 집으로, 그리고 야
나카 성으로.
  다나카는 잠시 머뭇거렸다.
  "하지만 자발적인 애프터서비스도 이제 한계입니다. 마카베를 쫓
아 여기에 온 지 벌써 이 주일이라, 저희는 이만 도쿄로 돌아가야 합
니다. 저희가 직접 마카베를 현행범으로 체포했으면 가장 좋았겠습니
다만, 녀석은 그렇게 간단히 꼬리를 드러내지 않았어요. 이 지역을 잘
모르는 저희는 사쿠라 씨의 행방도 파악하지 못했습니다.
  그렇기 때문에 같은 사건을 다루게 된 고야 씨께 한마디 충고를 드

리고 싶었던 겁니다. 상대는 위험한 인물입니다. 아무것도 모르고 의뢰를 수락하셨다면 손을 떼시라는 말씀을, 다소 난폭하게라도 꼭 드리고 싶었습니다. 하지만 저희의 착각 탓에 충고가 지연되는 사이에, 고야 씨는 무슨 수를 썼는지 사쿠라 씨 홈페이지의 과거 로그까지 입수하신 듯했어요. 거기까지 발을 들여놓으신 이상 섣불리 막기보다는 상세한 사정을 알리고 행동에 신중을 기하기를 권해드리고 싶었습니다."

나는 크게 고개를 끄덕였다.

"말씀은 잘 알았습니다. 실은 조사를 통해 사쿠라 씨의 신상에 무슨 일이 생겼는지는 대강 알아냈고, 이제 사쿠라 씨가 계신 곳도 밝혀낼 수 있을 것 같습니다. 다만 사쿠라 씨가 구체적으로 누구로부터 도망치는지는 전혀 몰랐습니다. 이로써 상황을 파악했습니다. 감사합니다."

"아닙니다. 중간에 손을 떼게 돼서 유감입니다."

다나카는 자리에서 일어나 코트를 들었다. 나도 일어섰다. 다나카는 나가기 전에 사진을 한 장 주었다.

"마카베의 사진입니다. 발견하면 조심하십시오."

그러고는 오늘 밤 묵을 곳의 연락처를 가르쳐주었다.

다나카는 내일 아침, 준비가 되는 대로 차편으로 돌아간다고 했다.

11

로그를 구해준 데 대한 감사의 말을 입력한 뒤에 문득 본심이 새어나왔다.

흰 하카마 이런 게 아니었는데요.

흰 하카마 개를 찾을 생각이었단 말입니다, 전.

흰 하카마 실종자 찾기만 해도 예상 외의 일인데, 사이버 스토킹에 조사 사무소,

흰 하카마 심지어 내일부터는 산까지 뒤져야 하게 생겼습니다.

뭘 어떻게 해보려고 한 말도 아니었지만 돌아온 메시지에서 GEN 의 진심이 느껴졌다.

GEN 자영업을 권한 사람은 저였으니 다소 책임을 느낍니다.

GEN 저도 듀플리케이트의 로그와 검증 사이트를 읽어봤습니다.

GEN 사마귀 씨는 무슨 짓을 할지 모릅니다. 흰 하카마 씨, 정말 걱정돼서 말씀드리는 건데,

GEN 사정을 이야기하고 의뢰를 철회해달라고 하면 어떻겠습니까?

GEN 의뢰인도 이런 일이라곤 생각 못 했을 겁니다. 사정을 이야기하면

GEN 위험수당도 없이 계속해서 실종자를 찾으라곤 안 할 겁니다.

글을 입력하려던 손가락이 키보드 위에서 멎었다.

GEN의 말이 옳다. GEN은 도코가 마카베를 찌른 일은 모른다. 마카베가 이 지역에 와 있다는 것도 모른다. 그런데도 로그와 검증 사이트에 올라온 글만으로 충분히 위험을 감지했다.

아닌 게 아니라 사태가 여기에 이르자 취소라는 선택도 현실성을 띠기 시작했다. GEN의 말대로, 교섭하기에 따라서는 이번 의뢰를 없던 일로 하는 것도 충분히 가능할 것이다. 의뢰를 수락한 단계에서는 구체적인 위험이 닥치리라고는 예상하지 못했으니까.

그런데도 나는 내일 산에 갈 것인가?

스스로에게 물어보았다.

GEM 어라? 흰 하카마 씨?

GEN 잠드신 겁니까?

공백이 너무 길었다. GEN의 재촉에 나는 마음을 정하지 못한 채 키보드를 두드렸다.

흰 하카마 아마 GEN 씨 말씀이 맞겠지만 취소할 생각은 없습니다.

흰 하카마 누구한테나 어떤 일이든 일어날 수 있습니다. 안 믿으실지 모르지만

흰 하카마 전 어제 들개에게 쫓기는 어린애를 구했답니다.

GEN 네? 들개라고요?

GEN 말 그대로 떠돌이 개 말씀입니까?

흰 하카마 네.

GEN 흰 하카마 씨의 고향은 대체 어떤 황야이기에……

흰 하카마 그래도 전 딱히 어린애가 안됐다고 생각하지는 않았고, 실종자에 관해서도

흰 하카마 뭐, 그런 일도 있구나, 하는 정도로만 생각했습니다.

당초 나는 사쿠라 도코 수색을 그저 차분히 진행할 뿐이었다. 사쿠라 가쓰지, 간자키, 와타나베 등 도코의 안전을 걱정하는 사람들은 나에게 여러 가지 이야기를 했지만, 그것들은 단순한 정보에 불과했다. 말하자면 나는 사쿠라 도코라는 이름의 돌멩이를 찾는 것이나 다름없었다.

지금은 잘 모르겠다. 본심과 겉치레라는 말을 자주 하는데, 겉치레를 너무 많이 한 나머지 스스로도 본심을 잘 모르겠다.

GEN 감히 이해한다고는 못 하겠습니다만

GEN 제가 보기에 흰 하카마 씨는 마음이 무척 넓어지셨군요.

흰 하카마 무슨 말씀인지 압니다.

GEN 그렇습니까? 하지만 일단 말해보죠.

GEN 흰 하카마 씨는 너무나도 불행한 이유로 직장을 그만둘 수밖에 없었던 탓에

GEN 그걸 받아들이기 위해서 운명론자 같아졌습니다.

흰 하카마 운명론자…… 뭐, 어떻게 불리든 별로 상관없습니다만.

GEN 아하하. 그 말도 운명론자 같은데요.

운명론자라고 하니 어쩐지 점성술 같은 것에 모든 것을 내맡기는 것같이 들리지만 GEN의 판단은 그리 크게 틀리지는 않았다.

그리고 그렇기에, 나는 타인에게 닥치는 부조리한 일도 '받아들이게' 되었다.

……아니면 역시 그저 감수성이 둔해졌을 뿐인지도 모르지만.

그러나……

흰 하카마 하지만 조사하는 사이에 생각이 좀 달라졌습니다.
흰 하카마 칼은 부러지고 화살도 다 떨어져 그저 계속 도망치기만 하는 실종자를, 저는 측은하게 생각하고 있습니다.
흰 하카마 동병상련처럼 말이죠.

도코는 마카베의 공격을 받고 경호원까지 고용했으나, 결국은 두번째 습격을 허용했다.
나는 병의 공격을 받아 가능한 한 생활의 여러 가지를 바꾸고 극약까지 써봤지만, 효과는 없었다.

흰 하카마 자세히 쓸 수는 없지만, 실종자는 자살할 가능성이 있습니다.
흰 하카마 전 그걸 막고 싶습니다.
흰 하카마 막을 수 없거나 이미 늦었다면 시신을 거두고 싶고요.

나는 키보드를 치던 손을 멈추고 적절한 단어를 찾았다.
그러나 결국 처음 떠오른 것보다 좋은 말은 생각나지 않았다.

흰 하카마 같은 패잔병으로서 말이죠.

답변은 한동안 돌아오지 않았다.
긴 침묵 끝에 문득 나타난 글자는,

GEN 무기를

GEN 갖고 가세요.

GEN 부디 조심하시고요.

GEN 흰 하카마 씨와 실종자가 무사하시길 빌겠습니다.

Chapter.
6

2004년 8월 16일 (월)

1

　오랫동안 방치했던 등산화를 신고 배낭을 준비했다. 오늘도 더울 것이다. 물을 충분히 준비해야 한다. 너무 이른 시간이면 실례가 될 것같아 아침 9시까지 기다렸다가 사쿠라 가쓰지에게 전화했다. 그러나가쓰지도 '야나카 성'의 존재를 알지 못했다. '성산'에 관해서도 가즈코가 말한 것 이상의 이야기는 듣지 못했다. 사쿠라 도코를 찾으려면하치만 신사 뒷산을 무작정 뒤져야 한다는 뜻이다. 사태 파악조차 되지 않았던 때에 비하면 고생도 아니지만, 몸이 따라줄지 걱정이었다.
　출발하려는데 휴대전화로 전화가 왔다. 한페였다.
　"아, 부장, 안녕하십니까."
　피로에 젖어 힘이 없는 목소리였다.
　"그래. ……방금 아르바이트가 끝난 거냐?"

"아뇨, 아르바이트는 근무 시간을 줄였습니다. 보고서를 다 썼는데 부장이 봐주셨으면 해서요. 사무소에 오실 거죠?"

"벌써 다 썼어? 빠르군. 알았다, 바로 가마."

"그럼 저도 그쪽으로 가겠습니다."

그러나 오늘만은 빠른 일 처리가 고맙지 않았다. 마카베는 야호까지 와 있다. 도코는 지금 이 순간에도 궁지에 내몰리고 있다. 나는 한시라도 빨리 야나카에 가고 싶었다.

하지만 모모치의 의뢰도 어엿한 일이다. 보고서를 검토하는 것은 당연히 내가 해야 할 일이고, 아마도 밤을 새워 보고서를 썼을 한페의 노고에 대한 보답이기도 할 것이다. 마카베 쪽은 아직 한동안은 괜찮으리라. 도코의 정신 상태는 그래도 좀 불안하지만……

한숨을 쉬었다. 마음만 급한 것도 좋지 않다.

최대한 빨리 훑어보자.

소파에 앉아 꼼짝도 하지 않고 한페를 기다렸다.

얼마 후 M400의 엔진 소리와 함께 나타난 한페는, 언제나 바짝 세우던 머리는 축 늘어졌고, 집하장 작업복인 듯한 오버롤 차림에 눈 밑이 거무스름했다. 그런데도 어딘지 모르게 만족한 표정으로 손에 든 종이 다발을 내밀었다.

"대충 이렇게 썼는데요."

나는 보고서를 받아들고 물끄러미 보았다. 표지에는 '고부세 정 야나카의 하치만 신사에 전해지는 고문서의 해독―에마 쓰네미쓰 씨의 연구에 의거하여'라고 쓰여 있다.

팔랑팔랑 넘겨보니 쪽수가 매겨져 있다. 스무 매가 넘는다. 첫 페이지에 정리된 차례로 보건대 장까지 구분했다. 적절한 도표까지 넣은 것이, 언뜻 보기에도 잘 정리한 듯했다.

"이걸 하룻밤 만에 썼다고?"

한페는 쑥스러운 듯 머리를 긁적였다.

"좀 힘들었지만요. 부장이 보시기에 괜찮으면 잠깐 눈 좀 붙이겠습니다. 모모치 씨한테는 저녁에 갖다드려도 되겠죠?"

"너, 글 쓰는 거 싫어한다고 하지 않았냐?"

"싫어한다고는 안 했습니다. 써본 지 오래됐다고 했지. 게다가 보기보다 힘들지 않았습니다. 어제 보여드린 책을 그대로 베낀 거나 다름없으니까요."

아무리 그래도. 나는 내심 혀를 내둘렀다. 한페는 도무지 속을 모르겠다. 얼빠진 것 같기도 한데 섣불리 얕볼 수 없는 부분도 있다. 처음에 자기를 써달라고 찾아왔을 때는 비참한 결말도 각오했으나, 어쩌면 상상했던 것 이상으로 쓸 만한 녀석인지도 모른다. 하기야 내가 한페를 부리고 있는 것도 아니지만.

뭐, 내용도 읽기 전에 겉만 보고 감탄하는 것도 너무 성급한가.

피로 때문인지 한페의 말투는 어쩐지 중얼중얼 혼잣말처럼 들렸다.

"뭐, 어제도 말씀드렸지만, 그 고문서는 에마 쓰네미쓰가 이미 이십년 전에 조사를 마쳤거든요. 그래서 진짜로 책에 나온 설명을 그대로 옮겨 쓰기만 하면 됐습니다. 제가 하건 고등학생이 하건…… 아, 맞다!"

"뭐, 뭐냐?"

별안간 한페가 소리를 지르는 바람에 나는 움찔했다. 한페는 졸음과 피로가 싹 달아난 듯 개운한 표정으로 말했다.

"아아, 드디어 생각났다. 맞아요, 사쿠라 도코. 어디서 들은 이름이다 했더니."

"어디서는 무슨."

이제 와서 뭘 새삼스럽게.

"내가 찾는 여자 이름이다. 알 거 아냐."

"아니, 그게 아니라 다른 데서도 들었거든요. 야마키타 고등학교의 이와시게 씨한테서요. 그럼 하치만 신사에서도 들었던가. 저처럼 하치만 신사의 고문서를 조사했던 고등학생 이름입니다. 네, 틀림없습니다. 야아, 후련하다."

사쿠라 도코가 한페와 같은 조사를?

사람의 인연이란 어디서 이어지는지 알 수 없다. 나는 괜히 하늘을 우러렀다. 아닌 게 아니라 사쿠라 도코는 야나카에 있는 조부모의 집에 자주 놀러 갔다고 했고, 역사에 관심이 있으면 지역 고문서에 손을 댈 수도 있을 것이다. 그래도 이건.

소파에서 책상으로 자리를 옮겼다. 한페에게 소파를 가리키며 말했다.

"간단히 훑어볼 테니까 잠깐 거기서 쉬어라."

한페는 "감사합니다"라고 중얼거리고는 기능성 운동화를 벗고 소파에 누웠다.

2

꿈을 꾸었다.

매우 판타스틱하고, 로맨틱하고, 서스펜스풀하고, 미스터리어스하고, 퍼니하고, 코지하고, 데들리한 꿈이었는데, 물론 깬 순간 깡그리 잊어버렸다.

나를 억지로 깨운 것은 고야 부장이 아니라 내 휴대전화였다. 화면을 보았지만 모르는 번호였다. 끊을까 하는데 지역 번호가 눈에 들어왔다. 고부세 번호다. 통화 버튼을 누르고 웅얼대는 목소리로 말했다.

"네, 한다입니다……"

"아, 여보세요, 한다 헤이키치 씨인가요?"

"네……"

"고부세 도서관입니다. 예약하신 『전국이라는 중세와 고부세』가 반납됐습니다. 와서 찾아가시면 되겠습니다."

의식이 조금씩 맑아졌다. 전화를 건 사람은 여자로, 태도가 다소 사무적이기는 해도 부드럽다.

"아, 에마 쓰네미쓰의 책입니까?"

"네, 그렇습니다."

"그 책은 다른 경로를 통해 구했습니다. 죄송하지만 예약을 취소할 수 있을까요?"

그러자 전화기 저편에서 안도하는 기척이 느껴졌다.

"그렇습니까. 다행이군요."

예약 취소가? 잠에 취한 머리로도 의아스러워 물었다.

"아, 무슨 일이 있었습니까?"

"네. 이 책을 꼭 읽고 싶어하는 학생 분이 계셔서, 실은 방금 내드렸거든요. 도서관 밖으로 갖고 나가지 마십사 부탁드리기는 했지만, 그새 한다 씨가 오시면 어쩌나 싶어서요."

나는 웃으려 했지만, 흐물흐물 힘없는 웃음이 나오고 말았다.

"아, 그 학생이라면 저도 알 것 같습니다. 꼭 읽고 싶으니 먼저 빌려 달라더군요."

"그러셨군요. 그럼……"

전화를 끊었다.

부장은 보고서를 어디까지 읽었을까. 이 정도면 됐다고 하건, 다시 쓰라고 하건, 될 수 있으면 빨리 알려주면 좋겠다. 터프한 게 내 장점이라도 육체노동과 두뇌노동을 하룻밤 새에 같이 하려니 힘들다. 이불 속에 파고들어 자고 싶은 게 솔직한 심정이다.

눈을 비비며 부장을 보았다.

표정이 굳고 얼굴이 파랗게 질려 있었다.

3

한페의 보고서는 하룻밤 만에 쓴 것 같지 않게 제법 훌륭했다. 지난 며칠간 한페의 조사 경과가 그대로 눈에 보이는 듯 자세했다.

그리고 나는 어떤 것을 깨달았다.

현시점에서는 누구도 사쿠라 도코를 추적할 수 없다. '야나카 성'의 위치를 알아야 하니까. 이 지역 사람인 나, 게다가 가쓰지나 가즈코조차 모르는 것을 마카베가 알 리가 없다.

그러므로 도코가 일기에 쓴 대로 '야나카 성'에서 야영하며 머무르는 이상 마카베는 그녀에게 접근할 수 없다. 따라서 마카베 쪽은 아직 한동안은 괜찮을 것이다.

……그렇게 생각했다.

그러나 한페는 보고서에서 에마 쓰네미쓰의 저서『전국이라는 중세와 고부세』를 인용하며 '야나카 성'이라는 단어를 확실히 적었다. 말하자면 한페는 '야나카 성'에 갈 수 있는 셈이다. 그리고『전국이라는 중세와 고부세』를 손에 넣기만 하면 마카베도 도쿄를 추적할 수 있다.

그리고 방금, 소파에 누운 한페가 통화하면서 한 말.

'아, 에마 쓰네미쓰의 책입니까?'

'아, 그 학생이라면 저도 알 것 같습니다. 꼭 읽고 싶으니 먼저 빌려달라더군요.'

그러고 보니 한페는 어제, 『전국이라는 중세와 고부세』를 찾는 학생이 있었다고 했다.

마카베의 나이는 스물한 살. 옷차림에 따라서는 학생으로도 보일 것이다. 아니면 실제로 학생인지도 모른다. 다나카는 마카베의 직업어 무엇인지는 알려주지 않았다.

주머니를 뒤져 사진 한 장을 꺼냈다. 잊지 않고 지니고 다니던 마카베 료타로의 사진.

"부장, 왜 그러십니까?"

의아해하는 한페에게 그 사진을 보였다.

윗몸만 일으키고 있던 한페가 사진을 빤히 들여다보았다.

"……이게 누굽니까?"

"이 사람, 본 적 없나?"

"음……"

한페는 지칠 대로 지친 뇌에서 어떻게든 기억을 끌어내려는 듯 진지하게 사진을 보았다.

그러더니 중얼거리듯 말했다.

"아, 그래. 가마데라고 했던가."

"……고부세 도서관에서『전국이라는 중세와 고부세』를 찾던 사람 맞지?"

"네."

그렇게 선선히 대답하고 몇 초 뒤. 한페는 마침내 두뇌회로가 연결된 양 몸을 불쑥 내밀더니 신발도 신지 않고 일어섰다.

"어, 어떻게 부장이 가마데의 사진을 갖고 계십니까? 그리고 제가 말했던가요? 그 녀석이 에마 쓰네미쓰의 책을 찾는다고?"

대답하고 있을 여유는 없었다.

시선을 떨어뜨리고 이를 악물었다. 나는 기억력에는 약간 자신 있다. 기억들이 하나둘씩 되살아나 연결되어간다. 뇌가 움직이고 있었다. 오랫동안 잠들어 있던 뇌가.

사쿠라 가쓰지의 의뢰. 배달된 우편물. 전입신고. 콘 구스에 건 전화. 사쿠라 아사코에게 건 전화. 와타나베의 이야기. 장다름. 차링크로스. 나를 찾아온 간자키. GEN과의 토론. 삭제된 듀플리케이트. 분쟁 감시 사이트 천망회의의 글. 듀플리케이트의 과거 로그. 고부세 정 야나카. 사쿠라 가쓰지의 집. 도코의 공책. 다나카에게 들어온 의뢰. 마카베.『전국이라는 중세와 고부세』.

모든 것이 명백해 보였다.

마카베는 '야나카 성'에 숨은 도코를 습격하리라.

어떻게 대응할 것인가? 나는 동원할 수 있는 인원을 꼽아보았다. 한다 헤이키치. 이동 수단은 두카티 M400. 능력은 미지수지만 무능하지는 않은 것 같다. 검도 경험자지만 약하다. 하지만 체력은 좋다.

현재는 밤을 새운 직후라 컨디션이 매우 좋지 못하다. 나는 한페에게 물었다.

"한페, 아직 움직일 수 있겠냐?"

순간 움찔해서 나를 본 한페는 바로 정신을 차리고 진지하게 대답했다.

"괜찮습니다. 드링크제 하나면 충분히 더 버틸 수 있습니다."

"좋아."

책상에 두 손을 짚었다.

"간단히 설명하마. 가마데란 이름은 가명이다. 본명은 마카베. 내가 찾는 사쿠라 도코를 스토킹하는 중이야. 그 사람이 『전국이라는 중세와 고부세』를 원한 건, 그 책에 현재 사쿠라 도코가 있는 곳이 실려 있기 때문이다."

'가마데鎌手'라니 웃기는 가명이다. 아닌 게 아니라 그건 사마귀의 손을 뜻한다. 그렇게도 「사마귀의 도끼」가 좋은가.

갑작스러운 단언에 한페는 눈에 보일 정도로 당황했다.

"스토킹? 가마데가요?"

한페는 가마데의 얼굴을 떠올리려는 듯이 허공을 노려보았다.

"그렇게 안 보이던데요."

"그렇게 안 보여도 사실이야."

"……아니, 하지만 왜죠? 행여 가마데가 마카베라도 그렇지. 어째서 그 녀석이 사쿠라 씨를 습격한다는 겁니까? 무슨 이유가 있습니까?"

한페는 아무것도 모른다. 당연하다. 한페가 맡은 일은 고문서 조사였으니까. 그러니 그 의문은 지당하다면 지당하다. 그러나 지금 느긋하게 문답을 주고받을 마음은 없었다.

"이유를 모르면 움직일 수 없나?"

"뭐, 일단 상황은 알고 싶군요. 잘 알지도 못하고 '스토커'란 편리한 말 한마디로 악당이라 단정하는 건 제 취미가 아니거든요."

나는 조용히 말했다.

"분별력이 있는 건 대단히 훌륭하다만, 그런 건 지금 제일 중요하지 않은 일이야. 납득할 수 없다면 명령하마. 따라줘."

아무런 정보도 주지 않고 절박감을 가지라고 요구하는 것이 얼마나 막무가내인지는 잘 알고 있었다. 설사 무시무시한 말을 늘어놓아 겁을 준다 해도, 사정을 전혀 모르는 한페에게는 딴 세계에서 벌어지는 일처럼 들릴 것이다.

또 내가 한페를 전적으로 신뢰하지 못하듯, 한페가 나를 무기력하고 미덥지 못하다고 생각한다는 것도 알고 있었다. 나를 어떻게 생각하든 상관없지만, 지금까지 그렇게 보이게 행동해놓고 이제 와서 나를 믿고 따라달라고 하는 게 얼마나 제멋대로인지도 충분히 알고 있었다.

졸려서인지, 불쾌해서인지, 한페는 눈을 반쯤 뜨고 나를 보았다.

그러더니 천천히 입을 열었다.

"……그렇게까지 말씀하시면 저도 이렇게 말할 수밖에 없군요."

그만두는 건가.

하기야 고용했다 한들 법적 실효력은 없다. 내키지 않는 일거리를 강요받고 마침 그것을 완수한 참이다. 한페로서도 그만둘 타이밍일 것이다.

한페는 오른팔을 천천히 들더니 주먹 쥔 손에서 엄지만 세웠다.

그러고는 그 손가락으로 자신을 홱 가리키고 눈 밑에 거무스름하게 그늘이 진 얼굴로 씩 웃었다.

　　"이 빚은 꼭 갚으쇼, 보스!"

　　나는 반응하지 않았다.

　　한페는 엄지를 그대로 든 채 작은 목소리로 덧붙였다.

　　"……참고로 원전 같은 건 없습니다."

　　"대꾸할 시간도 아까우니까 하던 이야기를 마저 하자."

　　"아아, 너무합니다."

　　그 밖에도 취해야 할 조치가 더 있다. 한페가 수락한다면 허비하고 있을 시간이 없다. 고맙기는 하다. 하지만 고마움을 표하는 것은 나중 일이다. 빠른 말투로 지시를 내렸다.

　　"지금 당장 고부세 도서관으로 가줘. 만약 마카베가 아직 책을 보고 있으면 도서관에서 못 나가게 해. 사쿠라 도코의 이름을 꺼내도 돼. 모든 걸 알고 있다, 절대 못 보낸다, 그런 태도로 말이야. 부탁한다."

　　내용을 듣자 한페의 얼굴에도 긴장이 떠올랐다.

　　"부장…… 심각한 사태군요?"

　　고개를 끄덕였다.

　　한페는 바닥에 아무렇게나 벗어놓았던 기능성 운동화를 신었다. 몸을 돌려 문을 연다. 나가기 전에 살짝 돌아보고 말했다.

　　"오십 분이면 갑니다."

　　"부탁한다."

　　"그리고, 역시 부장이 맡은 일이 더 탐정 같은데요."

4

한페를 보내고 바로 휴대전화를 꺼냈다.

전화를 건 곳은 'D&G'. 찻집이라 이미 영업을 시작했다.

"네, 'D&G'입니다."

아즈사다. 오늘은 아즈사가 받은 게 고맙다.

말이 빨라지지 않게 주의했다.

"아즈사냐. 조이치로인데, 부탁 하나만 하자."

"손님, 죄송합니다만 저희는 배달은 하지 않습니다."

"그래도 좀 부탁한다."

"……하지 않는 건 하지 않는 겁니다."

한 마디 한 마디를 또박또박 말했다.

"날 고부세까지 좀 데려다줘. 내 고물차로는 아무리 서둘러도 한 시간은 걸릴 거다. 네 실력에다 코펜이면 삼십 분 만에 갈 수 있지?"

전화기 저편에서 아즈사는 말문이 막힌 듯했다.

"뭐? 무슨 소리야? 오늘 우리 쉬는 날 아니란 말이야."

"사람 목숨이 걸린 일이야. 빨리 못 가면 정말 누가 죽을지도 몰라. 일 분 일 초가 급해. 부탁한다."

"……사람 목숨이란 말이지……"

전화기 너머에서 으음, 하고 신음하는 소리가 들렸다.

"나밖에 없어? 택시는? 그 이상한 부하는?"

"오토바이가 2인승이었으면 그 녀석한테 부탁했지. 택시는 위험을 무릅쓰면서까지 속도를 내주지 않을 거다. 너밖에 부탁할 사람이 없어."

한 박자 쉬고 덧붙였다.

"……정 안 되면 물론 내 차로 가겠다만."

"그럼 늦을지도 모른다며."

"그래."

이번에는 "아아, 진짜" 하고 투덜거리는 소리가 들렸다.

"알았어. 말해볼게."

"안 되면 바로 전화 줘라."

"알았어, 알았어. 그럼."

창문으로 사무소 앞 도로를 내려다보았다. 전화를 건 지 겨우 오 분 만에 아즈사의 2인승 오픈카가 나타났는데도 꽤 오래 걸린 듯 느껴졌다.

뒤지고 있던 전화번호부를 그대로 버려두고 문도 잠그지 않은 채 사무소를 뛰쳐나가 조수석에 서둘러 올라탔다. 아즈사는 'D&G'의 고양이 마크가 그려진 검은색 앞치마를 두르고 있었다. 어지간히 부아가 치미는지, 내 쪽으로는 고개도 돌리지 않고 기어를 2단으로 넣고는 내가 안전벨트를 매기도 전에 액셀을 밟았다. 아즈사는 시선을 앞으로 고정한 채 물었다.

"그래서 어느 정도로 가면 돼? 최고 속력이면 이십 분 만에 갈 수 있는데."

시트에 몸을 묻으며 나는 잠시 생각했다.

"경찰이 따라오면 곤란해. 적당히 서둘러줘라."

"……어쩌란 거야?"

아즈사는 투덜거리면서 왼손을 앞치마 주머니에 넣더니 휴대전화를 꺼냈다. 그 손으로 기어를 3단으로 바꾸고 휴대전화를 열어 버튼을 눌렀다.

이윽고 상대가 전화를 받았다.

"아, 마짱? 나 지금 고부세에 가는데, 좀 급하거든. 과속 감시 카메라 위치 좀 알아봐줄래?"

아즈사가 오른손만으로 핸들을 꺾자, 코펜이 국도로 튀어나갔다. 3단으로는 엔진 회전수를 버티기가 버거워지자, 불만스러운 듯 엔진 소리가 높아졌다.

"……공개된 건 없단 말이지? 그리고 야나카로 나가는 출구. 응, 혹시 단속하는 것 같으면 전화 줄래? 부탁해."

아즈사는 전화를 끊고 바로 기어를 4단으로 넣었다.

오전중, 이미 거리는 움직이기 시작했다. 교통량이 많다. 아즈사는 편도 2차선 국도에서 라이트밴을 가뿐히 추월했지만, 그 앞의 세단은 무리해서 추월하려고 하지 않았다. 여전히 나를 거들떠보지도 않은 채 말했다.

"시내 빠져나가기 전까지는 속도 많이 안 낼 거야. 낮이겠다, 경찰에 잡히면 곤란하다며."

"그래."

"대체 무슨 짓을 한 거야, 오빠."

"경찰에 얽히면 안 되는 건 내가 아냐."

사쿠라 도코다.

아즈사는 "그래" 하고 무심하게 대꾸하더니 힘을 주어 말했다.

"딱지 떼이면 벌금은 오빠가 내는 거야. 면허 정지 먹으면 풀릴 때까지 오빠가 내 발이 되고. 알았지?"

눈앞 교차로에서 신호가 노랑에서 빨강으로 바뀌었다. 아직 노란불이라고 평계를 대기에는 민망한 타이밍에 들어가서는 맞은편 차선의 우회전 차량들을 급정거시키며 빠져나갔다.

"그래."

2인승 오픈카는 점차 야호 외곽에 접어들었다. 고부세까지 40킬로미터 남았다는 표지판이 보였다. 여기서부터는 또 한동안 일반도로가 이어진다. 아무리 아즈사라도 거칠게 몰 수는 없다.

나는 덧붙였다.

"이번 일로 받는 보수의 사분의 일도 주마."

그러나 아즈사는 소리를 질렀다.

"필요 없어! 사회 부적응자 오빠한테 돈을 받을 정도로 가난하진 않고, 돈 때문이면 일 내팽개치고 오지도 않아!"

사회 부적응자······

아니, 병 때문에 직장을 그만둔 건데.

뭐, 좋을 대로 불러라. 아즈사가 내 쪽을 보지 않는 것을 알면서도 머리를 숙였다.

"······미안하다."

"가게 일이 바쁘단 말이야. 사과하면 할수록 화나니까 가만있어줄래?"

여전히 말투가 험한 동생이다.

긴 직선. 앞을 가던 왜건이 옆길로 들어서 전방이 트였다. 아즈사는 기어를 5단으로 넣었다.

가속도 때문에 나는 또 시트 깊숙이 파묻혔다.

5

야호와 고부세를 가르는 고갯길에서 탱크로리가 진로를 방해했다. 오르막길이라 앞이 보이지 않는다. 교통량은 많지 않지만, 반대편 차선에 차가 없다고 단언할 수 있을 정도는 아니다. 아즈사는 몇 번이고 추월하고 싶은 눈치를 보였지만 결국 장대한 탱크로리에 시야를 가로막혀 단념했다.

"좀 있으면 등반 차선이 나오니까."

자기 자신을 타이르는 말인가, 나를 타이르는 말인가.

나는 조수석에서 얌전히 있기가 답답해 휴대전화를 꺼냈다. 앞서 간 한페에게서 언제 연락이 올지 모르니 되도록 쓰고 싶지는 않지만, 두 손 놓고 도착만을 기다리는 상황이 괴로웠다. 전에는 아무 일도 하지 않아도 끄떡없었건만, 가만히 기다리지 못하는 것도 지난 반년간 정신력이 쇠퇴했다는 증거일지 모른다. 번호를 눌렀다. 아까 아즈사를 기다리는 오 분 사이에 조사한 중고 옷집 '마치 헤어'의 번호다.

신호음 몇 번 만에 통화가 연결되었다.

"네, '마치 헤어'입니다."

나이는 좀 먹은 듯해도 쾌활한 여자 목소리였다.

"아, 여보세요, 중고 옷집 '마치 헤어'입니까?"

"네, 그런데요."

"하나 여쭤보고 싶은 게 있는데요."

"네."

"사쿠라 도코 씨를 아십니까?"

도코의 이름을 꺼낸 순간, 목소리가 확 달라졌다.

"……그러니까 댁의 신원을 밝히지 않으면 아무것도 대답해줄 수 없다니까요. 자꾸 그렇게 끈질기게 굴면 경찰을 부르겠어요!"

소리를 지르고는 전화를 끊어버렸다.

조용히 휴대전화를 주머니에 도로 넣었다. '마치 헤어'의 태도는 예상한 바였다. '듀플리케이트'에 확실한 이름이 등장한 야호의 가게는 내가 알기로 '마치 헤어'뿐이었다. 마카베가 도코를 뒤쫓아 야호로 왔다면 맨 먼저 '마치 헤어'를 조사했으리라. 와타나베가 도코가 잘 가는 가게라고 알려준 곳 중에 '마치 헤어'가 없었던 것은 나에게 불운이었나, 행운이었나. 결과로 보건대 둘 다 아닌 것 같지만.

마카베는 어떤 이동수단을 이용하고 있을까. 경우에 따라서는 충분히 시간에 댈 수 있을지도 모른다.

지금까지는 도보, 또는 자전거로 움직였을 것이다. 그는 도코를 찾아 야나카에 나타났지만 이목을 끌기 쉬운 시골이다보니 아마 주로 밤에 활동했을 것이다. 버스도, 택시도 탈 수 없으려니와, 자기 차나 오토바이를 끌고 왔다가는 번호판이 너무 눈에 띈다.

그러나 지금이라면 '축제 직후에 역사를 전공하는 학생이 신사로 가는' 상황이다. 그 자체는 고부세 사람들도 수상쩍게 여길 일이 아니다. 택시를 이용했을 가능성이 높다.

만약 그렇다면 마카베는 이미 '성산'에 발을 들여놓았을 것이다.

등반 차선에 들어섰다. 탱크로리가 차선을 변경했다. 기어를 2단에 둔 채로 아즈사가 액셀을 지그시 밟았다. 충분히 끌다가 3단으로. 그러더니 결코 완만한 비탈이 아닌데도 4단 기어를 넣었다. 괜찮을까 싶었지만 엔진 소리는 강력하고 속도도 충분히 났다.

정상 부근에서 일단 속도를 늦추었다. 이유는 나도 알 수 있었다.

과속 감시 카메라가 설치되어 있어서다. 그것을 지나치자 단숨에 내려갔다. 이 고갯길은, 야호 쪽은 몰라도 고부세 쪽으로 야나카 지구로 내려가기까지 가정집이 거의 없다. 그러나 아즈사는 중얼거리듯 말했다.

"적당히 갈게. 낮에 전속력으로 달리면 다른 차한테 부담을 주니까."

손목시계를 보았다. '고야S&R'에서 나온 지 삼십이 분. 삼십 분 만에 야나카에 도착하지는 못했지만, 내 고물차로 왔을 때를 생각하면 충분히 만족해야 할 시간이리라.

적당히 간다고 했는데도 속도계 바늘은 시속 100킬로미터 부근을 오갔다.

"어디 좀 잡고 있어."

시트 뒤로 팔을 돌려 몸 쪽으로 꾹 눌렀다. 헤어핀 커브에서 단숨에 기어를 2단으로 낮추고 힐 앤드 토. 급격한 감속에 앞으로 고꾸라질 뻔했다. 커브가 시작되자 바로 3단으로. 그다음 완만한 커브는 그대로 3단으로 넘겼다.

인가가 보이기 시작했다. 야나카 지구다.

"아즈사, 야나카 하치만 신사 아나?"

"내가 신사 같은 걸 어떻게 알아?"

맞는 말이라고는 생각했지만, 그래서는 곤란하다. 야나카까지 와놓고 길을 모른다니 너무 한심하다. 철저하게 준비한다고 했는데 막판에 이르러 실책이 나왔다. 나도 하치만 신사의 위치를 모른다. 사쿠라 가에 갔을 때 대략적인 방향은 들었는데……

고개를 다 내려갔다. 드문드문하게나마 인가가 보이기 시작하자 아즈사는 눈에 띄게 속도를 늦추었다.

"그래서 어디로 가?"

"……"

사쿠라 가쓰지에게 전화해 물어볼까 생각했을 때, 시야 한구석에 하얀 깃발이 들어왔다. 그곳을 잘 보니 산기슭의 신사도 눈에 들어왔다. 나도 모르게 목소리가 커졌다.

"오른쪽. 오른쪽에 깃발이 선 게 보이지?"

"어? 아아, 저거?"

"저리로 가줘."

아즈사는 약간 눈살을 찌푸렸지만 적당한 곁길에서 우회전했다.

마을 안의 길은 논밭을 우회하는 듯 목적지까지 곧장 가지는 못했다. 그러나 운 좋게도 막다른 길에 들어서는 일 없이 무사히 하치만 신사 계단 밑에 당도했다.

자동차에서 말 그대로 뛰쳐나왔다.

"잠깐만!"

급한 발걸음을 멈추었다. 운전석에서 아즈사가 소리쳤다.

"난 어떻게 해?"

그러고 보니 생각하지 못했다.

"일을 방해해서 미안하다. 먼저 돌아가."

"오빠는 어떻게 오려고?"

"돌아올 때는 서두르지 않아도 될 거야. 아마도. 버스가 있겠지. 아마도."

아즈사는 한숨을 쉬었다.

"……여기까지 온 이상 어차피 마찬가지니까, 이 근처에서 기다려

줄게."

"몇 시에 돌아올지 몰라."

"괜찮아."

돌아올지 못 올지 그것도 모른다고 덧붙이려다가 그만두었다. 재수 없는 말은 하지 말자. "미안하다"라는 말을 남기고 달리려 했다. 그때 또다시 아즈사가 "잠깐만!" 하고 소리쳤다.

"뭐냐?"

돌아보자 아즈사가 웃었다.

"오빠, 부활했구나."

억지웃음을 짓고, 대답은 하지 않은 채로 계단을 달려 올라갔다.

6

경내에 도착했을 때 전화가 왔다. 한페였다.

"어떻게 됐냐?"

"틀렸습니다. 없어요. 도서관 직원한테 물었더니 제가 도착하기 한참 전에 나갔다는데요."

"알았어. 헛걸음하게 해서 미안하다. 오늘은 이제 아무것도 안 해도 되니까 푹 쉬어라."

"그러겠습니다. 솔직히 야호까지 돌아갈 체력이 남아 있질 않아요."

손목시계를 보았다. 고부세 도서관에서 한페에게 전화가 온 뒤로 한 시간 이상이 지났다.

괜찮을까?

경내를 둘러보았다. 어제가 축제였다는 게 믿기지 않을 만큼 하치만 신사 경내는 깨끗이 치워져 있었다. 남아 있는 흔적은 깃발 정도였다. 한 노인이 비닐시트를 접고 있다. 마카베가 지나가지 않았느냐고 물어보려다가, 그러는 댁은 누구냐고 하면 곤란하므로 다가가지 않기로 했다. 자연스러움을 가장해 배례전에 다가가서는 옆으로 돌아갔다.

풀숲의 열기가 후끈 풍겼다. 오랫동안 맡지 못했던 냄새다. 비 한 방울 없는 무더위에 모든 것이 건조할 대로 건조해졌다고 생각했는데, 흙바닥 가까이 가니 이상하게 습기가 느껴졌다. 비탈면을 올려다보았다. 고부세와 야호를 둘러싼 산지는 어디나 삼나무로 뒤덮여 있다. 임업 정책의 결과다. 그러나 하치만 신사 뒷산은 신역神域으로 여겨졌는지, 잡목이 어느 정도 섞여 있었다.

주머니에서 접어놓은 A4 용지를 꺼냈다. 한페가 쓴 보고서의 한 페이지다. 에마 쓰네미쓰의 『전국이라는 중세와 고부세』를 복사한 것으로 보이는 지도였다. '야나카 성'의 위치가 표시되어 있다.

하치만 신사에서 거의 직선으로 동쪽. 등고선으로 보건대 여기서 동쪽은 산이 세 겹 겹쳐 있는 모양이다. 그 산지를 통과하면 로쿠쿠와 촌이 나온다. '야나카 성'은 하치만 신사 뒷산을 꼭대기까지 올라가 일단 내려갔다가 다시 올라간 산등성이 부근에 위치한 듯했다. 북쪽에 철탑 마크가 두 개 보인다. 지금 있는 위치에서는 보이지 않지만, 눈앞의 산을 올라가면 시야가 트이니 위치관계도 파악할 수 있을 것이다.

맥박이 빨라지는 것이 느껴졌다. 이 산을 꼭대기까지 올라가 일단 내려갔다가 다시 올라간 곳.

그곳에서 당장에라도 범죄가 벌어지려 한다.

나는 그것을 막을 수 있을 것인가.

상황이 그저께 아침과 비슷하지 않을 것도 없군. 문득 그런 생각이 들었다. 비슷하지만 다르다.

그날, 나는 어린애를 습격하는 들개를 찾았다. 지금, 나는 범죄를 막기 위해 산을 오른다.

그러나 그 심경은 퍽 다르다. 개 찾기는 GEN이 말한 내 운명론에 근거한 것이었다. 나는 넝쿨째 굴러들어온 호박이라 할 와타나베 게이코와 접촉하고 싶었고, 그러기 위한 하나의 수단으로 개와 대치했을 뿐이다. 그 결과로 나 때문에 개가 목숨을 잃게 됐다 해도 별달리 후회는 없으려니와, 뒷맛이 개운치 않은 것도 아니다. 필연, 이라는 말이 너무 심하다면 그것은 필요한 일이었다. 바꿔 말하면 업무의 일환이다.

한편 이곳에서 벌어지려는 일은 아마도, 아니, 틀림없이 살인이다. 나는 사쿠라 도코를 찾아달라는 의뢰를 받았으며 예상했던 위험은 그에 상응하는 정도였다. 적어도 찌는 듯한 여름날 산속에서 살인을 마음먹은 자와 대치하는 일은 전혀 예상에 들어 있지 않았다. 즉 이것은 필연도 아니고 필요한 것도 아니려니와, 하물며 업무도 아니다.

그런데도 나는 산을 오른다.

사쿠라 가쓰지와 간자키 도모노리, 와타나베 게이코, GEN, 그리고 바로 사쿠라 도코가 내 잠을 서서히 깨웠다. 지난 닷새는 그 전의 육 개월과 비교도 되지 않을 만큼 길었다. 회사를 그만둔 이래로 아마도 처음으로, 나는 나의 의지에 따라 하고 싶은 대로 행동하고 있다. 내가 살인을 저지하고 싶어하는 것은 아마도 사회적 윤리에 근거한 생각일 것이다. 나는 풍파가 없는 인생을 살아온 인간이고, 한없이 사회적인 동물이다. 그 사실은 아무래도 상관없다. 나는 왜 사람이 사람을 죽이면 안 된다고 생각하는 걸까, 하고 이 산속에서 머리를 싸안고 고민할 마음은 없다.

내가 의식하는 것은, 지금 나는 운명론에서 벗어나 있다는 것.

얼굴은 알지만 이야기를 해본 적도 없는 사람들이 서로를 죽이는 일을 막으려고 하는 나는, 정말 아즈사 말대로 부활했나보다.

비탈면을 올라가기 시작했다. 삼나무와 졸참나무 잎사귀들이 직사광선을 막아준다.

같은 패잔병으로서. 내가 했던 말이 불현듯 생각났다.

야호로 돌아왔을 때 나는 거의 빈껍데기 상태였다. 그리고 나와 비슷한 도코 역시 그럴 것이라고 무의식중에 생각하고 있었다. 사쿠라가에서 발견한 그녀의 공책이 그 예상을 뒷받침했다. 공책에서 내가 읽은 것은 상처를 입고 겁에 질려 어쩔 줄 몰라 하는 사쿠라 도코였다.

그러나.

그뒤 한폐의 보고서가 내 손에 들어왔다. 보고서에는 에마 쓰네미쓰의 저서가 소개되어 있었을 뿐 아니라, 『전국이라는 중세와 고부세』 제4장 서두의 복사본이 그대로 첨부되어 있었다. 한폐는 이런 말로 보고서를 마무리했다. 에마 쓰네미쓰가 그려낸 중세상, 중세 사람들의 소묘는 자기 자신을 지키려는 의식이 강한 빈틈없는 모습이라고. 한폐의 보고서를 전부 읽고 나는 그것이 단순히 한폐의 섣부른 판단이 아님을 알았다. 역사학의 정설이 어떤지는 모르지만, 적어도 에마 쓰네미쓰가 그린 사람들은 강하고 굳건했다.

그리고 도코는 '듀플리케이트'에 이렇게 썼다. 자기의 닉네임은 에마 쓰네미쓰에서 유래한 것이며, 그의 저서는 자기에게 큰 영향을 미쳤다고.

그렇다면 사쿠라 도코는 알 것이다. 야나카 사람들이 어떻게 해서 살아남았는지. 그저 갈팡질팡 도망쳐다닌 게 아니라, 무장하고, 조직화하고, 정세를 판독해 때로는 배신하고, 요새를 구축하고, 그러고 나서 도망쳤음을 알고 있을 것이다.

그렇다면 그 부분은 이상하다. 도코의 공책에 그려져 있던 그녀의 모습은 이상하다. 그녀는 이렇게 썼다.

—나는 야나카 성을 세운 사람들을, 도망치고 숨기밖에 못 하는 힘없고 불쌍한 사람들이라고 생각했다.

—힘을 갖지 못한, 도망치기만 하는 약자란 점에서 나나 그들이나 마찬가지다.

—목을 움츠리고 부들부들 떨며 폭풍이 지나가기만을 기다리는 나는 그들과 뭐가 다를까.

이것은 거짓말이다. 사쿠라 도코가 남긴 거짓말이다.

설사 도코가 마카베 때문에 상처를 입고 실의에 빠져 있었다 해도, 이런 말을 쓸 리가 없다.

그리고 그 말이 거짓말임을 확신한 순간, 흑백이 완전히 반전되었다.

나무들이 바람을 막는다. 산속이라 아직 땅에 밤의 냉기가 남아 있는지 못 견디게 덥지는 않았지만, 이마에 땀이 송골송골 맺히고 무릎은 반년 만의 혹사에 항의라도 하듯 벌써부터 삐걱거리기 시작했다. 위를 올려다보았다. 아직 한참 더 올라가야 한다. 아래를 보니 삼나무 사이로 하치만 신사 본전이 보였다. 의외로 가깝다.

서둘러야 한다. 호흡을 아낀다. 이 산을 꼭대기까지 올라가 일단 내려갔다가 다시 올라간 곳.

그곳에서 당장에라도 범죄가 벌어지려 한다.

나는 막을 수 있을 것인가.

사쿠라 도코가 마카베 료타로를 살해하는 것을.

시간 순서대로 생각해보면 맨 처음 보인 이상 징후는 사이트 '듀플리케이트'의 폐쇄와 재개다. 감시 사이트 '천망회회'에서도 나온 이야기지만 '듀플리케이트'의 폐쇄는 자연스러운 흐름이었다. 테러를 참으면서까지 개인 사이트를 운영할 의무는 도코에게 없었을 터다. 거듭되는 트집에 짜증이 나 사이트를 폐쇄한다. 그것은 이해가 된다.

그러나 도코는 한 달도 지나기 전에 사이트를 다시 열었다. 그것도 주된 테러의 장이었던 게시판을 그대로 두고. '게시판만이라도 없애면 될 텐데'라고 '천망회회' 관리인은 말했다. 지당한 의견이다. 한번 폐쇄했으면서 어째서 원 상태 그대로 돌아왔을까?

사이트를 폐쇄한 인물과 재개한 인물이 다를 가능성도 생각했다. 그러나 그것은 추측을 위한 추측에 불과하다. '듀플리케이트'의 관리인은 처음부터 끝까지 사쿠라 도코다.

'듀플리케이트'를 폐쇄할 때의 대응도 어쩐지 지나치게 히스테릭한 것 같은 느낌이 든다. '삭제했습니다'라고 검색 엔진의 캐시를 덮어쓴들, 로그를 저장했을지도 모르는 방문자에게는 아무런 효력이 없다. 하물며 과거 글에까지 거슬러올라가 트집을 잡았던 마카베에게 통할 리가 없다.

그런데도 '삭제했습니다'라고 쓴 이유는 무엇인가?

성큼성큼 비탈을 올라갔다. 땅 위에는 낙엽과 잔가지들이 흩어져 있다. 지금은 여름. 이 낙엽은 작년 이전에 떨어진 것이다. 어느 것이나 바싹 말랐다. 등산화에 밟히자 버석버석 소리를 내며 부서진다.

도코는 마카베와의 접점을 유지하려 한 것이다.

'듀플리케이트'가 존재하는 한 마카베는 들어올 것이다. 도코는 그 때문에 사생활을 폭로당했지만, 마카베가 본다는 것을 전제로 한다면 사이트는 마카베에게 메시지를 보내는 데 유효한 매체가 된다.

그렇게 생각하면 일단 폐쇄했던 사이트를 다시 연 이유도 짐작된다. 4월 초, 도코는 마카베에게 넌더리가 나 사이트를 폐쇄했다. 4월 말, 도코는 마카베에게 메시지를 보내기 위해 사이트를 다시 열었다.

즉, 그 한 달 사이에 도코가 마카베에게 정보를 전할 필요성이 발생한 것이다.

그렇다면 그것은 무엇인가.

그뒤 일어난 일을 생각하면 알 수 있다.

마카베를 뒤쫓아 야호에 나타난 다나카는 그곳에 이 주간 머물렀다. 도코는 마카베에게 전치 1개월의 부상을 입혔다고 한다. 즉 도코가 마카베를 찌른 것은 대략 7월 초순경이었다는 뜻이다.

6월 중순 이후 '사마귀'는 '듀플리케이트'에서 모습을 감추었다. 당연하다. 그뒤 중상을 입고 입원했으니까. 한편 도코는 간자키에게 이별을 고했다. 도코가 주민등록지를 고부세로 옮긴 것도 이 무렵이다.

도코가 실수로 마카베에게 중상을 입힌 것이 아니다.

도코는 마카베를 죽이려다 실패한 것이다.

4월에 사이트가 폐쇄된 사이에 마카베는 도코를 찾아가 범했다. 그리고 그뒤로도 접근은 계속되었다. 결혼을 앞두고 있던 그녀가 받았을 타격을 나는 상상할 수 없다.

느닷없이 자신의 생활에 나타난 마카베라는 장애물에 대해 도코는 칼로 대응하기로 했다. 약탈자에 맞서 무장한 야나카 사람들이 그녀의 머릿속을 스쳤는지 어쨌는지는 모른다.

그 준비로서 마카베와의 접점을 유지할 필요성을 인식했기에, 도코는 '듀플리케이트'를 다시 열었을 것이다.

이 상해가 범죄로 입건되지 않았을뿐더러, 다나카도 유추하는 듯한 말투였다는 사실로 판단하건대 그 일은 둘만 있던 공간에서 벌어졌으리라는 것을 상상할 수 있다. 도코는 '듀플리케이트'를 이용해 마카베를 유인했는지도 모른다. 그럼직한 글은 보지 못했으니 7월의 사건은 우발적인 것이었을 수도 있지만.

그러나 어느 쪽이건 결국 첫 범행은 실패했다. 마카베에게 전치 1개월의 부상만 입히고 끝났다. 사건에 대한 마카베의 대처를 보고, 도코는 이후 그의 집착이 더욱 강해지리라는 것을 확신했다.

그래서 그녀는 간자키에게 이별을 고한 것이다.

그녀는 이번에야말로 마카베를 완전히 매장해야 했다. 뿐만 아니라 자기는 사회적 동물로 계속해서 살아나가야 했다. 그녀는 마카베 때문에 무엇 하나 잃을 마음이 없었던 게 분명하다. 부조리한 상황 탓에 지금까지 얻어온 것을 단념할 마음이 없었던 게 분명하다.

그를 위해 준비를 해야 했다. 계획을 세우고 도구를 갖추어야 했다. 간자키가 집에 찾아왔다가는 곤란했다. 그보다는 간자키에게 신경 쓸 여유가 없었을지도 모른다.

그녀는 또다시 '듀플리케이트'를 이용했다. 언젠가 퇴원할 마카베를 위해 자기가 어디로 도망칠지를 써두었다. 아마 도코는 자기 사이트의 과거 글을 읽고서 군데군데에 야호가 암시되는 것을 깨달았을 것이다. 에마 쓰네미쓰의 이름으로 야호뿐 아니라 고부세라는 지명까지 유추할 수 있다는 것도 알아차렸다. 그래서 그녀는 마카베를 죽이려다 실패한 이후인 7월 2일에, 일부러 고부세를 암시하는 말을 썼다.

그리고 그녀는 사이트를 폐쇄했다. 직장을 사직했다. 살던 집에서 나왔다.

그 사실을 안 마카베는 어떻게 생각했을까.

분명히 이렇게 생각했을 것이다. 사쿠라 도코는 나를 두려워한다.

두려워서 도망친 것이다, 라고.

그는 도코에게 한 달간의 입원에 대한 대가를 요구하려 했을 게 틀림없다. 또 도코도 그렇게 믿고 있었을 것이다. 대가를 받아내기 위해서라면 그는 어디까지고 쫓아오리라. 마카베가 쓴 엽서의 내용과 다나카가 알려준 퇴원 뒤 그의 행동으로 보건대 그 일은 실제로 일어났다.

도코의 입장에서 우려되는 것은 마카베가 중간에 추적을 포기할 가능성이었다. 그가 도쿄에서, 또는 야호에서 좌절하면 도코는 영원히 마카베의 그림자를 두려워하며 살아야 한다. 그런 일은 피하고 싶었을 게 틀림없다.

그렇기 때문에 그녀는 야호 여기저기에 자신의 발자취를 남겼다. 일부러 사이트에서 암시된 찻집에서 점심을 먹고, 뚜렷한 거처도 없으면서 소품 가게에 들렀다. '차링크로스'에서 고등학교 때의 동창을 발견하고 기뻐한 것도 그런 이유에서다. 사쿠라 도코가 야호에 있다는 것을 누군가 마카베에게 전해주기를 원했으니까. 마침 자기를 잘 아는 사람이 가게 점원이라니 고마운 일이었다. 거기서 산 인형이 빨간 모자였다는 것은 의미심장하지만, 인형 자체는 아마 어딘가에 버렸을 것이다. 우편물이 고부세로 배달되게 한 것도 유도의 일환이었으리라.

도코는 고부세에도 자취를 남겼다. 사쿠라 가쓰지에게 보낸 엽서가 그것이다. 사쿠라 가쓰지는 그 의미를 가늠하지 못했고, 나도 고개를 갸웃거렸다. 그러나 마카베가 그것을 본다면. 사쿠라 가의 우편함을 몰래 엿보다 도코의 그림엽서를 발견한다면. ……그녀가 야호 근처까지 와 있다고 확신할 것이다.

하지만 이것은 결과로 따지면 하지 않느니만 못한 행동이었다. 그림엽서를 본 사쿠라 가쓰지가 나에게 도코를 찾아달라고 의뢰했으니까.

야호 근처에 나타난 마카베는 여기저기에 남겨진 도코의 흔적을 발견하고 그녀가 이 근방으로 도망쳐왔음을 확신한다. '듀플리케이트'의 2004년 7월 2일자 일기에 유도되어 사쿠라 가에 숨어든다. 조금만 찾아보면 사다리 역할을 할 수 있는 물건을 쉽게 발견할 수 있으니 바로 알아차렸을 것이다. 2층으로 올라가면 이번에는 냄새가 남아 있다. 음식 냄새를 쫓아가면 다락방까지 갈 수 있다. 그곳에서 그는 도코의 공책을 보게 된다. 그녀의 거짓된 두려움을 보게 된다. 마카베가 얼마나 도착적인 사람인지는 모르지만, 어쩌면 그 글들은 마카베를 기쁘게 해 기세를 돋우려고 쓴 걸지도 모른다. 도코는 실제로는 다락방에 숨지 않았을 것이다. 그곳에 마카베가 오기만 하면 되니까. 공책의 일기에 날짜가 없었던 것은 그런 이유에서였을지도 모른다.

　……도코는 이때 사쿠라 부부에 대해서는 어떤 생각을 했을까. 자기를 습격한 남자를 조부모의 집으로 끌어들이는 것이 위험하다고는 느끼지 않았을까?

　만약 마카베가 도코의 조부모에게 위해를 가하면 그것은 명확한 범죄다. 그러면 마카베는 경찰로부터 쫓기는 신세가 된다. 그것은 도코에게 결정적 승리는 아닐지언정 전술적 승리다.

　그러나 마카베는 도코를 찾아낼 때까지 그런 일은 저지르지 않을 것이다. 그러니 사쿠라 부부의 안전은 어느 정도 보장됐다고 할 수 있을 것이다. 물론 절대적이지는 않다. 마카베를 유도하는 지점으로 사쿠라 가를 선택한 것은, 도코에게도 위험한 행위였을 것이 틀림없다.

　'시골 할아버지 집으로 도망친다'라는 시나리오의 자연스러움과 마카베의 행동 패턴, 야나카로 유인해야만 하는 필요성을 저울질한 끝에 그녀는 조부모의 안전을 칩으로 건 도박에 나섰다. 결과적으로 도코는 도박에서 이겼다.

　사쿠라 가 다락방에서 마카베는 '야나카 성'의 존재를 알게 된다. 그러나 거기까지다. 그 성이 어디에 있는지는 모른다. 부지런한 그는 조사했을 것이다. 고부세에 숙소를 잡고 도서관에 드나들며 향토사가 에마 쓰네미쓰의 저서를 읽었을 것이다.

　그러나 '야나카 성'에는 결코 도달하지 못한다.

　왜냐하면 그 위치를 알려면 에마 쓰네미쓰의 저서 중에서도 『전국이라는 중세와 고부세』가 필요하니까. 그런데 그 책은 대출중이다.

누가 빌렸나.

물론 사쿠라 도코다.

책을 그녀가 빌려 갖고 있는 한 마카베는 그녀에게 접근할 수 없다. 뒤집어 생각하면, 책을 반납하면 마카베가 찾아온다. 도코는『전국이라는 중세와 고부세』를 확보함으로써 마카베의 습격 시기를 조절할 수 있었던 셈이다.

빌리지 않고 감추거나 훔칠 경우『전국이라는 중세와 고부세』는 행방불명이 된다. 이 방법으로도 마카베의 발을 묶을 수는 있지만, 단서를 잃은 마카베는 도쿄로 돌아가버릴지도 모른다. 그래서는 실패. 도서관 직원이『전국이라는 중세와 고부세』를 대출중으로 인식하고 그 사실을 마카베에게 알려야 도코는 비로소 그를 고부세에 묶어놓고 행동을 제어할 수 있다.

주민등록지를 옮긴 것은 그래서다. 그것은 꼭 필요한 일이었다.

보고서에 쓰여 있던 한폐의 말. ……고부세 도서관에서 책을 빌리려면 고부세 내지 그 근교 지역에 거주하며 주민번호를 취득할 필요가 있다.

도코는 책을 빌리기 위해 주민등록지를 옮긴 것이다.

그렇다면 도코는 어째서 야나카를 선택했는가?

지리적 이점이 있으니까. 그곳에서라면 확실하게 이길 수 있으니까. 그뿐이다.

마카베는 온다. 아무도 모르게 도코에게 접근한다. 도쿄에서 그랬던 것처럼. 지극히 조심스럽게 도코 앞에 나타난다.

인적이 뜸한 산속이라는 것도 아랑곳 않고 순진하게 사쿠라 도코라는 미끼를 쫓아 뛰어든다. '듀플리케이트'에 유인되어, '마치 헤어'에 유인되어, 그림엽서에 유인되어, 다락방의 일기에 유인되어, 『전국이라는 중세와 고부세』에 유인되어 나타난다.

도코는 그것을 기다리고 있다가……

죽여서……

……파묻으면 그만이다.

보는 사람은 아무도 없다. 아는 사람도 없다. 왜냐하면 피해자 본인이 그렇게 해주었으니까.

그리고 그녀는 복귀한다. 그녀의 일상으로. 그녀의 천직으로. 그녀의 생활로.

무엇 하나, 잃지 않고.

후, 하고 숨을 세게 내뱉고 마지막 한 발짝을 내디뎠다. 첫번째 산은 다 올라왔다.

산등성이에 서서 비탈을 내려다보았다. 지도로 보면 일단 내려갔다가 그곳에서 올라가야 할 텐데, 숲에 가로막혀 앞쪽이 보이지 않는다. 좌우지간 내려가는 수밖에 없을 것 같다.

이제부터가 진짜다. 신중하게 나아가야 한다.

아니면 나 또한 사쿠라 도코에게 살해당할 것이다.

7

발치를 살핀다. 낙엽이나 잔가지에 이상한 점이 없는지.

두세 발짝 나아가 주위를 확인한다. 나무들 사이에서 뭔가가 얼굴

316 개는 어디에

을 내비치고 있지는 않은지.

자꾸 잊어버리긴 하지만 위쪽도 주의해서 잘 살펴본다. 나뭇가지 사이에 수상한 것은 없는지.

맥박이 빨라진다. 숨이 막힌다. 조금 전 산꼭대기에서 앞으로 나아가기로 결정해놓고 내려가기 시작한 지 얼마 안 돼 후회가 들었다. 나도 모르게 말이 입 밖으로 튀어나왔다.

"역시 모른 척하고 돌아갈 걸 그랬나……"

이렇게 무서운 공간에 발을 들여놓은 적은 처음이다.

도코는 자신의 생활을 지키기 위해 마카베를 유인해 죽이려 한다. 나는 그렇게 확신하고 있었다. 그리고 어쩌면 그 방법도 이미 간파했을지 모른다고 생각했다. 나는 무서움을 달래주는 주문이라도 외는 양 중얼거리기 시작했다.

"발치, 됐고. 오른쪽, 됐고. 왼쪽, 됐고. 위, 됐고. 전진. 발치, 됐고. 오른쪽, 됐고. 왼쪽, 됐고……"

도코에게는 시간이 있었다. 이 산에서, '야나카 성'에서 마카베를 기다리는 시간이. 원한다면 그 시간을 얼마든지 늘릴 수도 있었다. 『전국이라는 중세와 고부세』를 반납하지 않으면 되었다.

그렇다면 도코는 시간을 확보해서 무엇을 했나?

나는 거꾸로 생각했다. 가령 내가 정체를 알 수 없는 어떤 인간에게 쫓겨 그 사람을 살해하기로 결심했다 치자. 나라면 산속에서, 찾는 사람조차 드문 '야나카 성'에서 무엇을 할 것인가.

덫을 놓는다.

공교롭게도 나는 사람을 죽인 경험이 없다. 그러나 상상은 할 수 있다. 누군가를 죽이려 할 때 정면에서 상대했다가는 자기 자신도 위험하다. 예기치 못한 반격을 받을지도 모른다. 실제로 도코는 한 번 실패한 적도 있다.

상대가 올 것을 안다면 덫을 고려하는 것은 당연하다.

덫은 한 방에 반드시 죽일 수 있는 것이어야 한다. 경상을 입히는 정도로는 놓치고 말 것이다. 놓쳤다가는 언제까지고 위협을 제거하지 못한다.

"발치, 됐고. 오른쪽, 됐고. 왼쪽, 됐고. 위, 됐고. 전진. ……이거야 원……"

함정을 파 꼬챙이를 잔뜩 박아놓았을까. 열 시간 정도면 그런대로 준비할 수 있을 것이다. 투석 장치를 만들었을지도 모른다. 독을 구해 코르크 공에 독침을 꽂았을 가능성도 있다. 도코도 필사적이다. 화학적 지식 정도는 기를 쓰고 수집했을 것이다. 독은 무슨, 하고 일소에 부칠 마음은 나지 않았다.

그러고 보니.

와타나베 게이코가 울먹이는 목소리로 건 전화. 사쿠라 도코가 '장다름'과 '차링크로스', 아마도 '마치 헤어'에도 얼굴을 내밀었을 그날, 도코와 같은 버릇을 가진 사람이 가게에서 주위의 이목을 피해 은밀히 로프를 샀다고 했다.

그때 와타나베는 도코가 그것을 자기 목에 걸지 않을까 걱정했고, 나도 그럴 가능성이 낮지 않다고 생각했다.

지금은 알 수 있다. 로프는 함정을 놓는 데 필요했던 것이다……

무슨 일이 벌어져도 대처할 수 있도록 몸의 중심을 낮추고 한 발짝 한 발짝 발을 끌며 걸었다. 그런 자세로 비탈을 내려가자니 금세 무릎이 후들거리기 시작했다.

"……개라도 데리고 올 걸 그랬군."

그것도 함정 찾는 훈련을 받은 군용견 같은 개로.

지금 여기서 덫에 걸려든다면. 소리를 질러봤자 구하러 오는 사람은 없다. 내 목소리를 듣는 사람이 아무도 없다고 하는 편이 정확할 것이다. 여기는 산골짜기다. 구조를 청하는 목소리도 비명도 산에 차단될 것이다.

"아, 이게 있었지."

휴대전화를 꺼냈다. 여차하면 이것으로 구조를 요청하면 된다.

그렇게 생각했건만. 나도 모르게 눈이 휘둥그레졌다. 뜻밖에도 통화 불능 지역이다. 아닌 게 아니라 전파가 미치지 못할 듯한 지형인데다, 그렇다고 기지국을 설치할 만큼 수요가 있을 것 같지도 않지만.

사쿠라 도코는 빈틈이 없다. 그녀는 도움을 청하는 목소리도, 전파도 도달하지 못하는 장소에 진을 치고 있다.

쓴웃음밖에 나지 않았다.

발치, 이상 무. 오른쪽, 이상 무. 왼쪽, 이상 무. 위, 이상 무. 전진.

시원한 바람 한 줄기가 분 듯했다. 어느새 골짜기의 밑바닥이다. 여기서부터는 오르막이다. 손목시계를 보았다. 산에 들어온 지 벌써 한 시간이 지났다.

긴장의 끈이 끊어지지 않게 한 발짝 내디뎠다.

주위를 빠짐없이 훑어보다가……

그것을 발견했다.

나는 숨을 크게 들이쉬었다가 산 전체에 쩌렁쩌렁 울릴 듯한 목소리로 외쳤다.

"사쿠라 씨! 사쿠라 도코 씨! 어디 계십니까! 찾으러 왔습니다!"

귀를 기울였다. 반응이 없다. 그 자리에서 움직이지 않고 다시 한번.

"사쿠라 씨, 찾으러 왔습니다! 수상한 사람이 아닙니다. 나오십시오!"

대답을 기다렸다.

비탈 위쪽에서 어렴풋이 목소리가 들렸다.

"지금 가요."

그러더니 이어서 버석, 버석, 하는 발소리가 났다. 낙엽이 많이 깔린 땅을 걷는 소리다. 이쪽으로 점점 다가온다. 서두르는 것도, 느린 것도 아니다. 모습은 보이지 않는다. 그저 소리만이 그녀가 가까이 오고 있음을 알려준다.

그러다 갑자기 삼나무들 사이에서 주변보다 유난히 굵은 나무 뒤로 누군가 모습을 드러냈다.

눈이 좀 작고 입술도 얇다. 호리호리한 체격에 분위기는 차분하다. 머리가 헝클어진데다 얼굴이고 팔이고 죄 흙투성이지만. 검정 데님과 흰 셔츠도 진흙으로 얼룩졌다.

사진으로 본 사쿠라 도코가 틀림없다.

그녀는 미소를 짓고 있었다. 어딘지 모르게 꿈을 꾸는 듯한 표정으로.

대화를 하기에는 좀 먼 거리였으나, 도코는 그곳에 멈춰 섰다. 나도 자리에서 움직이지 않고 웃는 얼굴로 말했다.

"다행입니다. 무사하셨군요."

"누구신지……?"

상상했던 것보다 훨씬 부드러운 목소리였다.

나는 고개를 숙였다.

"'고야 S&R'에서 나왔습니다. 사쿠라 가쓰지 씨의 의뢰를 받고 도코 씨를 찾고 있었습니다."

"여기에 있는 줄 용케 아셨네요."

"죄송하지만 다락방에 있는 공책을 봤습니다."

나는 가슴 깊이 걱정하는 마음을 목소리에 담아 힘주어 말했다.

"무슨 사정이 있으신 모양입니다만, 가쓰지 씨께서 몹시 걱정하고 계십니다. 한번 연락을 드리는 게 어떨까요. 이런 불편한 곳에 계시기 보다 가족 분들과 상의해보셨으면 싶습니다."

"그러네요……"

도코의 목소리는 부드럽지만 어딘지 모르게 불안정했다. 그녀는 망연한 듯한, 넋을 잃은 듯한 미소를 띤 채 대답했다.

"그게 좋을지도 모르겠네요."

"꼭 그러십시오."

나는 손목시계를 보았다.

"아, 벌써 시간이 이렇게 됐군요. 아무튼 사쿠라 씨를 찾아내서 다행 입니다. 되도록 빨리 가쓰지 씨께 연락 드리십시오. 그리고 그때, '고 야 S&R'에서 나왔다는 사람이 연락을 드리라고 했다고 한마디 해주시 면, 저기, 저도 보수를 받기 쉬워지니 한번 고려해주십시오."

도코는 표정을 바꾸지 않은 채 보일 듯 말 듯 고개를 갸웃했다.

"그래요. 그럼 그러겠습니다."

나는 웃는 얼굴로 두 팔을 벌렸다.

"야아, 이제 끝났군요. 전 바로 야호로 돌아가야 합니다만, 사쿠라 씨도 하치만 신사까지 같이 가시겠습니까?"

"아뇨."

도코는 천천히 고개를 내젓고는 검지를 들어 위를 가리켰다.

"짐이 있거든요. 그걸 정리해야 해요."

"그렇습니까. 앞으로도 무슨 문제가 있을 때는 부디 '고야 S&R'와 상의해주십시오. 그럼!"

다시 한번 머리를 꺅듯이 숙이고 발길을 돌린다. 땀을 연방 훔쳐가며, 돌아보지 않고, 온 길을 돌아간다.

돌아보지 않고, 온 길에서 절대 벗어나지 않게 조심하며 돌아갔다.

Chapter.

7

2004년 8월 19일 (목)

은행에 돈이 입금되었다. 사쿠라 가쓰지에게서. 모모치에게는 이미 보수를 받아 대부분을 한페에게 주었다.

바깥은 비가 오고 있었다. 오랜만에 내리는 비다.

의자에 몸을 푹 파묻고 창밖을 본다. 여름비인데도 부슬부슬 조용히 내린다. 거리 또한 여느 때보다 조용한 듯했다.

눈을 감으면 그날 성산에서 본 광경이 자꾸만 생각난다.

회색 야구모자.

그 안쪽에 뭔가 다른 색 물질이 끈끈히 묻어 있었다. 회색 바탕에 묻은 그것은 붉은색이라기보다는 검은색으로 보였다. 그 검은색 속에 얼핏 하얀 파편이 보인 듯했다.

모자에 물든 검은 얼룩이 넓은 걸 보고 나는 내가 한 발 늦었음을 알았다.

이미 끝난 일이면 어쩔 수 없었다. 눈앞에서 벌어진 일이면 또 몰라도, 이미 끝이 난 일은 막을 방도가 없었다.

그래서 나는 선택했다. 의뢰의 완수를.

"……"

'고야 S&R' 명의로 만든 통장을 보았다.

보수 때문도 아니고 신용 때문도 아니었다. 도코가 어디선가 보고 있을 수도 있기 때문이었다. 도코가, 내가 조사를 하고 있었다는 사실을 나중에 알 수도 있기 때문이었다. 나는 알릴 필요가 있었다.

비 오는 거리로 시선을 되돌리고 중얼거렸다.

"전 아무것도 못 봤습니다. 전 아무것도 모릅니다……"

도코에게 그런 믿음을 주어야 했다. 마카베가 사쿠라 도코의 생활에 장애물이었듯, 다음은 고야 조이치로가 장애물이라고 여겼다가는 곤란하다.

보아하니 도코는 내 부탁대로 가쓰지에게 연락을 한 모양이다.

그것을 도코가 내 말을 믿었다는 증거로 보아도 되는지 판단이 서지 않았다. 그래서 요새는 주머니에 작은 나이프를 넣고 다닌다.

누구든 부조리한 일을 당할 수 있다. 그리고 그것에 저항하는 것은 자연스러운 행동이다.

농민은 약탈자에게 칼을 든다.

환자는 극약을 주사한다.

고야 조이치로는 들개를 보건소에 보내기를 주저하지 않았다.

사쿠라 도코는 마카베 료타로에게 덫을 놓았다.

그리고 나는 내 힘으로 나 자신을 지켜야 한다.

경찰에 갈 생각도 해보았다. 그러나 나에게는 아무런 증거가 없다. 심지어 시체도 보지 못했다. 본 것은 피에 젖은 야구모자뿐.

그후 도코가 그곳을 떠났으리라는 확신이 생긴 뒤 딱 한 번 야나카의 '성산'에 가보았다. 아무것도 없었다. 그저 더위가 그때를 상기시킬 뿐이었다. 흉기도, 덫도, 함정도, 생활의 흔적도, 아무것도 없었다. 다만 '야나카 성' 근처의 나무에 올라가면 사쿠라 가 인근까지 보인다는 사실을 안 것이 유일한 수확이었다. 그곳에서 쌍안경 같은 것으로 사쿠라 가를 감시하면, 도코는 자기가 놓은 미끼를 마카베가 확실하게 물었음을 확인할 수 있었을 것이다. 그러나 수확? 무슨 수확이란 말인가. 나는 그저 높은 나무가 있다는 것을 보고 왔을 뿐이다.

또 그렇기에 조금은 안심할 수 있다. 도코는 시체가 있는 곳조차 모르는 증인을 위험하다고 간주하지는 않으리라.

그러나……

마음속 깊은 곳에 지워지지 않는 불안이 앙금처럼 가라앉아 있다. 도코가 정말 그렇게 생각할까. 그런 생각을 하면 주머니 속의 나이프는 너무 작아 미덥지 않다. 도코가 아무것도 잃지 않을 수 있는 것은 마카베의 '실종'에 심각한 사건성이 없기 때문이다. 경찰은 학생 한 명이 홀연히 사라진 것만 가지고 수사를 하지는 않는다. 기껏해야 가출인 수색원을 수리할 뿐이다. 수사를 하지 않는 한 그녀는 안전하다. ……그러나 나는 여러 가지를 알고 있다. '이것은 사건'이라고 주장할 수 있다. 도코는 정말 내가 해가 없는 존재라고 믿을까?

차라리 전부 망상이라면 좋을 텐데. 그 야구모자에 물든 피는 내가 잘못 본 것이고, 마카베가 지금도 도코를 노리고 있다면 좋을 텐데. 그러나 추적 조사 결과 마카베가 가마데라는 이름으로 묵고 있던 숙소에 아무도 돌아오지 않았음을 나는 안다.

이제 와서 말해봤자 늦었다. 늦었지만, 자꾸만 중얼거리게 된다.

"개 찾기였으면 좋았을 텐데."

그랬으면 이런 일은 없었다.

비.

도코도 지금쯤 불안할까. 그 탐정은 어디까지 알고 있을까 싶어 불안할까.

'야나카 성'이 있는 산 어딘가에 파묻은 것이, 빗물 때문에 드러나지는 않을까 싶어 불안할까.

비가 올 때마다 나도 불안하다.

묻힌 것이 나오면 교착 상태는 무너진다. 도코는 마카베 때문에 무엇 하나 잃을 마음이 없을 것이다.

당분간 나는 나이프를 떼어놓을 수 없다.

이번에 받은 보수로 감시견을 살까 생각중이다.

옮긴이 **권영주**
서울대학교 외교학과를 졸업하고 동대학원에서 영문학을 전공했다. 옮긴 책으로『삼월은 붉은 구렁
을』『흑과 다의 환상』『다다미 넉 장 반 세계일주』『네크로폴리스』『요이야마 만화경』『리큐에게 물
어라』『가노코와 마들렌 여사』등이 있다.

문학동네 블랙펜 클럽
개는 어디에

초판 인쇄 2011년 8월 25일 | 초판 발행 2011년 9월 1일

지은이 요네자와 호노부 | 옮긴이 권영주 | 펴낸이 강병선
책임편집 양수현 | 편집 박아름 | 독자 모니터 박미진
디자인 송윤형 유현아 | 저작권 김미정 한문숙
마케팅 정민호 김도윤 박보람 정진아 | 온라인 마케팅 이상혁 한민아 장선아
제작 안정숙 서동관 김애진 | 제작처 한영문화사

펴낸곳 (주)문학동네
출판등록 1993년 10월 22일 제406-2003-000045호
주소 413-756 경기도 파주시 교하읍 문발리 파주출판도시 513-8
전자우편 editor@munhak.com | 대표전화 031) 955-8888 | 팩스 031) 955-8855
문의전화 031) 955-3576(마케팅) 031) 955-2684(편집)
문학동네카페 http://cafe.naver.com/mhdn

ISBN 978-89-546-1569-3 03830

www.munhak.com